司馬炎

三国志を終わらせた男

塚本青史
Tsukamoto Seishi

河出書房新社

目次

【登場人物】


司馬炎《しばえん》（安世《あんせい》）236～290 晋の初代皇帝（武帝）。母は王元姫《おうげんき》。曹奐から禅譲。

司馬懿《しばい》（仲達《ちゅうたつ》）179～251 炎の祖父。諸葛亮の好敵。妻は張春華。司馬氏一族の基。

司馬師《しばし》（子元《しげん》）208～255 懿の長男。攸を養子に。

羊徽瑜《ようきゆ》 214～278 司馬師の妻。羊祜の姉。

司馬昭《しばしょう》（子上《しじょう》）211～265 司馬炎の父。懿の次男。

王元姫《おうげんき》 217～268 司馬昭の妻、炎、攸の母。

司馬攸《しばゆう》（大猷《だいゆう》）246～283 司馬昭の三男。師の養子。

司馬衷《しばちゅう》（正度《せいど》）259～307 司馬炎の息子。皇太子。

司馬孚《しばふ》（叔達《ししょう》）180～272 懿の弟。曹植の文学掾。

司馬伷《しばちゅう》（子将）227～283 懿の四男。妻は諸葛誕の娘。

曹爽《そうそう》（昭伯《しょうはく》）？～249 曹操の甥、曹真《そうしん》の息子。曹芳を奉じて独裁政治。

桓範《かんはん》（元則《げんそく》）？～249 曹爽の取り巻きの一人。

曹芳《そうほう》（蘭卿《らんけい》）232～274 魏の三代皇帝。廃位後、斉王にされる。

曹髦《そうぼう》（彦士《げんし》）241～260 魏の四代皇帝。反乱を起こし、司馬昭から弑逆の憂目。

曹奐《そうかん》（景明《けいめい》）246～302 魏の五代皇帝。司馬炎に禅譲する。退位後、陳留王に。

蔣琬《しょうえん》（公琰《こうえん》）？～246 諸葛亮の死に際し、事後を託された政治手腕の持ち主。

費禕《ひい》（文偉《ぶんい》）？～253 蔣琬亡き後の蜀を支える。魏の亡命将軍に暗殺される。

毌丘倹《かんきゅうけん》（仲恭《ちゅうきょう》）？～255 魏の将軍。公孫淵に後れを取る。後日、反乱を起こす。

文欽《ぶんきん》（仲若《ちゅうじゃく》）？～258 魏の将軍だったが、反乱を起こす。呉へ亡命する。

諸葛誕《しょかったん》（公休《こうきゅう》）？～258 魏の将軍。司馬氏の治世に反乱を起こすが敗死する。

諸葛靚《しよかつせい》（仲思《ちゆうし》）　?〜?　炎と若い頃親交あり。父の反乱で呉へ行く。

諸葛緒《しよかつしよ》（?）　?〜?　蜀侵攻の際、鍾会に軍を吸収される、諸葛沖の父。

鍾会《しようかい》（士季《しき》）　225〜264　鍾繇《しようよう》七五歳時の息子。早熟の天才。蜀侵攻時に反乱。

鄧艾《とうがい》（士載《しさい》）　195〜264　魏の武将。蜀へ一番乗りで劉禅が降伏。鍾会に讒言。

劉禅《りゆうぜん》（公嗣《こうし》）　207〜271　劉備の息子。蜀二代皇帝。魏の鄧艾に侵攻され降伏した。

姜維《きようい》（伯約《はくやく》）　202〜264　蜀の武将。漢中から関中を警備し、鍾会と攻防する。

郤正《げきせい》（令先《れいせん》）　?〜?　劉禅の秘書官。蜀帝の事務を総て引き受け落度なし。

黄皓《こうこう》　?〜?　劉禅に取り入る宦官。政を壟断し、滅亡を早めた。

阮籍《げんせき》（嗣宗《ししゆう》）　210〜263　大酒呑の竹林七賢。白眼、青眼故事の主。琴の名手。

阮咸《げんかん》（仲容《ちゆうよう》）　?〜?　阮籍の甥。竹林七賢。改造した琵琶が、阮咸。

山濤《さんどう》（巨源《きよげん》）　205〜283　竹林七賢。嵆康と絶交するも、嵆紹を託される。

劉伶《りゆうれい》（伯倫《はくりん》）　221〜300　子供程度の背丈、手押し車に乗り鍤《そう》を常備、竹林七賢。

向秀《こうしゆう》（子期《しき》）　?〜?　竹林七賢。『荘子』の註釈で名を成した。

嵆康《けいこう》（叔夜《しゆくや》）　223〜262　妻は曹操曾孫娘。日頃は山中を散策。竹林七賢。処刑。

王戎《おうじゆう》（濬沖《しゆんちゆう》）　234〜305　阮籍と語らう竹林七賢。鍾会の将来を見通した。

王衍《おうえん》（夷甫《いほ》）　256〜311　王戎の従弟で美男。楊芷との縁談話で、叱責される。

呂巽《りよそん》　?〜?　弟の妻（禾嬌《かきよう》）と密通して、裁判沙汰を起こす。

呂安《りよあん》　?〜?　嵆康の友。阮籍の娘の禾嬌を妻にしている。

阮香嬌《げんこうきよう》　?〜?　阮籍の娘。双子の姉。炎が初めて見染めた女性。

楊艶《ようえん》（瓊芝《けいし》）　238〜274　炎の最初の皇后。美人だが嫉妬深く、後宮に容喙《ようかい》。

楊芷《ようし》（季蘭《きらん》）　258〜292　炎の二代目皇后。父楊駿は彼女の即位後、政に参画。

賈南風《かなんぷう》（時《じ》）　257〜300　賈充の娘。司馬衷の妃。性格が禍し一時離縁される。

胡芳《こほう》　?〜?　全国から集めた美女で炎が一番気に入る。将軍胡奮《こふん》の娘。

諸葛婉《しょかつえん》　?〜?　諸葛沖の娘。司馬炎の後宮で夫人に封じられる。

左杲《さこう》　?〜?　楊艶が連れてきた炎の妾。左思《さし》の縁戚筋という。

左棻《さふん》（蘭芝《らんし》）　?〜300　容貌は悪かったが、文才で後宮に入った。兄に左思。

衛瓘《えいかん》（伯玉《はくぎょく》）　220〜291　廷尉卿。蜀滅亡時に将軍の慰労。東北異民族を弱体化。

杜預《どよ》（元凱《げんがい》）　222〜284　炎の義叔父。羊祜の推薦。呉侵攻時の司令官。孫晧捕縛。

荀勗《じゅんきょく》（公曾《こうそ》）　?〜289　炎へ禅譲の功労者だが、佞臣との批判は否めない人物。

馮紞《ふうたん》（馮播《ふうはん》）　?〜286　学者肌の佞臣。賈充や荀勗と、司馬攸を陥れる。

羊祜《ようこ》（叔子《しゅくし》）　221〜278　晋の武昌。炎の義叔父。荊州で呉国境との防衛に励む。

陸抗《りくこう》（幼節《ようせつ》）　226〜274　呉の武将。陸遜の次男。晋の羊祜と国境で睨み合う。

歩闡《ほせん》（?）　?〜273　呉の武将。武昌への遷都提唱。晋へ寝返り陸抗に討伐。

孫晧《そんこう》（元宗《げんそう》）　242〜284　呉の四代皇帝。三国志上最悪の暴君。人心が離れ自滅。

孟宗《もうそう》（恭武《きょうぶ》）　?〜270　呉の大臣。二四孝の一人。孟宗竹の故事がある。

張俶《ちょうしゅく》（?）　?〜277　讒言と誣告、賄賂で孫晧の寵愛を受けて、曝露後処刑。

岑昏《しんこん》（?）　?〜280　孫晧の佞臣。運河工事で人民を苦しめ、呉滅亡時に惨殺される。

司馬氏系図

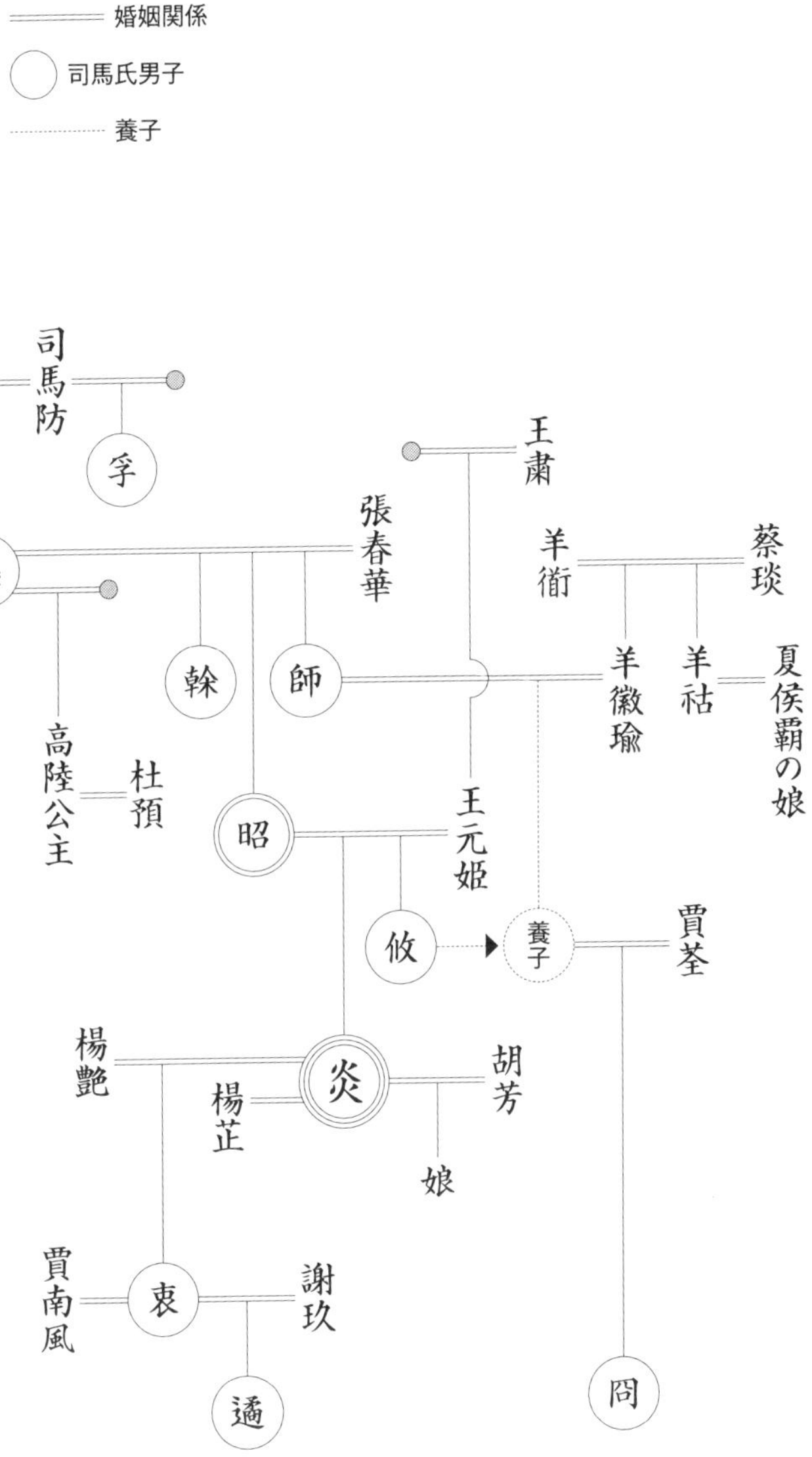

婚姻関係
司馬氏男子
養子
司馬防
孚
王粛
柏夫人
懿
張春華
羊衜
蔡琰
倫
榦
師
羊徽瑜
羊祜
夏侯覇の娘
伏貴妃
高陸公主
杜預
昭
王元姫
駿
攸
養子
賈荃
伷
諸葛靚の姉
楊艶
炎
胡芳
楊芷
娘
賈南風
衷
謝玖
遹
冏

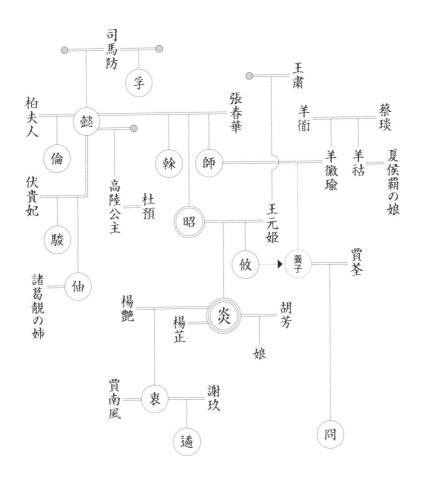

三国志
地図
幽州
北平
河水(黄河)
涼州
(西涼)
冀州
并州
狄道
河水(黄河)
魏
青州
五丈原
街亭
官渡
兗州
関山道
故道
斜谷道
司隷
長安
潼関
洛陽
徐州
漢中
許都
陰平
駱谷道
子午道
武関
白水
豫洲
江油
樊城
緜竹
涪
剣閣
襄陽
建業
雒県
漢寿
永安
(白帝城)
呉郡
成都
夷陵
武昌
赤壁
江水(長江)
江水(長江)
江州(巴)
柴桑
荊州
益州
揚州
蜀
呉
交州

司馬炎

三国志を終わらせた男

序章　女護ヶ島

0

司馬炎《しばえん》が、祖父を思い出すとき、決まって邪馬台国《やまたいこく》なる東方の島と対になっていた。

「それは遠い東の、楽浪海《らくろうかい》（対馬海峡）のずっと彼方にあってなァ」

その説明では、十数歳の炎に「海」の正体など解るはずもなかった。それに気づいた祖父は、「中原の大地が総て塩水になったと思え」と、想像の幅を拡げてくれた。

「黄河の向こう岸が、さっぱり見えぬほどの水の集まり」とも、丁寧に話してくれたのだ。

「遠い東の地には、何がございますのか？」

「お前は、どのように想像する？」

逆に問われた炎は、ありったけの地理的な知識を総動員する。

「西には汗血馬《かんけつば》なる名馬、北には矢羽根に使える鷲《わし》、南は巨獣の象《ぞう》がおると聞きつけますから、東の果てには鯨鯢《くじら》がおるのですか？」

応えたものの、炎は話に聞くだけの水棲巨大魚とも獣ともつかない怪物の姿は、さっぱり思い描けなかった。

「なるほど鯨鯢とは、よう応えたな」

「当たっていますのか？」

「鯨鯢は多分おるだろうが、はっきりと儂にも判りかねる。とにかく、女が多く住んでいるのは明らかじゃな」

「女なら、仙人の住む蓬萊《ほうらい》の召使いでは？」

そう聞いて炎は、妙な昂奮を覚えた。

そろそろ思春期を迎えて、彼も異性に興味を示し始めていたころだった。祖父の言葉から、森の中で女の実が鈴生りに稔っている蓬萊島を白昼夢にしたのだ。

頭の中に艶やかな女どもを連想すると、下半身がかっと熱くなった。

かつて、始皇帝が不老長寿の仙薬を方士《ほうし》（呪師《まじないし》と修験者、薬剤師を兼ねた如き存在）どもを使って探させたのも、東方の島だったという。だが、請け負って出かけた方士の徐福《じょふく》は、待てど暮らせど帰って来なかった。

始皇帝から騙《だま》し取った金銭で武器を買い集めて兵を雇《やと》い入れ、彼の地に植民して自ら王に成ったと聞こえている。それが、どこまで本当かは判らない。

それでも祖父の話から見えるのは、女どもに搦《から》め捕られた徐福が、すっかり腑《ふ》抜《ぬ》けにされているか、仙人然として女たちの上に君臨し、始皇帝など疾《と》くに忘れている図だ。

この際、徐福の真の行く末がどうだったかなど、二の次である。問題は炎の脳裏に、海の向こうには女ばかりの島があるという、心象だけが残ったことだ。

炎の想像を掻き立てているとは気づかず、祖父は話をつづけた。

「そうだ。文化の香り高い中原と違って、塞外の四方は蛮夷《ばんい》の地だ。知的な香りがなくなると、人口に占める女の割合が高くなる」

祖父の言葉は、見てきたように断定的だ。要は孔子の男尊女卑の思想が、徐福伝説を好きなように解釈してできた迷信である。それを当時の人々は、鵜呑みにしていた。

「誰か、行った者はおりましょうか？」

孫の、少し疑る質問に、祖父は軽く微笑んで応える。

「『山海経《せんがいきょう》』にも記されておることだ」

それは、仙人の一覧表である。それ以外の付録のような箇所に、周辺諸国から何万里も遠く離れた多くの所について、想像たくましく述べられた書物だ。

手描きの図版まであって、一眼国や小人国に巨人国、顔が腹にめり込んだり、極端に手足が長い人間がいると、どこまでも恐怖を煽って書かれている。

過度な表現は、徐福伝説も一役買っているのだろう。この世はいわば、妖怪変化の国々に囲まれているとの認識だ。それが当時の中華の、一般常識であった。

ところで、外蕃国《がいはんこく》（中華に接した異民族国家）には普通の人がいるものの、男女比が極端に女へ傾いていると、祖父は重ねて言う。

「では、見た者はおるということですか？」

炎は訪ねながらも、それにしたところで、遠い昔であろうと思っていた。

「少し前に、彼の国から楽浪海を渡って、主上《しゅじょう》（魏の皇帝曹叡《そうえい》＝明帝）に挨拶《ちょうこう》（朝貢）したいと使いがやって来てな」

意外な応えに、炎は昂奮した。それは、難升米《なしめ》が率いる邪馬台国の使節たちの到来である。後日『三国志』「魏書・東夷伝《とういでん》」に載る記事、日本では「魏志倭人伝《ぎしわじんでん》」と呼ばれる一節の件《くだり》だ。そのとき祖父は最高権力者として、彼らに引見したという。

「それは皆が皆、女でございましたか？」

孫の真剣な眼差しに、祖父は再び笑う。

「いや、来たのは男どもばかりだった」

女ばかりの島国を連想していた炎には、拍子抜けした応えであった。

「では、女は余りおらぬのでは？」

「いや、女が邪馬台国を完全に牛耳《ぎゅうじ》っておるそうだ。卑弥呼《ひみこ》と呼ばれる女王を中心に」

祖父が言っているのは、女の権力者が中心に国家形成をした国だということらしい。しかしそれだけでは、民の大多数が女かどうかは判らない。

「それは祖父様が、彼らから直にお聞きになったのですか？」

「そうだ。遼東《りょうとう》の地でなァ」

景初二年（二三八年）、炎の祖父司馬懿《しばい》（仲達《ちゅうたつ》）は、反乱を起こした遼東郡太守の公孫淵《こうそんえん》を討伐するため郡都の襄平《じょうへい》を囲んでいた。現在では、遼東半島と呼ばれる付け根の、西側辺《あた》りである。

反乱軍と司馬懿の鎮圧軍では、軍の構えが圧倒的に違った。大軍で襄平を蟻が這い出る隙間もないほど、十重二十重に囲んでしまえば、公孫淵側はやがて物資が尽きる。特に食糧は深刻だ。

詰まるところ、兵糧攻《ひょうろうぜ》めである。この策戦は、無駄に兵を傷付けることはない。しかし、とにかく時間がかかる。そこが欠点といえば欠点だが、司馬懿の得意技だった。

包囲戦を始めてしばらく経った頃、海岸線を南からやって来た一行があった。それが難升米率《ひき》いる邪馬台国の使節だったのだ。

彼らは司馬懿に、都の洛陽へ行きたい旨言上してきた。彼らも今、戦争という取り込みの最たるときに出会《でくわ》していると、充分に解っているはずだ。

「出直すつもりは、なかったのか？」

司馬懿のやや意地悪な問いに、難升米は頭を垂れる。彼は通訳を介して説明し始めた。

「お許し下され。我らはそうと知って、やって来たのです。今までは、公孫淵が通さぬのです」

辰韓から弁韓、馬韓と海沿いでやって来たのは、司馬懿の襄平包囲を知って、ようやく通れると判ったからだ。ここで退《ひ》き返せと言うは、酷《こく》というものだ。

使節の責任感に燃えた眼で応えるので、司馬懿は大いに彼が気に入った。今、彼らを通してやれば、洛陽からの兵站線《へいたんせん》を逆に辿《たど》ることになる。司馬懿が自署入りの札でも特別に持たせれば、難なく都へ行けるだろう。

しかし、そんな彼らが、擦れ違う軍兵たちにはどう映るか？　将軍に取り入って、戦場から遠離《とおざか》る連中と見做《みな》すかもしれない。それは彼らにとって、良い状況にはならない。

それに彼らの邪馬台国が、どの程度の実力で、将来使い物になるのかを、確かめる必要もある。司馬懿は熟考の末、そのような判断に到った。彼は、難升米を呼ぶ。

「我らの傍《そば》にて、戦い振りをしっかり見学しておかれよ。足止めを強いるのであるから、食糧は我らが提供しよう」

司馬懿はこのように命じて、彼らを目の届く所で野営させた。当然、公孫淵側からの護衛という名目で見張りも立てる。

無論、それだけではない。彼らの正体の一端でも探ろうと、探索方五十人ばかりを騎馬で辰韓へ走らせてもいた。

探索方は、辰韓の楽浪海に面した地方を何班かに分かれて廻り、邪馬台国のことをさまざまに訊いた。

魏の探索隊と判ったので、住民は安心して話してくれた。

彼らが隠し立てしないのは、邪馬台国から軍事的な脅威など全くなく、真面《まとも》な商取引をしているからだろう。

また、その地方から邪馬台国を往復した者たちもいた。

「都には卑弥呼なる女王がいるらしいが、本当のことか？」

「はい、そのように聞きつけますが、楽浪海近く（博多）にはいないようです」

都が現在の吉野ヶ里に当たるのか、遠い大和の纏向《まきむく》なのかは一切判らない。司馬懿にしても、そこは興味の埒外《らちがい》だった。彼が知りたかったのは、海に面した辺りに軍と指揮権のある将軍が駐留しているかどうかだけだ。

「向こうへ渡った者らの話では、何万人かの軍を持っているそうです。港近くの島には砦の構えがあって、湾内へ入る船と出る船は確実に管理していると」

それが、常備軍か屯田兵かは判らない。ただ司馬懿は、その答があれば充分だった。

邪馬台国の軍が対岸に屯《たむろ》しているのであれば、いざというとき半島へ呼び寄せることもできよう。いや、実際に来なくても、来るかもしれぬという可能性だけで充分だ。

今回のごとく半島近辺で事変の可能性があれば、「同盟の邪馬台国の軍を向かわせる」と、臭《にお》わすだけで抑止力になる。

祖父の考え方は、十代中半の炎にも解る。だが彼の頭には、女が多くいる外蕃国、否、邪馬台国（蓬萊島）という印象が強く残っていた。

それでも、炎が祖父とゆっくりと話せたのは、後にも先にもこのときだけだったのかもしれない。

第一章　太傅《たいはく》と高平陵《こうへいりょう》

1

「なぜ我ら司馬氏が、あんな奴らから、冷や飯を喰わされねばならんのだ？」

司州《ししゅう》、河内郡《かだいぐん》の温県《おんけん》を本貫とする司馬氏の一族は、寄ると触ると、このような不満を漏《も》らしたり打《ぶ》つけたりしていた。

それは魏の皇帝（曹叡《そうえい》）が、景初《けいしょ》三年（二三九年）に崩じてからのことである。このとき司馬炎《しばえん》はまだ数え四歳ゆえ、ようすを記憶していただけで、内容は長じてから知った。

ここでいう司州とは、都洛陽《らくよう》周辺の河南《かなん》、弘農《こうのう》、河東《かとう》、平陽《へいよう》の四郡をも含んだ地域である。つまり、近畿《きんき》（都の近く）の意なのだ。

温県は洛陽から約九〇里（三九km）東北にある。間には黄河が横たわっており、往来するには橋ではなく、舟を使って小平津《しょうへいしん》か孟津《もうしん》の渡しを使わねば行けなかった。

「くそっ、忌々《いまいま》しい。何の功績もない曹昭伯《そうしょうはく》（爽《そう》）などに、何で我らの統領が屈せねばならんのだ」

明帝《めいてい》（曹叡の諡《おくりな》）が崩御して二年経ち、元号も正始《せいし》へと変わっている。だが司馬氏にとっては、何ら芳しい状況は生まれていない。

「七年前のことを考えてみろ」

青龍《せいりゆう》二年（二三四年）には、有名な五丈原《ごじようげん》の戦いがあった。司馬炎が生まれたのは、この翌々年（二三六年）である。

「蜀の総大将諸葛孔明《しよかつこうめい》（亮《りよう》）の謀《はかりごと》を見抜いて撃って出ず、美事に奴を陣没に追い込んだのは、我らが統領仲達（懿《い》）様ぞ」

誰かが大声で叫ぶと、「そうだ！」と同調する声が周囲で湧き起こる。

「それだけじゃない。遼東《りようとう》で公孫淵《こうそんえん》が反乱を起こしたときはどうだった？」

勝手に呉と使節を取り交わして、燕皇帝を僭称《せんしよう》した遼東太守である。彼が馬韓、弁韓、辰韓にまで威力を示したため、邪馬台国は洛陽へ行きにくかったのだ。

炎が司馬懿から卑弥呼や難升米の名を聞いたのは、正にこのときのことである。

「ああ、まずは鎮圧に出向いた毌丘仲 恭《かんきゆうちゆうきよう》（倹《けん》）が敗れたので、統領自ら遠征されて、厄介者《やつかいもの》もあっさり叩《たた》き伸《の》めされたのだ」

兵糧攻めにして弱ったところを、邪馬台国の使節の前で攻撃したのだろう。見学に託《かこつ》けて、外蕃国を威圧することもできた。

その後、邪馬台国の使節を連れて、仲達は洛陽へ凱旋した。だからそのとき難升米は、「縁起の好い外蕃の夷《えびす》」と言われた。

「さすがじゃ。このような芸当を、あの曹昭伯めにできようか。望むべくもなかろう」

このように評されても、曹爽に抗《あらが》う力量はない。彼自身、矢石《しせき》の間《かん》（戦場）に身を晒《さら》す武人の経験は全くなく、明帝の御側に侍《はべ》って、近くから政《まつりごと》を見聞きしていただけだった。

逆にそれだけが、彼の強みといえる。

曹爽が政界で大きな力を持つようになったのは、明帝が、生前に全幅の信頼を置いていたからに他ならない。

「あのような嘘の塊《かたまり》に、なぜ明帝は気をお許しになったのだろうな?」

司馬一族が悪く言う曹爽とは、魏国を建てた曹操の甥《おい》(曹真《そうしん》)の息子である。彼は、明帝の東宮(皇太子)時代から仲が良く、常に従っていたのだ。

「要は、側近の一人だったに過ぎん」

酷評されれば、曹爽はそのとおりの人物である。司馬氏統領の懿とは、国家的功績の点で比べるべくもない。ただ、類は友を呼ぶの言葉どおり、曹爽の周辺には評判の悪い有象無象が集まっていた。

誼《よしみ》を通じるのは、弟の曹羲《そうぎ》、化粧して歩く美男子の誉れ高い何晏《かあん》、司馬懿の官位を落とすべく、この二年あれこれ画策した丁謐《ていひつ》、詩作が達者な畢軌《ひつき》、才智が売り物の李勝《りしょう》、多少は学のある桓範《かんはん》、官位を妾と交換したと不名誉な噂をされる鄧颺《とうよう》らである。

彼らは多勢をいいことに、司馬懿を太傅《たいはく》という位に祭り上げた。それは位人臣《くらいじんしん》を窮《きわ》める最上位である。

だが、皇帝の養育係というだけの、何ら実権のない名誉職だった。

曹爽を、司馬懿に代わって大将軍へ昇進させるに当たり、詭弁《きべん》を弄《ろう》したのが丁謐であった。それも巧みに、邪馬台国を出汁《だし》に使ったようなのだ。

明帝(曹叡)の気分が急に優れなくなったのは、魏の見送り使節を連れて、難升米らが去った直後である。それはたまたまのことだが、まだ迷信が巾を利かせている時代にあっては、因果関係を捏造《ねつぞう》するぐらい簡単だ。

「邪馬台国の使節と会ってから、明帝の御ようすがだんだんと怪しくなったような記憶がございます。皆様方は、いかが思し召す?」

「おお、そう言えば、そうかもしれぬ」

誰かが丁謐に阿《おもね》ると、曹爽の取り巻き連はそれに追従《ついしょう》する。

「確かに、奴らは女王の支配下にいると言っておりましたが、それはきっと呪師《まじないし》や巫女《みこ》の類いでございましょう」

「きっとそうです。もしかして、夷狄の敵地から、主上に対し奉《たてまつ》り、好からぬものを持ち込んではいますまいかな?」

丁謐が断定的に言うと、曹爽の周囲では邪馬台国の使節が、いつの間にか「縁起の悪い外蕃の夷《えびす》」に変化していった。

それを裏書きするかのように、明帝の容態が突然どんどん悪化していった。それはそれまでの美食や深酒、房事などが、ここで堰《せき》を切って祟《たた》っただけのことである。

しかし、宮廷人たちの目には、何とか立ち居振る舞いできていた皇帝が、使節の帰還とともに頽《くずお》れたように映っている。だから、「邪馬台国」と「縁起の悪さ」が対に成って記憶に刷り込まれていったのだろう。

それは邪馬台国にとっても不幸な結果になって、以降は積極的で大きな外交に、どうやらつながらなかったようだ。

治療と加持祈禱《かじきとう》は連日つづけられたが、明帝は遂に帰らぬ人となった。遺体は高平陵《こうへいりょう》に葬られ、魏帝国総出の大々的な儀式が挙行された。

大喪が発せられたが、それをもたらした張本人が司馬懿だと、密かに言われるようになった。つまり、それを強く印象づけるため、丁謐のこじつけが流布されたのだ。

そのような不縁起の連鎖を言い募ったため、明帝の崩御は司馬懿のせいになった。新皇帝の即位後に、このような不評が宮中で染みのように拡がると、司馬懿を中央から外す雰囲気が何となく醸成される。丁謐が出任せに言ったことが、偶然当たったに過ぎないが、時節の勢いが嘘を本物臭く見せていった。明帝の後継として即位したのは、八歳の曹芳《そうほう》である。宮廷人らは、明帝が崩御する間際に指示したとも、曹爽が勝手に決めたとも噂している。しかし、真相は闇の中だ。

ともかく、そのような少年皇帝相手に、論語などの勉学を教えるのが、形式上は司馬懿に課せられた目下の役目である。それでも、自分たちの出鱈目《でたらめ》振りを吹聴されるのを恐れてか、直接の教育は丁謐や桓範、李勝らが行うようだ。

ここまでは、曹爽一派の策戦勝ちにも見えた。ところが曹爽と取り巻きには、政治を行ったり軍を指揮する能力が皆無である。

このような状態でありながら、司馬仲達は太傅のままなのだ。

「役不足も、いいところではないか」

司馬一族や、宮廷人らはそう言う。

一方の曹爽は、実権のある大将軍を拝命しているも、こちらは荷が勝ち過ぎていると、誰の目にも明らかだった。

「呉と蜀が連合して、攻めて来よったのを知っておるか？」

正始二年（二四一年）春、呉軍が淮南《わいなん》と六安《りくあん》、柤中《そちゅう》、樊城《はんじょう》へ侵攻してきた。司馬懿《しばい》子飼いの梁幾《りょうき》が、詳しく調べて報告している。

「淮南は全琮《ぜんそう》、六安は諸葛恪《しょかつかく》、柤中は諸葛瑾《しょかつきん》と歩隲《ほひつ》、樊城は朱然《しゅぜん》と孫倫《そんりん》が軍を率いております。いかがいたしますか？」

つまり、呉軍が南の四箇所から魏を攻撃する手筈をつけたのだ。いや、それだけではなく、蜀軍が同盟して、漢水の上流から軍船を押し立てて来るともいう。

このとき司馬懿の脳裏では、合肥《ごうひ》で駐屯する王淩《おうりよう》に命を出して、淮南と六安、柤中を堅《かた》く守らせる策が見えた。

王淩は日頃から呉の流民（難民）に対して、土地を与えて屯田《とんでん》させる策を実施し、百万人は確保している。呉が攻めて来たと兵を募れば、三十万人の勢力にはなる。

淮南と六安、柤中へ十万ずつ当てれば、それだけで呉軍は撤退しよう。そして問題は、樊城だった。

司馬懿は、自ら彼らにぶつかるつもりだった。だが、蜀の軍船が漢水を下って掩護《えんご》に来れば、対処が難しくなる。大将軍蔣琬《しようえん》は、病身を押してここぞと奮い立っている。

だから、梁幾を使って噂を流させる。

「先帝（劉備）が荊州を攻められたとき、夷陵《いりよう》で陸遜《りくそん》に逆襲された。このとき軍船で行動していたため、退却が思うようにいかなかったことを、忘れてはならぬ」

「そうだ。万が一のとき、軍船は危ない。しかも今回は漢水だ。長江よりも、操《あやつ》りにくいんだ」

「そうだな。やはり、陸路で進軍した方がいいのではないか」

満を持していた蔣琬は、水軍策戦決行を副将連からの保留要求を受けて気持が萎《な》え、遂《つい》に寝こんでしまう羽目に陥った。

司馬懿の策戦は、闘う前から始まり、軍を動かす前にほぼ決着を遠望していた。

2

「曹昭伯《しようはく》（爽）は、どのような手を打ったらいいかさっぱり解らず、結局は我らが統領に意見を諮《はか》って軍を授けたというぜ」

「ああ、実際、曹大将軍（爽）は全く出陣せず、太傅の司馬統領が、軍を率いることになったんだ。何が曹大将軍だよ」

温県の司馬一族が集まった館で、まだ都へ出たことのない壮年や若者らが騒いでいた。このときの炎は六歳で、末席で食事だけをしていた。

ただ、大人たちが気勢を上げている内容だけは、何となく記憶に残っている。

「ところで、実際に軍を率いるためには、虎符《こふ》ってものが要るんだ」

これは虎の彫刻が為された金属で、二つに分かれている。そんな説明をしている一族の言葉を、炎は仄《ほの》かに解っていた。

「将軍が一つ持つが、もう一つは皇帝、今は曹昭伯が代役で持ってるんだ。それを将軍に渡されて、左右揃って初めて統帥権が確立するって寸法だ」

曹爽が司馬懿へもう一方を渡すのは、関所を出てからだったと彼は言う。それは反乱を懸念するからで、親衛隊を関所に詰めて見張らせたまま渡すのだ。

彼らが言うのは、曹爽がいかに司馬仲達を恐れているかだ。だから一族の統領が頼れる存在だと、お互いに確認したいらしい。

「だけど今回の呉や蜀に対する戦果を、曹昭伯らは認めぬと言い出してるんだ」

この一言に、集まった者らは色めき立つ。

「どういうことだ！」

蜀の総大将蔣琬《しょうえん》が大きく体調を崩していると、温県辺りにもようやく伝わってきたようだ。このときは、梁幾が軍船を使わないよう噂を振り撒いたことなど、彼らも曹爽側も知らない。

また、呉では諸葛瑾《しょかつきん》が病床に就いておって明日をも知れず、孫権が最愛の長男としている皇太子孫登《そんとう》も重病と伝わってきた。そして暫くして、二人が物故したと判った。

「蜀と呉で、戦争継続が適わない事態が起こったため、敵側から兵を引いただけだと」

曹爽一派が吹聴する噂を、炎の叔父司馬伷《しばちゅう》が皆に告げた。当然ながら反発が起こり、皆が口々に言う。

「奴らと決戦するときには、是非招集いただくよう、統領へ嘆願しようではないか」

威勢良く言ったのは、これも炎の叔父に当たる司馬亮《しばりょう》だった。

「いや、統領からは、自重するようにとのことだ。これだけは守らねばならぬ」

血気に逸《はや》る壮年以下の若者を窘《たしな》めるのは、炎の父司馬昭《しばしょう》である。

司馬懿の息子らが洛陽ではなく、こうして温県にいるのは、都行きを自重しているからだ。いや、少なくとも曹爽一派に、そのように印象付けるためである。

今は長男の司馬師《しばし》だけが、父親と同じく洛陽にいて補佐している。跡取りなので、それは周囲から見て不思議な状況ではない。

それ以外の一族は、余り動くべきではないと、司馬懿が命じている。それは、目立つことを抑えているからだけではない。曹爽が蜀相手の侵攻を考えているから、無駄死にさせぬようにとの配慮でもある。

曹爽の蜀侵攻策は、彼が国家への貢献において、仲達に近づくためである。

「つまり、蜀相手に軍功を立てれば、名実共に功労者としての箔《はく》が付くというわけだ」

「あいつに軍事行動なんか、指揮できるわけが、なかろう」

誰もがそう思うが、そこには曹爽独特の画策があると司馬昭が言う。

「あいつも甲冑に身を固めて、側近どもと出陣するつもりだ。だがな、統領を中央に置いて、自分たちは最後尾に付くつもりだ」

「それでは、指揮などできるのか？」

「できぬことが解っているからこそ、そうするのだ。つまり、派手に出かけて戦いは統領に任せ、勝てば勝ったでイの一番に凱旋する腹なのだ」

「何と卑怯未練な輩よ」

司馬氏一族の恨みは、頂点に達しかけている。それでも司馬昭は統領の次男として、一族を宥《なだ》めに廻っていた。

「ところで次男殿」

一族長老の一人が、司馬昭に話を向けていた。それは炎の、直ぐ側での会話である。

「次期統領の長男子元《しげん》（師）殿には、まだお子が出来ぬらしいが、側室はおってかな？」

「はあ、何人か置かれているようですが」

実の弟とは言え、兄の本妻はともかく側室までも、詳しく知っているわけではない。ただ、長老も興味本位で訊いてはいない。

司馬懿が鬼籍に入れば、次の統領は司馬師になり、またその長男が統領を継がねばならない。そしてその次はと、行く末を見越しているのだ。

しかし子は授かり物にて、誰も予想がつかない。司馬昭は炎と定国の男子二人を授かっている。長老は、いざとなれば次男を司馬師の養子にせよと言いたげである。

この時代において男子のいない兄弟へ、自分の息子を養子にやって家督を継がせるなどは、日常茶飯事だった。だから司馬昭も、そこは覚悟していたようだ。

「万が一を考えて、我も子作りに励んでおきましょう」

父司馬昭が上手く躱《かわ》しているのを、炎は側で興味深く聞いていた。弟が、伯父の家へ入るかもしれない。彼は何となくではあるが、絡繰《からく》りを理解していたらしい。

その後（二四三年）、呉の丞相顧雍《こよう》も他界して、孫権は重要な身内と家臣を失ったと噂された。しかし一番問題になったのは、孫権の錯乱とも思える措置であった。

それは時間をおいて、ゆっくりと魏にも伝わってくる。

「登《とう》皇太子が薨去《こうきょ》した後、弟の子孝《しこう》（和《か》）殿が冊立されたが、次の弟子威《しい》（覇《は》）殿にも同じような待遇を授けておられるとか」

呉の家臣にしてみれば、双方の立場がいつ逆転するか判らない状況だ。どちらかに深く肩入れしていれば、いつ何時どんでん返しで冷や飯を喰わされるか判らない。

このようなときは、双方から適当に距離を取るのが無難である。そうなると、国家（君主）への忠誠心が薄らいでくる。ひいては、戦闘意欲も下がろう。

やがて呉の状況は「二宮事件」と呼ばれる停滞期を示すようになる。だが暫《しばら》くの間、他国（特に魏）は、孫権を買い被っていたきらいがあった。

「孫仲謀《ちゅうぼう》（権）閣下は二派を競争させて、諸葛子瑜《しゆ》（瑾）亡き後の、より強い呉を作ろうとしているのでしょうかな？」

「そういうことでしょう。呉の御家中も、大変でしょうがな」

魏の宮廷人は、上策であるかのごとく口々に噂する。本気で内情を見ないのは、飽くまでも他人事であるからだ。

孫和と孫覇を、それぞれに戴く派を醸成させることは、普通考えにくい。しかし名君の誉れ高い孫権が考えたことだからと、魏では先行きに戦々兢々《せんせんきょうきょう》としていた。

ところが、徐々に聞こえてくる呉の烈しい内紛や孫権の精神状況から、決して彼の深謀遠慮などではなく、とんでもない前代未聞の愚策と判ってきた。

早耳の宮廷人が、即刻批判を始める。

「やはりなァ。皇太子と、弟を同等に扱うなど、二派が啀《いが》みあう根源以外のなにものでもありませぬ。正に愚の骨頂です」

「前皇太子（孫登）が急死して、先が見えなくなったのですな」

「いや、いろいろ伝わってくるところに拠《よ》ると、嫦娥散《じょうがさん》なる薬の中毒になっているとか」

「はて、それは、どのような？」

「鬼虞美人草《おにぐびじんそう》の花が散った後の実から取る乳液を、乾かして粉末状にした物らしいのですが、何でも痛み止めになるとか？」

「ああ、外科手術には有効らしい」

「それを不断使うと、実に爽快な夢見心地になるそうですぞ」

「では、一度使ってみたいですな」

「ところが、好事魔多し。止められなくなって、無ければ地獄の苦しみに陥って、遂には廃人同様に成り下がるそうです」

「ということなら、孫仲謀の状態は？」

「推して知るべしでございましょう。使うのが判っても、後難を恐れて止める者など、一人としておりますまい」

だから、錯乱していったと思しい。それが孫登の病死と重なって、あろうことか孫和《そんか》と孫覇《そんは》の両人を、皇太子と皇太子並として立たせる事態を招いたのだ。

このような話は、時を経ずして温県の司馬一族にも伝わっていく。

「呉が内輪で揉めてくれるなら、今後攻めて来ることは少ないですな」

「まあ、油断は禁物だがな」

司馬氏の若者が言うと、司馬昭は柔らかく抑えて廻る。

「呉の内情は判りましたが、蔣公琰《しょうこうえん》（琬《えん》）殿が倒れている蜀はいかがでしょう？」

若者が知りたがるのも当然である。

「費文偉《ひぶんい》（禕《い》）というのが後釜の大将軍だ。こいつは、北伐に熱心ではないから、当面は大丈夫だろう。それに皇帝を拝命している劉公嗣《りゅうこうし》（禅《ぜん》）が、政《まつりごと》に全く疎《うと》いらしい。まあ、早く言えば盆暗なのだ」

この一言に、司馬一族は大きく弾ける。

司馬炎は、このようなようすをしっかり見聞きしていた。彼は少年ながらも、呉と蜀が内政に問題を抱えていて、当面魏への侵攻が考えにくいと、しっかり理解していた。

3

「主上（皇帝の二、三人称）がお生まれになったのは、国母様が西王母より授けられた桃を、お食べになったからと言うぞ！」

このような国家を創成した英雄や偉人、豪傑に付き物の怪異で摩訶不思議な生誕伝説が、司馬炎に関しては全くない。

それを不可解とする向きもあるが、要は疑いなく由緒が正しいからである。

祖父が司馬懿、父は司馬昭ともなれば、それだけで、どこへ行っても御曹司として通用する。改めての地位や役職で説明するまでもなかった。他の修飾語は一切不要である。

母親が龍の胤《たね》を宿したとか、生まれた時に産室が黄金色に輝いたという、「感生帝説《かんせいていせつ》」に付属する権威付けなど、ある方が却って胡散臭いと思われよう。

「とうとう曹昭伯（爽）めが、蜀への侵攻を決めたようだぞ」

正始《せいし》五年（二四四年）の初夏になって、曹爽は蜀への侵攻を決めた。蜀の桟道《さんどう》を渡って漢中（蜀の北部）へ攻め入ろうという策が、温県の司馬一族にも伝わってきた。

「まさか、我が統領が先陣を承《うけたまわ》るのでは、なかろうな？」

皆は曹爽が、司馬懿の合法的な暗殺を謀っているのかと心配する。だが、それを杞憂《きゆう》と一蹴《いっしゅう》したのは司馬昭だった。

「それはない。我にも、今回の遠征に出撃せよと命がきておる」

長男の後継たる司馬師を外して、次男にお鉢が回ってきた恰好だ。彼は一族の心配を取り払おうと更に話す。

「もし、侵攻が成功すれば、またもや統領だけが戦功をあげることになる」

それを、一番厭がっているのが曹爽だ。だから、どう転んでも司馬仲達は、中央に置くはずだ。総勢が十万というから、漢中を攻めるも、返して曹爽への反乱もできぬ位置づけにしておくのだ。

つまり曹爽は司馬懿を、搦めているつもりでいるらしい。

「今回の立策は、夏侯太初《かこうたいしょ》（玄《げん》）だそうな」

司馬昭がその名を告げると、年配者は失笑する。若い司馬氏は興味を覚え、何があったのかと聞きたがる。すると、長老の一人が、酒を一杯飲んで立ちあがった。

「二十年ばかり前のことだが、あいつの父親は夏侯伯仁《かこうはくじん》（尚《しょう》）といって、愍侯《みんこう》（夏侯淵《かこうえん》）の甥だ。血筋だけなら問題はないし、正妻は曹家一族から嫁いできておった」

ところが夏侯尚は、愛人を後庭に囲っていた。これもよくあることで、取り立てて非難される事由ではなかった。

だが、本妻曹氏のもとへ全く寄りつかず、話を小耳に挟んだ文帝（曹丕《そうひ》）が激怒して刺客を立て、愛人を刺殺したという。

「それは、文帝も手荒なことを」

若者も、少しは夏侯尚に同情的だ。

「だが、問題はここからだ」

最愛の情人をあの世へ送られた夏侯尚は、どうやら気を病んだらしく、墓へ行って彼女の遺体を掘り出した。

「それは、鬼気迫る光景です。見た者は驚愕を隠せませぬな」

「そのとおりだ。しかも夏侯伯仁は、彼女の死骸に頬擦りをしておったとか。それをも文帝はお怒りになったが、思い直して薬が効き過ぎたなと反省なさったそうだ」

しかし、夏侯尚の気の病は治まらず、二年後の黄初《こうしょ》七年（二二六年）遂に卒した。

「夏侯太初（玄）の名を聞くと、年配者はこの事件を思い起こしてなァ」

聞き終わった若者らは、大きく溜息を吐いている。だが今の問題は、倅の夏侯玄がどのような策を披露したかだ。

「あいつの策は、駱谷道《らくこくどう》の一点突破だ」

渭水盆地（関中）の南にある秦嶺《しんれい》山脈は、魏と蜀の北方（漢中）を分けている。そこを通るには、険《けわ》しい崖に木製の柱を突き刺し、板を並べた側道を利用するしかない。

それが、蜀の桟道《さんどう》と呼ばれる難所だ。

駱谷道の他にも、子午道《しごどう》や斜谷道《しゃこくどう》、故道《こどう》、関山道《かんざんどう》などがある。夏侯玄は、他の道へ蜀軍を分散させて、魏軍は一点に力を注ぐというのだ。策だけ聞けば一理ありそうだが、実際に漢中へ出るのに、どれだけの時間を要するか考えていないのだ。

桟道は、人の手で架けられたものなので、大きな幅ではない。二列縦隊では進めないから、十万人が縦一列で進撃するのだ。鎧を身に着けて武器を持った恰好ならば、一二三〇里（九九・六km）以上にも及ぶ列になろう。

当然ながら斥候に見つかって、待ち伏せを喰らうはずだ。無謀と言うしかない。

「仲達統領は、反対なさらなんだのか？」

「成功は難しいとお応えになったそうだが、とにかく蜀に攻め入って、経歴に箔を付けたい一心の曹昭伯と取り巻き連が、有無を言わさず押し切ったそうだ」

その説明に、一族は歯噛《はが》みしていた。

「そこで、統領や子上殿に万一のことがあったら、残った一族で乱を起こしましょうぞ」

血気に逸った若者らが気勢を上げるのを、司馬昭がまた宥《なだ》める。

「気持は嬉しいが、早まるでないぞ。父上も我も、そう簡単には死なぬからな」

司馬昭は言い措いて、洛陽へ旅だった。

その後、洛陽からは司馬一族の使いが頻繁に温県を訪れた。その第一報は、大軍での洛陽出発だったが、普通遅くとも半月程度なのに、なかなか長安へ到着しなかった。

「呆《あき》れるの一言ですぞ。曹昭伯（爽）は、洛陽からゆっくり進軍して、長安まで何と二ヶ月もかかっております」

「統領が指揮していれば、旬日以下で着こうものを。なぜ、それほどまで時をかける？」

「沿道の城邑の者らに、曹大将軍ここにありと、煌《きら》びやかな姿を見せつけたいのです」

「それは、凱旋したときにすべきことだが、あいつには解らぬのであろうな」

とにかく、自分の宣伝を第一に考えている曹爽らしいと、司馬一族は苦笑する。

「このようなことで駱谷道を通れば」

長老の一人が心配事を口にした途端、誰もが負け戦を予感した。司馬懿と司馬昭の身の上を懸念したのか、流石にそれ以降口を切る者はない。

戦いの報告がもたらされたのは、そこからまた一ト月以上経ってからだった。

「ようやく、駱谷道へ進軍したもようです」

「なぜ、長安到着から進軍まで、こんなに時間を費やしたのだろうな?」

「輜重運搬用の馬や驢《ろ》馬《ば》を、羌《きょう》族や氐《てい》族から調達するのに、随分手子《てこ》摺《ず》ったのです」

事情を説明されて、司馬一族は曹爽の後手後手に呆《あき》れ果てている。

司馬懿が指揮を執っていれば、洛陽を出発する以前に使いを走らせ、遊牧民族から必要な物を集めて、彼らを優遇することも忘れなかったはずだ。

それゆえ、出発から侵攻までは精々半月で事足りたろう。

「一事が万事だな。ますます統領と次男殿が心配になってくるわァ」

それから次の知らせが来るまで、司馬一族はギリギリした心持ちであった。そして、遂に洛陽から早馬が来た。

「夏侯太初（玄）の策は、美事に失敗です。実は運搬用の馬や驢馬が桟道の途中で怯《おび》えだして、進まなくなったのです」

「あり得ることだ。それを、曹爽の部下どもが、鞭《むち》で引《ひ》っ叩《ぱた》いたのか?」

そうなると、怯《おび》えた家畜は暴れ出す。それを蜀軍に気づかれたら、攻撃して下さいと、言っているようなものだ。

「駱谷道の隘路《あいろ》にある興勢山《こうせいざん》から矢を射かけられ、岩をも落とされて、一歩も進めないどころか、落石を受けた魏軍に多くの犠牲者が出ているとか」

運搬用の家畜も多数落とされたため、付き従っていた羌族や氐族にも、相当な犠牲者が出ているという。曹爽はこれから、彼ら遊牧民にも怨まれる存在になるのだ。

「では、撤退しているのかな？」

そこがどうなっているのか、詳細が全く判らず、もどかしい限りだ。

「それが、大将軍の曹昭伯殿が、一歩も引くなと宣《のたも》うておられて」

魏の大軍は、進みも引きもできぬ状況へ、すっかり追い込まれているらしい。

「それで、我が統領と次男殿は？」

司馬一族は、それが肝心だと言い募るが、そのときにも未だ安否が判らなかった。

またもや五日が過ぎて、また洛陽から統領屋敷の小者が走ってくる。

「統領も次男殿も御無事ですが、魏軍は敗れております」

この際、魏軍が敗れるのは織り込みずみであった。二人が元気でさえあれば、曹爽に恰好が付かない方が、却って快哉《かいさい》を叫べる。

「夏侯玄の策戦を推進した李勝《りしょう》と鄧颺《とうよう》が、それでも進軍を言い張ったそうです」

「それは軍法に背く。曹爽の側近とて、判断を促してはならぬはず」

長老が指摘するとおりで、報告者は細かい描写をする。

「軍専属の校尉が、軍法違反と叫んで、柄《つか》に手を掛けかけたそうです」

曹爽が自ら謝って、事なきを得たらしい。

「曹大将軍は、司馬統領が失敗したなどと吹聴しておるようですが、長安から洛陽までの城邑では、そのような虚言を誰も全く信じておりません」

それはそうだろう。曹爽は派手な衣裳で時間を掛けて、ゆっくり行進していたのだ。同じ衣裳で敗残の姿を晒していれば、大将軍の曹爽だと、誰でも判る。

4

「司馬仲達閣下へ、とんでもない濡れ衣を着せようとしたもんだな」

大軍が通過した城邑では、皆が皆、興勢の役で失敗した曹爽の陰謀や出任せと言って、誰も負け戦の原因が司馬懿にあるなどと思っていない。

「曹昭伯は動転して、そんなことすら判らないのだな」

噂は沿道から広まり、都にも達していたのだ。曹爽としても恰好が付かず、噂が鎮まるのを、ここまで待つしかなかった。

司馬一族は「それ見たことか」と、未だに皆が皆嘲笑を浴びせていたのだ。

ようやく三年が経ち、洛陽の司馬師から司馬昭へ、いや、実際には炎へお達しがあった。

「洛陽で奉仕しろ」

具体的な要請である。伯父の司馬師に命じられれば、全く嫌も応もない。彼は早速、洛陽行きの支度を始める。

無謀な駱谷道《らくこくどう》の役《えき》（興勢《こうせい》の役ともいう）の話も薄らぎ、炎も十二歳となった。まだ元服まで間はあるが、司馬師の配下となって、一族統領の手伝いをするわけだ。

　これは任官、つまり、役人の見習いではない。かと言って商人の下働きたる丁稚《でっち》奉公でもないので、掃除や洗濯などの家事雑用はない。主に文書の整理や、他家への簡単な使いなどが彼のする役目だ。つまり、世間へ顔を売り始めるのである。当然ながら、勉学の時間も与えられる。

　司馬師屋敷の一隅で寝起きしても好いとのことで、炎は養子縁組が進みつつあるのかと邪推した。だが、最近弟の定国が感冒で早世し、前年（二四六年）十歳下の三男攸《ゆう》が生まれている。

　もし、司馬師にこの先息子が生まれなかったら、自分か攸が養子に出されるのかもしれない。彼はそんな将来も、大まかに思い描いていた。

　炎が、従者十人ばかりと司馬師の屋敷に着くと、司馬師の正妻羊徽瑜《ようきゆ》が笑顔で迎えに出てくれた。

「安世《あんせい》（炎）殿か。ようお出でなされた」

　彼女は子供がないので、炎のような少年が屋敷へ来てくれることが、とても嬉しいようだ。従者らにも愛想好く接している。

　中護軍《ちゅうごぐん》（近衛兵の指揮官）の司馬師本人と会ったのは、その日の夕刻だった。押し出しの立派な、容姿の美しい男だった。ただ、瞼が異様に腫《は》れている。そこが、文字どおり玉に瑕《きず》だった。残念ながら彼が眉目秀麗と呼ばれるのを、大きく妨《さまた》げている。

「大きゅうなったな。かつて一族が屯《たむろ》している屋敷で、子上《しじょう》（昭）の傍で黙って大人の話に耳を傾けておったが」

　確かに炎は子供に似合わず、一族の話に耳を欹《そばだ》てていた。そして断片的ながら、内容の骨子は摑《つか》んでいたのだ。

　しかし、司馬師に対する記憶は、ほとんどなかった。

それは、一族郎党が集まる場所で、司馬師が次期統領然として、偉そうな口を絶対に叩かなかったからだ。

「これから御厄介になります。どうぞ、よしなにお引き回し下さい」

そのような挨拶で、司馬炎の洛陽生活は始まりかけた。

「明日は、お祖父様に引き合わせよう」

太傅の司馬懿《い》（仲達）のことだ。炎は気持に緊張が走った。司馬師は甥の心を読み取ったのか、笑顔を向ける。

「武将だが、恐い御仁ではない。落ち着いて話してみろ」

翌日、司馬師に連れられて、司馬氏統領の屋敷へ赴いた。門の構えからして、一族が屯《たむろ》する館と全く違っていた。入口正面に影壁《えいへき》が設えられてある。外から、中が見渡せないように設えられた目隠しだ。

石の材質一つ取っても、表面の磨き具合が人手を掛けていて全然違うのだ。

仲達とは初めて会った。いや、かつて対面はしたのだろうが、炎は覚えていない。

それは祖父の司馬懿も、司馬師同様に一族の前では言葉少なだったからだ。だから、ほぼ初対面に近いのだ。

司馬懿の印象は、浅黒く精悍な顔付きというものだった。これなら、兵士も畏敬の念を抱いて付いてこよう。

炎は改めて、そのような印象を持った。

「母親（王元姫《おうげんき》）に肖《に》て、涼しい目元をしておるな。ここにて、しっかり働け」

炎は平伏して聞き、「何なりと仰せ付け下さい」と返答していた。ただ、祖父が母に言い及んだことは、炎を評価しているようにも聞こえる。

王元姫は父司馬昭の正妻であるが、当時の婦徳を体現したような女性だった。司馬昭の日常生活だけに止まらず、司馬懿や司馬師ら目上には無論のこと、周囲の一族郎党への目配りも細やかだった。

彼らが重労働したときは労《いたわ》って酒肴を用意し、怪我や病で倒れた者たちには、医師を付けたり薬の調達も忘れなかった。

少しでも関わりのある人物に対して、季節の付け届けの挨拶を切らさなかった。

他人の陰口を叩かないことにも、徹底していた。それは炎にも伝わっている。彼も、他人の悪口は嫌いだった。

その日から、炎は様々な屋敷を歩いて廻った。そのほとんどは、司馬氏一族だった。それも、司馬懿の弟たちの所が多かった。つまりは、炎の大叔父たちである。

まずは古老たちへ顔と名前を売り、覚えてもらうことが炎の洛陽始めだったのだ。

数ヶ月、伝言と書き物を届けていたが、夏が始まりかけた頃、初めて他家への使いを仰せ付かった。

「諸葛《しょかつ》家へ、これを届けて下され」

司馬懿の屋敷へ詰めたとき、祖父の懐刀と呼ばれる梁幾《りょうき》から、函《はこ》に入った書類を丁寧に託《たく》された。

諸葛といえば、蜀の諸葛亮《しょかつりょう》(孔明《こうめい》)か呉の諸葛瑾《しょかつきん》が有名だった。二人とも物故したが、それぞれに子孫がいて、呉の諸葛恪《しょかつかく》が一番名を馳《は》せている。

「魏にも諸葛が……?」

炎が思わず呟くと、梁幾が説明する。

「この魏にも、御座《おわ》すのです。司馬子将《ししょう》(伷《ちゅう》)様の奥方の里でもあります」

蜀や呉の諸葛氏とも、遠い先祖は同じらしい。どうやら一族が生き延びるため、三国に散ったようだ。家や一族に価値観を見ていた時代の考え方が如実にある。

「行ってまいります」

諸葛の当主は現在「誕《たん》」といった。揚州（安徽省）の刺史《しし》（知事兼監察官）だというから、巣湖《そうこ》の北にある都の合肥《ごうひ》辺りで任務に就いているはずだ。

なのに、この書類はどうなるのかと、考え倦《あぐ》ねている間に、屋敷の門前へやって来た。きっと儀礼的な時候の挨拶だろうと思い、取り次ぎのため郎党の姿を探した。だが、門が開いているのに、誰もいない。

炎が大きな声を出して誰かを呼ぼうとしたとき、奥から進賢冠《しんけんかん》の若者が闊歩してくる。

「御教授、ありがとうございました」

そう言いながら、家の子らが見送りに出てきている。つまりその進賢冠は教師と呼ばれる立場の人物らしい。

炎は門の脇へ身を寄せて、進賢冠を遣り過ごそうとした。すると傍を通りかかったその男は、炎を見て立ち止まった。

「これは、司馬太傅殿のお身内か。我は鍾士季《しょうしき》と申す。太傅殿へよしなに」

進賢冠は炎を見て、妙に科《しな》を作って笑う。

彼はそう言い措《お》くと、待たせていた御者を呼んで帰っていった。その馬車が見えなくなるまで、諸葛家の一同は目送している。そうなると、炎も同じように見送っていないとばつが悪い状況だ。

「お待たせいたしました」

ようやく郎党が声を掛けてきたので、炎は向き直る。

「司馬太傅殿からの文でありましょう」

声は相対した郎党ではなく、後ろからだった。身形《みなり》が一段と良いのは、諸葛氏の一人だからで、炎より三、四歳年長のようだ。

炎が姓名と字《あざな》を明らかにすると、彼も諸葛靚《せい》（仲思《ちゅうし》）と名告った。

炎は、彼も先ほどの鍾士季なる男も、なぜ自分が司馬懿ゆかりの者と判ったのか不思議だった。それを問うと、諸葛靚が笑う。

「足下が、抱いている函を見たからです。ただ我は、足下と以前遊んでおりますぞ」

諸葛靚は、函の形状や色から所持者の氏が判るという。ならば、ひけらかせず歩かねばならぬ。また、遊んだのは洛水の畔《ほとり》らしい。かつて伯父宅へ連れてこられたとき、郎党が河原へ連れていったようだ。

「我が鞠を持っており、蹴って遊びました」

そんなことがあったと、炎も思い出した。

函は、司馬家の小者が月に一度返書が入ったものを受け取りに来るらしい。炎は使いがすんだので、諸葛家を辞した。郎党たちが挨拶して、全員で目送してくれる。

背中にこそばゆいものを感じながら、炎は屋敷に着いた。使いが終わったと、報告に出る。そこでは丁度、司馬懿が梁幾と何やら話し込んでいた。

「無事、届けたか？」

司馬懿が、目を細めて問いかける。

「はい、そのおり『よしなに』と言った人」

炎は鍾士季のことを伝える。

「はて、どなたかな？」

仲達が記憶を弄《まさぐ》っていると、梁幾が言う。

「故鍾元常《しょうげんじょう》（繇《よう》）殿の末っ子では？」

「ああ、あの元常殿が七五歳にして、愛妾に産ませたという御仁か」

5

炎は、鍾会（士季）なる青年を明瞭に覚えた。

諸葛靚の方が、なぜか彼と抱き合わせの記憶となっていた。印象の度合いなのだろう。

その後、諸葛家へ使いすると、諸葛靚は炎を堂《どう》（独立した応接室）へ通してくれた。要は、昔馴染みの客人として扱ったのである。

「魏は、蜀と呉を統一して、全土に君臨する国にならねばなりませぬな」

「ああ、我らが国の中枢部に入り込んだ暁には、そうなりたいものだ」

そのような所で二人は将来の魏について、少年らしい夢を語り合った。

ある日は先客に鍾会がおり、そこへ加わった恰好となった。

「最近、司馬太傅《たいはく》殿は息災ですかな？」

鍾会は炎から、司馬仲達の近況を訊きたがっていた。それは司馬氏統領が、最近病気がちらしいとの噂が立っているからだ。諸葛靚としても、真偽を確かめたいらしい。

炎とて、司馬懿の状況をつぶさに知っているわけではない。靚に言われて、そういえば最近宮城へ出仕していないことに、初めて思い至ったぐらいだ。

「祖母（司馬懿の正妻張《ちょう》春華《しゅんか》）が鬼籍に入ったので、喪に服しているようです」

「では、御病気ではないのですな？」

「これといった病とは聞いておりませぬが、気持がかなり沈んでいるようすです」

鍾会はどこか、ほっと胸を撫で下ろしている風情だった。

「我らが心配しているのは、大将軍を拝命している曹昭伯の暴走です。これを止められるのは、司馬太傅しかござらんのです」

「また、とんでもないことを！」

宥《なだ》めたのは諸葛靚である。彼は鍾会の権力側に対する批判を案じているようだ。

「太常《たいじょう》（宗廟、礼儀を司る大臣）王子雍《おうしよう》（粛《しゅく》）殿まで、曹大将軍に罷免されました」

鍾会が言う王粛《おうしゅく》とは、炎の外祖父（母王元姫《おうげんき》の父親）に当たる。知命を幾許《いくばく》か出ているが、朝廷では高官を歴任した人物だ。鍾会の父鍾繇《しょうよう》の部下だったこともあった。

そのような人物が蔣済《しょうさい》らと、曹爽の取り巻きの桓範《かんはん》や何晏《かあん》らのことを、「半物知《なまものじ》りと自惚屋《うぬぼれや》が、傍若無人で礼儀も知らぬ」と批判した。それは、事実だろう。ところが、曹爽の耳に入った途端に処分されたのだ。

「全く、王子雍殿の言うとおりですがなァ」

「宮城の上層部は主上を蔑《ないがし》ろにして、ますます曹昭伯の独擅場《どくせんじょう》だ。ここで何とかしていただけるのは、司馬太傅だけだ」

鍾会が言うと、諸葛靚も同意していた。そういう意味で、炎は彼らに何か期待を託されたような存在になりつつあった。

「司馬統領は、どうしておられます？」

司馬師の屋敷へ帰ると、中護軍の伯父が既に寛《くつろ》いでいた。そこで、鍾会や諸葛靚らの心配事を打《ぶ》つけてみた。すると伯父は炎の顔をじっと見て、近くへ来るよう手招きする。炎は、そこへ引き寄せられるように、膝近くへ進み出てみた。

「これから言うこと、他言は無用だ」

いつになく、司馬師の表情が強張って震《ふる》えている。強い決意が感じられ、炎は返事もできなかった。

「司馬統領は、かなり衰弱されている。明日からは、お前にも統領屋敷へ詰めてもらうことになるやもしれぬ」

それは寝泊まりして、身の回りの世話をすることだ。当然ながら一人では手が回らず、何人かが手伝いにくるのだろう。

「このようなこと、外に漏れては」

「無論そうだが、親しい者にならば、歳の分だけ耄碌《もうろく》したとでも誤魔化《ごまか》しておけ」

司馬師はそう言うが、炎は一切喋らないと覚悟した。ただこの次ぎ鍾会や諸葛靚に会ったとき、どのように応えれば好いのか悩むことにはなる。

「早速、明日からでも」

命じられて、司馬懿の屋敷へ出向いた。

綺麗に整えられた門を入り、耳房《じぼう》と呼ばれる郎党が屯《たむろ》する部屋へ出向いた。客人として来ているわけではないからだ。

郎党たちに挨拶すると、丁度粱幾が楼閣のある母屋からやって来た。彼は郎党たちに、朝廷への口上や道士の茅舎《ぼうしゃ》へ薬受け取りの時間を指示すると、別に炎や一族の若者数人へ声をかける。

「今日は天気が好いので、統領は日向ぼっこをされるようです。安世《あんせい》殿（司馬炎）らは、話のお相手をお願いします」

彼らは、司馬懿の居室がある楼閣の玄関へ出向く。しばらくして司馬統領が、杖を頼りにゆっくり現れた。すると炎と若者もう一人が、さっと肩を貸しにいく。

周囲の二、三人は、司馬懿が倒れても、助けられる位置取りで付いてくる。

「ここらが好かろう」

司馬懿が言うと、籐製《とうせい》の大きな寝椅子が拡げられ、蒲団が緩衝材として敷かれ、そこへ統領が身体を横たえた。それから彼はゆっくりと身体を起こし、何かを思い起こして口を切る。

「呉では二派に分かれて争い、孫仲謀《ちゅうぼう》（権《けん》）が陸伯言《はくげん》（遜《そん》）を処刑したとな？」

そう言われて、炎をはじめとした若者たちは、はっとする。確かに司馬懿が言うとおりだが、三年も前（二四五年）の事件だ。

二四一年に太子の孫登が薨去して、弟の孫和《そんか》と孫覇《そんは》が太子と太子並の待遇を受けた。そのため呉の朝廷から家臣集団までが、真っ二つになった。

二派の抗争はその後もつづいていて、決着は未だである。讒言《ざんげん》による流罪などは良い方で、処刑や憤死で人材が失われている。もっともそれは、魏側から見れば、勿怪《もっけ》の幸いでもあった。

それらを若者たちが、入れ替わり立ち替わり説明すると仲達は、「ああ、そうであったな」と納得するが、蜀の話でも似たようなことが起こる。

「漢中で軍船を造っておった蜀の蔣《しょう》大司馬（琬《えん》）の、病は癒《い》えたのかのう？」

彼も二年前に卒して、後任は後車師の費禕《ひい》なる人物である。

彼は既に、大将軍と録尚書事に昇格しているが、以前から、魏への侵攻は控えると公言していた。加えて、蔣琬に匹敵する能力の持ち主でもあるらしい。

侮れぬ相手だが穏健派で、当面の脅威にはなり得ない。

だから今の魏は、呉や蜀から攻撃される懸念が少ないので、曹爽一派らの頼りない政権が保っているともいえる。

しかし、炎がここで抱える大きな問題は、司馬統領の精神が萎縮しつつあるということだ。その真の姿は、決して他へ言えることではない。

その日は司馬懿が眠り始めたので、それ以上炎らは統領の相手を務めなくてすんだ。それで昼下がりには梁幾から、諸葛誕の屋敷へ届け物を仰せ付かった。

「いつものとおり文か？」

「いえ、今日は奥方（羊徽瑜《ようきゆ》）が厨房でお作りになった料理を届けていただきたい」

なぜそのような物をと問う前に、炎にも少し解ってきた。

きっと諸葛靚の父諸葛誕《しよかつたん》が赴任地から、一時的にであれ帰省しているのだ。そのために、諸葛家では祝いの席が設けられるはずだ。そこには酒肴が必要になる。

軍事関係者である諸葛誕の動きは、秘密裏に行われる。だから諸葛家でも、突然の帰還に家中が大童となろう。

司馬師が諸葛誕の動きを知っていたのは、軍事情報が入っているからである。そのような事情を呑みこんで、炎は郎党十人ばかりを伴って、馬車を仕立てて料理を届けに行ったのだった。

「父も長旅の末にて、この料理は当家にとって大いに助かります。どうぞ伯母御へ、よしなにお伝え願いたい」

その日は他家の内祝いにつき、炎は早々に退散した。それでも、門から少し離れたところで、「安世殿」と背後から声をかけられた。主は鍾会である。

「昨年（正始八年＝二四七年）、呉の諸葛壱《しよかついつ》が降服を申し出てきよった。諸葛将軍（誕）は、それを擬装と見破られた。だが、途中まで出向かれていて、撤退も大変だったとか」

炎は、自分らが与り知らぬ戦いがあると、具体的に判る思いだった。

「曹昭伯が、郭皇太后《かくこうたいこう》（明帝の后）を永寧宮《えいねいきゅう》へ幽閉した。子飼いの衛兵を置いて、宮女の出入を禁止しておるから判る。それも、蜀からの侵攻はないと高《たか》を括《くく》っておるからだ。しかし、蜀の北方守備将軍姜伯約《きょうはくやく》（維《い》）は、隙あらばと魏へ伐《う》ってきおるぞ」

大将軍の費禕は北伐に積極的ではないが、諸葛亮の遺志を受け継ぎたい武人もいるようだ。そのような武将は、第二次の五丈原籠城を画策していると見て良かろう。

鍾会の熱弁を聞くまでもなく、好戦的な武闘派はどこにでもいるものだ。

「昨年、その姜将軍（維）が西方の羌《きょう》や氐《てい》など遊牧民を嗾《けしか》けて反乱を起こさせ、その混乱に紛れて魏を攻撃してきよったのだ」

鍾会は憎々しげに言うが、それが本当かどうか炎は判断できない。しかし、魏も郭淮《かくじゅん》や夏《か》侯覇《こうは》などの武将が、彼らを蹴散《けち》らしてきたと、鍾会は説明する。

彼が言いたいのは、魏の軍事面での優位が曹爽らの横暴を助長している皮肉である。

そのとおりかもしれないが、抑えねばならぬはずの司馬懿の正しい状況を、鍾会や諸葛靚にさっぱり伝えられないもどかしさが、炎には常にある。

6

「お見舞いに来られたのなら、お通ししろ」

正始九年（二四八年）秋になって、李勝が荊州（湖北省）刺史へ急遽昇進した。彼は見舞いを兼ねて、赴任の挨拶に来たという。

だが、この時期の人事異動など、通例ほとんどない。察するところ、曹爽が司馬懿の病状の実際を確かめるため、むりやり指図《さしず》した抜擢だろう。

李勝は曹爽に命令され、のこのこ出向いてきたに違いない。

炎はそのように推察して、ありのまま見せて好いものかと訝《いぶか》った。その一方で思慮深いはずの司馬師が、何ら隠し立てしようと工作しないのも妙に感じた。

李勝は案内されて堂（応接）に入らず、楼閣にある病床へ罷《まか》り越した。

彼は赴任の挨拶やら縷々《るる》口上を述べる。

「そうか。御身は、并州《へいしゅう》（山西省）へ赴任なされるのか？」

「いえ、生まれ故郷の荊州でございます」

「そうか、并州は良い所なそうな」

「いえ、みどもが行くのは……」

炎も遠くからようすを見ていて、司馬統領が完全に惚《ほう》けていると悟った。それは至近距離の李勝なら、尚更だろう。それに起き上がろうとした仲達へ、誰かが羽織を渡そうとしたが、それを何度も取り落としている。

「あっ、あれ……」

喉が渇いたと、水を所望しているのだ。しかし、渡された水差しを摑《つか》み損《そこ》ない、周囲が濡れた蒲団を拭きに廻っている。そのような中でも、次の要求をする。

「かっ、粥《かゆ》を……」

言われたとおり、傍に付いていた者が、椀に入れた粥と箸を渡した。だが、仲達は粥を口へ運べずに、ぽたぽた零《こぼ》していく。それを見ている李勝も、憐愍《れんびん》の情を催したか、思わず涙している。

炎は、これで万事休すだと思った。曹爽の横暴を止める第一人者と、政権へ反感を募らせている者らから、一身に期待を集めていたはずの司馬懿が、敵方に同情されているようでは、もう反撃など到底期待できまい。

このようなことが曹爽へ報告されれば、ますます一派の横紙破りが烈しくなると思われる。李勝が帰った後の司馬統領屋敷は、沈鬱な空気が淀んでいた。

曹爽と一派らの無軌道振りが、その後に炎へと聞こえてきた。それは明帝の後宮にいた美女連を、不埒にも宴席に侍らしていたという噂だった。決して嘘ではなかろう。

彼女たちは、いわば前皇帝の未亡人扱いである。それゆえ、ひっそり喪に服したような生活を送る不文律がある。皇帝の胤《たね》をいただかなかった者が再婚するにしても、都から姿を消すのが通例である。

それを曹爽一派は、宴席の花にしているのだ。いや、それだけではなく、曹爽はその内の何人かを密かに妾として、後庭へ入れているという。

このような話を、炎に聞かせるのは早いと判断した司馬師が、これまではなるべく蚊帳《かや》の外《そと》に置いていたようだ。だが、事が重大性を帯びてきて、司馬懿の容態次第で司馬氏の命運も瀬戸際に立った今、踏み込んだ話を聞かせる気持になったのだろう。

炎とて思春期になって、女性への興味が起きている。だから後宮や後庭の存在も、機能も解っている。

「最近になって、今上帝（曹芳）の後宮の美女まで連れ出しているらしい」

そのように聞かせてくれるのは、叔父の司馬伷《しばちゅう》だった。

「それが露見すれば、もう只ではすみませぬでしょう？」

「普通はなァ。だが曹昭伯なら、暇な姫妾の無聊《ぶりょう》を慰《なぐさ》めたとか言い抜けよう」

それほど、皇帝芳が頼りないという証《あかし》らしい。だが、そのように批判したところで、曹爽一派の無軌道な振る舞いが、収まるわけではない。

「郭皇太后のお怒りを待つしかあるまい」

それは明帝の未亡人だが、永寧宮へ幽閉されているとあらば、手も足も出ない。

「もう直ぐ正始十年（二四九年）になろう」

「はい、間もなく」

それがどうしたのか、炎にはさっぱり解らない。そこから年の瀬に入るまで、司馬懿の容態は変わらなかった。いや、炎にはそのように感じられた。

新年までもう数日となったとき、夕暮れを過ぎると父の司馬昭や叔父司馬伷が、夜陰に紛れるようにやってきていた。

「統領の御ようすが、思わしくないのかもしれませぬな」

郎党は浮かぬ顔をして言う。中には金銭を渡されて、居酒屋へ行かされた者らもあるらしい。理由は「遺言は、身内の主だった者にしか聴かせぬ」と、統領が指示しているからという。炎は、それも危険だと思った。

彼らが居酒屋で泣きながら、司馬懿の命が尽きかけていると漏《も》らせば、曹爽を喜ばせることになる。そう考えながら、だから何かが変わるわけでもない。敢えて言えば、曹爽一派を安心させる材料になるだけだ。

癪《しゃく》に障《さわ》ると、ギリギリしながら大晦日を過ごそうとしていて、司馬伷に呼ばれた。

「安世、ちょっと来い」

強く促され、物置の蔵まで付いていきた。するとそこに梁幾がおり、郎党たちが誰かを囲んでいる。その周囲を窺う顔に、強い怯えが見て取れる。

「宦官の張当《ちょうとう》だ。曹昭伯が、明帝の姫妾や後宮の美女を宴席に侍らせ妾にしていること。いや、もっと重大なことを吐きよった」

そう言われても、今更それを白日の下に曝《さら》したとて、肝心の司馬懿が瀕死の今では意味がなかろう。それが解っていながら、張当などを捕らえて、どうなるのだ？

烈しい疑問を抱いたまま新年を迎えたとき、一族の若者らが更に集まりだした。中には、涙ぐんでいる者までいる。

彼が詰めている蔵へ、父親司馬昭《しばしよう》が来て「統領の寝室へ」と告げた。また、呼ばれたのは彼だけでなく、郎党たちも一緒だった。

遂《つい》に来るべき時が来たのかと、項垂《うなだ》れて寝室へ入った途端、炎は我が眼を疑った。そこにいたのは、甲冑姿ですっくと立っている司馬懿だったからだ。

「皆、戦い装束に身を固めよ」

惚《ほう》けたはずの統領が、矍鑠《かくしやく》としている。その思いがけぬ姿に、炎も郎党も腰を抜かさんばかりに驚いた。彼らがそれを訊く前に、司馬懿が言葉を発している。

「今日は主上（皇帝芳）が高平陵（明帝の墓）へ詣《もう》でられる。その隙を狙って、洛陽を封鎖するのだ。よいな！」

曹爽一派百名ほどが、皇帝芳の高平陵行きの供として随行する。つまり、都から権力者が出払って、蛻《もぬけ》の殻《から》となるのだ。

そして昼過ぎ、司馬師が両手に抱えた物を父統領に手渡した。それは虎符で、軍を動かすには、絶対に必要なものだった。先ほどいた宦官の張当を脅して、在処を訊き出して入手したようだ。

これで魏軍の統帥権は、司馬懿独りの手中に収められた。

「洛陽の門には、司馬氏一統を置く。曹爽一派は、一歩たりとも城内へ入れぬぞ」

司馬懿は弟や息子たちに、配置を指図すると、自らは炎や部下百騎で永寧宮へ向かった。曹爽子飼いの兵が妨害せんと武器を向けたが、虎符を見せると平伏した。

「郭皇太后は、どちらに御座《おわ》しますか？」

司馬懿が大股で進むと、立ち向かおうとする兵がいたが、こちらも虎符を示すと平伏して道を開けた。

「皇太后の自由を奪う者は、成敗いたします」

司馬懿は郭皇太后の地位を改めて明らかにすると、曹爽の横暴をつぶさに訴え、彼女の印璽《いんじ》を捺した詔勅を取り付けた。これで「錦の御旗」を掲げたのも同じだ。

そこから、司馬懿の行動は素早かった。彼は郭皇太后の権威で、丁度宮城に居合わせた司徒《しと》（副総理）の高柔《こうじゅう》、太僕《たいぼく》（皇帝の馬車管理の大臣）の王観《おうかん》にそれを示した。

「おお、それならば衛兵らに、曹昭伯一派の屋敷を制圧させましょう」

彼らが協力的なのは、宮廷人の皆が曹爽一派への嫌悪感に満ちているからだ。彼らは城内の曹爽一派の拠点を総て潰し、子飼いの兵どもの武装を解除してくれた。

それらを確認した司馬懿は、洛水畔《ほとり》の浮橋がある袂《たもと》へと向かう。炎は、事情を一つ一つ呑みこみながら、祖父に付いていった。彼自身の役柄は判らないが、護衛役を兼ねた見届け役の一人といった存在になろう。

浮橋に一番近い城門に陣取ると、司馬懿は高平陵の方を向いていた。もう遠からず皇帝芳や曹爽らにも、上手く逃げ出した者から、洛陽封鎖の報は届くだろう。司馬懿は、そう見越して高平陵方面を睨んでいるのだ。

「曹爽に知らせたのは、桓範《かんはん》ですな」

傍へ寄ってきて声をかけたのは、蔣済《しょうさい》だった。彼が太尉の虎符を持って駆けつけたのは、味方するためだ。

「桓範なら多少は頭も切れるので、取り敢えず主上を許辺《きよあた》りで奉じ、屯田兵を吸収して再起を図ることも考えようなァ」

この話に司馬懿も同意はしたが、次のように切り返した。

「仰せのとおり、きっとそのように提案いたしましょう。しかし、曹昭伯や曹昭叔《しようしゆく》（羲）は策に乗りますまい。彼らは優柔不断で、何かを決定することはできませぬ。朝廷での決定も、常に前例の有無に固執していましたから、判断力はなきも同然です」

第二章　皇帝芳《ほう》廃位

7

「ほう、受《う》け容《い》れよったか。ということは、未だ実行しておらなんだわけだな」

早馬の知らせがあって、司馬懿が朗らかに笑った。だが他の司馬氏一族は、手放しで喜んではいない。いつ何時事態が急変するか判らないからだ。

炎はこのときの緊張感を、生涯忘れなかった。司馬一族も郎党も魏の軍団も、動くと皆が皆、鎧の札《さね》を揺らす音も一緒に移動していったのだ。その鳴らし方で上や下、右か左などまで判った。

それは好ましい音だと思いながら、炎は城門の隅にいた。すると伯父の司馬師が祖父仲達に、何事か深刻な表情で耳打ちしている。彼の背後には身形の立派な文官が、腰を低くして付き従っていた。

統領（司馬懿）が拱手してその男に向き直ると、まず用件を切り出した。

「曹昭伯への使い、侍中の許士宗《きょししゅう》（允《いん》）とともに、させていただけぬか？」

言うのは尚書の陳泰《ちんたい》（玄伯《げんぱく》）という高官で、後漢時代から官僚として鳴らした陳羣《ちんぐん》の息子である。彼は辺境地帯の刺史《しし》兼将軍《しょうぐん》の経験が豊富で、遊牧民らと話合いで問題を上手く解決してきたと、頗《すこぶ》る評判が高かった。

「主上を引き渡し、武器を捨てて軍門に降れば、命はおろか、今の身分と領地だけは保障しようとお伝え下され」

「一派全員にでしょうか？」

「さようです」

こうして陳泰と許允は、曹爽一派へ交渉を挑みに行ったのだ。その間に司馬統領は、曹爽一派が許へ移る場合も想定して、軍を派遣する手を打っていた。

二人は郭皇太后の印璽《いんじ》を捺した告発状を持って行っている。そこには曹爽が明帝の姫妾や皇帝芳の後宮の美女連を宴席に侍らせたり妾にしたことまで書かれていた。

それを見た曹爽が、どのように反応するか、司馬統領には見えているらしい。少なくとも炎にはそう思えた。

後日それは「貴族の身分と領地の保障を条件とした降服の勧め」で、曹爽は何の反論もせず受諾したと判った。

やがて遠くに、蹄《ひづめ》の響きが聞こえてくる。

「陳玄伯と許士宗が戻ってきよった」

陳泰と許允や供の十騎が、皆の視野に捉えられた。彼が背中に揚《あ》げている旗で、要請受け容れが再確認される。

蹄の音が浮橋の向こうで途絶え、陳泰が橋を渡って司馬仲達へ交渉の報告をした。

「寸前だったのかな？」

「そのようです」

司馬仲達の問いに、陳泰は極めてあっさり応えた。炎は意味を量りかねていた。すると陳泰が重ねて言う。

「曹昭伯は、主上を中心に据えた列を作っておりましたので、未《ま》だだと判断しました」

統領と尚書の遣り取りを聞いていて、炎はだんだん蒼褪《あおざ》めてきた。曹爽が高平陵で行おうとしていたのは、禅譲《ぜんじょう》だったと判ったからだ。

「もし、その後だったら」

司馬一族の誰かが、ぽつりと言う。

「統領は、大逆罪に陥るところだった」

炎にも、皆が胸を撫で下ろしているようすが伝わってくる。

禅譲とは、早く言えば皇帝位の委譲《いじょう》である。現皇帝より、もっとその位に相応しい徳の高い人物が現れるのが前提だ。それゆえ、そちらへ位を移す気高い儀式なのだ。

人格がいかがなものかは別にして、曲がりなりにも儀式が行われていれば、即位式前であっても、曹爽は皇帝に成ったのである。もし、司馬懿が曹爽を抹殺したなら、「弑逆《しいぎゃく》」の汚名を着かねなかった。

「司馬太傅の予想どおり、曹昭伯は軍事衝突が苦手だったようです」

戦えと叫んでいたのは桓範《かんはん》だけで、最後には曹爽に向かって、「この能なしが、これで一族誅滅《ちゅうめつ》だ」と口汚く叫んでいたと報告が上がっている。

皇帝芳に至っては、いったい何事が起こっているのかも、全く理解できないようすだったようだ。

やがて浮橋の対岸へやってきた曹爽一行に対して、司馬統領は軍を向けて囲んだ。炎は一部始終を城壁の凹凸の間から眺めていて、祖父の用意周到さに舌を巻いていた。

「武器を捨てよ」

叫んだのは太尉の蔣済だった。彼の部下たちが、曹爽と一行百人ばかりを取り囲んでいる。その最初が武装解除で、その後に一族あるいは家族別に縛られていった。

彼らはそれぞれ屋敷で軟禁状態になり、そこで正式な処分が始まる。ただそこには、意外な人物の顔があったのだ。

「何と、国家簒奪《さんだつ》の陰謀があったとはなァ」

司馬懿は、曹爽が皇帝芳に禅譲させようとしていたことを、捕縛後になって初めて知ったふりをした。要は、「命と身分、領地を保障する」とした約束を、反故《ほご》にしたいからであった。

しかし、意図を知った太尉の蔣済や尚書の陳泰、侍中の許允らは、曹爽一派を説得した手前、司馬懿を非難して反対した。

「曹昭伯が憎いのは、我らとて同じです。だが、約束は約束としてお守りいただかねば、我らの面目は丸潰れになりますぞ」

この三人をはじめ、法的、いや道義的な建前を重んずる者たちは、司馬懿に対して批判的になっていった。それでも、もともと曹爽とその一派に、憎しみを抱いている者たちは非常に多い。

「初めの約束が何なのだ？　曹昭伯が働いた目に余る横暴や横紙破りに比べれば、取るに足りぬことではないか」

宮廷内外の世論は、無罪放免ではなく処刑で落ち着きつつあった。このような世の中の気持を背景に、曹爽と曹羲や一派の桓範や丁謐《ていひつ》、畢軌《ひつき》、鄧颺《とうよう》、それに荊州へ赴任していた李勝《りしよう》も引き戻されて次々と処刑された。

それだけではなく、家族をはじめとした一族も、ことごとく迸《とばっち》りを受けたのだった。

炎はそれらを見ていて、ただ何晏《かあん》が一人だけ、難を逃れているのに気づいていた。それゆえ、叔父たちから噂を集めてみた。

「何平叔《へいしゅく》（晏）は、どこにおりますのか？」

大叔父の司馬孚《しばふ》に訊ねると、意外な応えが返ってきた。

「あいつは文才があって、文字も非常に美しかった。だから文官に混じって、文章の作成をさせておったのだ」

司馬孚に連れて行かれたのは、尚書の役人が机を並べている事務室である。その一隅に何晏がいたという。彼が書いたのは、あろうことか、曹爽に対する告発文だったという。

――曹爽は越権行為甚《はなは》だしく、皇帝と同じ振る舞いをしようと、玉璽や馬車を勝手に使用し、後宮の夫人までもを連れ出し大罪がある。また、曹羲、曹訓《そうくん》、曹彦《そうげん》ら兄弟は、兄の暴虐を助長し、その罪は生涯消えることはない。丁謐は郭皇太后の幽閉を提案した罪。畢軌は、曹爽の専横を見逃した罪。李勝は、夏侯玄を推薦して興勢の役を引き起こした罪。桓範は、曹爽に許へ移ってまでの反逆を勧めた罪。鄧颺は女と官位を引き換え、公正さに欠けた罪。そして宦官張当《ちょうとう》は、後宮の美女を曹爽のため拐《かどわ》かした罪。

炎は、何晏の書いた無神経な文章に、吐き気を催した。同《おな》じ穴《あな》の貉《むじな》が、よくぞ書けたと心が嫌悪感に満ちたのだ。

「何平叔本人は何の咎《とが》めもなく、無罪放免になったのですか？」

炎が呆れて司馬孚に問うと、大叔父は口を歪《ひず》ませて嗤《わら》う。

「側近の名前を羅列した後で、統領は『もう一人欠けておろう』と叱りつけ、奴の名を付け足されて、一派の一人として処刑されたのだ。お前が先ほど見た告発文は、下書きだから残っておった」

そう聞いて、炎は納得した。しかし司馬孚は、もうこの世にいない何晏に追い討ちを掛ける。よほど嫌いだったのだろう。

「あ奴《やつ》は美男であることを鼻に掛けて、男だてらに化粧をし、自らの影に見蕩《みと》れている軟弱者だ。決して真似るではないぞ」

そのように聞いて、炎は何晏を唾棄すべき存在の象徴として記憶することになる。

司馬懿の政変で、魏の諸制度が変わることはなかった。それでも、曹爽と一派や縁者が占めていた官位には、司馬氏が続々と入り込んでいった。

ここまでは、曹爽と一派を一掃した司馬懿への称賛もあり、そのときは必要以上に大きな反発はなかった。炎にしても九品中正の推薦で、温県の代表として中央へ呼ばれる恰好になっていた。それについても、世間から陰口を叩かれることはなかった。

いや、それどころか、「魏に、並ぶ者ない貴公子」との評判だけが立っていた。無論、これも司馬懿の功績に連なってのことであると、炎も充分解っている。

高平陵の変以降、嘉平《かへい》元年と元号も変わった。曹爽一派が一掃されて、世の中は日常を取り戻しつつあった。

だがこれを機に、少しずつではあるが、司馬氏への反発の芽が伸びだしてもいる。それは司馬懿の顔が利く、軍部において動きだしていたのだ。

曹爽との約束を守るべしと言い張っていた蔣済が、この年の内に卒した。それは、約束を守らなかった司馬懿への恨みからだと、彼の周辺は囁《ささや》いている。

8

「危うく、我も命を落とすところだったな」

政変後の司馬統領の仕事をあれこれ手伝っている内に、一年余りが経っていた。

久し振りに諸葛靚を訪ねたのは、翌嘉平二年（二五〇年）も秋になってからだった。もう書簡を届ける使いなどではなく、所用のないときを見計らったのだ。

案の定、鍾会がいたので高平陵の変に話が及んだのだ。あのとき彼は新年の高平陵詣《もう》でに際し、中書郎《ちゅうしょろう》（臣下と皇帝の取り次ぎ役）として、皇帝芳に随行していたのである。

だから先のような、身につまされた台詞が飛び出したのである。

もし、曹爽とその一派が皇帝芳に禅譲を迫っていれば、側近は阻止すべく剣を抜いていたろう。そうなれば立場上、曹爽一派と切り結んでいて、多勢の彼らに斬殺されていた可能性が大いにあったのだ。

だが、その前に桓範が洛陽の異変を伝えたので、曹爽の陰謀は頓挫したのだ。つづいて陳泰と許允が到着して、曹爽一派はあっさり降服した。正に鍾会は、危機一髪で修羅場を脱することができた。

全員が浮橋まで戻ってきたが、そこには皇帝芳と側近、それに曹爽一派が入り乱れていた。それゆえに浮橋の袂では、取り敢えず全員が捕らえられたわけだ。

直ぐに身元が照会され、鍾会はあっさり解放されていた。炎はその辺を、城壁の矢狭間《やざま》からつぶさに見ている。

「もし我が曹爽一派と間違われていたら、御曹司は助けに来られたかな?」

「無論です。諸葛仲思の恩師、鍾士季殿であると、申し出ておりましょう」

炎が真面目に応えると、鍾会と諸葛靚は面白がって笑う。

「いや、何かありましたおりには、是非御助力をお願いいたします」

鍾会は、如才《じよさい》なく挨拶する。一方で諸葛靚が、思い出したことを口にする。

「それはそうと、夏侯仲権（覇）殿が、蜀へ亡命したといいますが、なぜあの恵まれた御仁がそのような暴挙を？」

それを受けて、事情通の鍾会が説明する。

「夏侯仲権の従子で興勢の役を指導した、夏侯太初（玄）を知っておろう？」

「ええ、あれから曹昭伯に疎《うと》んぜられていたのが、政変後に司馬統領から大鴻臚《だいこうろ》（諸侯と周辺異民族を管轄する大臣）へと抜擢されましたな」

「そうだ。夏侯仲権からすれば、一世代下の一族だ。亡命を誘ったが、断られたそうだ。それに加えて、二年前、蜀の将軍姜伯約《きようはくやく》（維《い》）が羌《きよう》族と組んで、隴西《ろうせい》（甘粛省南部《かんしゆくしよう》）へ侵攻したろう。あのとき、夏侯仲権と一緒に蜀軍を押し返した郭伯済《かくはくさい》（淮《わい》）と、実は犬猿の仲らしい。それが今回の人事で、夏侯仲権は彼の部下になったのだ」

炎は、蜀の将軍に対して共同戦線を張って追い返した二人は、親友だと勝手に思い込んでいた。だが違っていて、気持が動揺する。

「では、恥辱を感じての亡命でしょうか？」

「いや、上官の軍事命令次第では、生きて帰れぬかもしれぬ。だから、もっと深刻だ」

炎は二人の遣り取りを聞いていて、命の危険まで交錯する人間関係を思った。

「それと呉の二宮事件ですがな。ようやく、決着したといいますが、奇妙な結論ですぞ」

鍾会が、更なる情報を披露し始める。それは錯乱したとしか思えぬ孫権の、大失態を掘り起こすものだった。

そもそもの起こりは、孫権の長男で出来の良い太子の孫登《そんとう》が、二四一年に病没したことだ。孫登の遺言として、次期大使は弟の孫和《そんか》だったが、孫権はもう一人の弟孫覇《そんは》にも同じ待遇を与えてしまった。このため呉の朝廷と家臣団が、孫和派と孫覇派に分かれて十年間も内乱状態で抗争したのだ。考えてみれば、呉の国家的損失は、計り知れぬものがあった。

「魏にとっては、却ってありがたいような他国の不幸ですがな」

諸葛靚も、案外人の悪い台詞を言う。

「その上で出したのが、耳を疑う結論です。呉の連中も、とんだ十年を過ごしたのです」

孫和は流罪、孫覇は自害、そして新たな太子は末っ子の孫亮と決まった。つまり二派の争いは何だったのかと、周囲は釈然とせず、茫然としている状況らしい。

「では、お祖父様やお父上に宜しくな」

二宮事件を詳《くわ》しく解説した鍾会は、知識を披露して満足したらしく、ちゃっかり言伝《ことづて》まで残して帰っていった。

「あのような下世話な時事問題はさておき、ちょっと面白い所へ行きませぬか？」

「まさか、遊郭などではあるまいな」

「貴公子の言葉とは思えませぬぞ」

酒瓶を背負った諸葛靚が、炎に手綱を握らせた。騎馬で案内されるのは、洛陽城外の山中だった。萌えだした若葉の小道を行くと、こぢんまりした瀟洒《しょうしゃ》な家屋がある。中から琵琶の音が聞こえてきた。

「叔夜《しゅくや》様。遊びに来ましたぞ」

諸葛靚が呼ばわると、一瞬音が途絶え、身形の良い女が現れて中へ招き入れる。二人は下僕に手綱を渡して、堂へ通された。

「仲思殿、今日は友人連れですか？」

「安世と言います。今後ともよしなに」

「ああ、酒の付き合いなら、何人も歓迎だ」

炎の素性など一切訊かない男は、容姿端麗で流れるような髭の美男であった。

「どうかな安世殿。酒の旨さは、この世に並ぶものなき百薬の長と思われぬか？」

「はい、まだ不調法なもので、なかなかそこまでの境地には達しておりませぬ」

炎がどぎまぎしていると、先ほどの女が揚げた川海老に塩を掛けた物を運んできた。決して美女の類いではないが、物腰が柔らかく言葉遣いにも品性が感じられる。

「安世殿は、この世の果てが、どこにあるとお思いかな？」

叔夜なる男は、炎の杯になみなみと注ぎながら、今までになかった話題を呈示した。

「そのような厖大《ぼうだい》なこと、これまで考えたこともございませなんだ」

炎が応えると、諸葛靚が言い添える。

「叔夜様は、以前に大器晩成という話もなさいましたが、我はこれにも参りました」

それを聞いた炎は、なぜ悩むのか解らなかった。答が簡単に思えたからだ。

「それは、大物になるには、長い修行や人生経験の後だという意味なのでは？」

炎の言葉に、叔夜は酒を干して言う。

「安世殿の言うことが、間違っているとは申さぬ。だが、別の解釈もありましてな」

叔夜は静かに言うが、得体の知れぬ精神の強靭さを感じさせる。

「はて、どのような？」

「先ほど我は、この世の果てなどと申しましたが、確かに誰にも解らぬことです。しかし、空がどこまでもつづいていることは、疑いもない事実。さすれば、それほど大きな器という物も、想像することぐらいできましょう」

「はい、それは確かに」

「だが、一辺の長さがなかなか判らぬような器なら、器だと解るのにかなりな時間が必要です。そのような意味にも取れましょう」

叔夜の説明に、炎は感心するばかりであった。これまでは、祖父（司馬懿）の不運を一族が嘆く中で育ってきた。したがって、時事と事実だけが、話の総てであった。

「なるほど、そのような考え方があろうとは思いませなんだ」

「どうだ、安世。また、違った世界が拡がったであろう」

諸葛靚の言うとおりだった。それまでの炎は、目に見えて確認できる物の話しかしなかった。それは言い換えれば、司馬一族のものの見方が、現実一辺倒だったことに尽きた。

「おうい、叔夜はいるかァ！」

疳高《かんだか》い声が表からして、奥方が応対に出る。

「劉《りゅう》伯倫《はくりん》殿、お倒れになって、どうなさいました？　起きられませ」

誰かが地面に伏せっているらしい。女手では手に余ろうと、炎が手助けに行こうとするが、叔夜と諸葛靚が引き留める。

「奥方が肩を貸すと仰せなのに、なぜ、お前が我の傍へ来る？」

どうやら伯倫なる男は、従者を叱っているようだ。しかし大の男に肩を貸して、叔夜の奥方は大丈夫なのかと、炎は心配する。やがて件の男が、奥方に凭《もた》れかかりながら堂へ入ってくる。

男の背後には「鍤《そう》」と呼ばれる地面を掘る道具を抱えた従者がいる。彼は、手押し車も用意している。不断はそれにて、伯倫を乗せて移動していると思しい。

「この男は、もし自分が死んだら、その場所を鍤で掘って自分を埋めろと公言しているんだ。そうだろう？　それにしても、おい、随分と御機嫌だな」

叔夜に言われて、伯倫は嬉しそうに頷く。

「一番の御機嫌は、奥方の肩を借りたことだ」

彼女が肩を貸せたのは、男が子供並に小柄だったからだ。おまけに裸同然で、下半身を布で覆っているだけだ。

彼女が落ち着いて対応しているところを見ると、今に始まったことではなかろう。

「おい、ここまで言われては、料理を奮発するしかあるまい」

叔夜に煽《おだ》てられた奥方は、微笑んで厨《くりや》へ入っていく。

「羨ましい。好い女は、お主の甲斐性だ」

炎と諸葛靚は、黙って二人を見ているしかなかった。

「天地を我の屋敷と思えば、何処へ行っても不安などあるものか」

9

「美事な手際でございましたな」

そう言いながら、司馬昭の屋敷を訪《おとな》ってきたのは鍾会だった。政変後、司馬氏一族の多くが洛陽へ移り住んでいる。

それは司馬懿が丞相になって、人事で一族を多く官僚や軍事の上官として取り立てているからだ。炎も九品中正で温県の代表になり、正式に雑号将軍の称号を賜《たまわ》った。

それゆえ、軍人としての勤めも訓練もあった。普通は軍宿舎に入るのだが、丞相の家族ということで、今は司馬昭屋敷からの出勤が認められている。

司馬師の屋敷を離れたのは、弟の攸《ゆう》が養子に行くと決まったからでもある。

司馬師は司馬懿の長男だ。だから司馬懿が卒すれば、弟の攸が次期統領の座に据えられる。家系図上の理屈ではある。しかし、それは炎にとって複雑な状況を作るが、今の炎には問題と映らず、攸のようすを見にいった。李豊《りほう》なる男が、攸の相手をしていた。

諸葛靚とは軍の訓練で顔を合わせるが、鍾会とは、偶《たま》に廊下ですれ違う程度となっていた。それでも彼は声を掛けてきて、父親に紹介せよと喰いついてくるのだ。

そこで仕方なく非番の日を告げて、遊びに来させた。すると開口一番が、「美事な手際で」であった。

炎にせがまれて、司馬昭は鍾会に会った。彼が発した言葉の意味は、勿論よく解る。

嘉平三年（二五一年）に起こった司馬懿打倒の陰謀が露見した事件だ。

太尉の王淩《おうりょう》と兗州《えんしゅう》刺史の令孤愚《れいこぐ》が、楚王曹彪《そうひょう》を担いで「呉軍が通路遮断中、援軍を乞う」と、司馬懿を騙《だま》そうと、虚偽の報告書を送ってきた。

不断の言動から、王淩を疑っていた司馬懿は援軍など送らず、船で運河を降り電光石火、軍を指揮して王淩を捕らえて処刑した。

鍾会が言ったのは、その素早さである。

「よく理解しておられますな」

司馬昭は鍾会を、応接室に当たる堂へ案内した。菓子を盆に盛った婢《はしため》を従え、正妻の王元姫も挨拶に来た。

「いつも安世が、お世話になっております」

だが鍾会はそれに応えず、菓子を取ったまま司馬師に話しかける。

「御曹司とは昵懇です。次、お兄上の司馬子元（師）殿に御紹介いただけませぬか？　武人として、大いに働くつもりでおります」

鍾会の熱心な売り込みに、王元姫は呆れ顔で婢に茶を淹《い》れさせると、その場をさっさと引き下がった。

「それも近いうちにいたしましょう。ところで最近、嵆叔夜《けいしゅくや》なる人物の山林の庵《いおり》が評判ですが、そこもとは、いらせられたかな？」

「はて、聞いたような気もいたしますが」

炎は傍で話を聞いていたが、なぜか諸葛靚と一緒に訪れたとは言えなかった。

「今、宮中では、そこそこ評判になっているので、一度行ってみられればいかがかな」

司馬昭に勧められれば、鍾会としても無下にできず、諾《うべな》うしかなかった。そこで、彼はまた話題を換えた。

「郭孝先《かくこうせん》（循《じゅん》）なる偏《へん》将軍も、蜀へ亡命したと聞きつけますが、夏侯仲権（覇）と同じ輩《やから》でございましょうや？」

「さあ、儂もそこまで事情に明るくないが、いろいろ思うところがあったのやもしれぬな」

この話題にも、炎ははらはらした。同じ輩とは、丞相へ昇った司馬懿に対する批判と聞こえるからだ。

だが、父司馬昭は聞き流しているように見えた。

それからも鍾会の話題は、呉や蜀への侵攻をどうするかなど、軍事一辺倒だった。

小半時話して、鍾会は司馬昭宅を辞した。炎が見送りに出る。帰る方向へ一緒に歩いて行くと、小洒落た料理屋があった。

「少し呑んでいきませぬか」

先ほどは菓子と茶だけだったので、鍾会も物足りなかったのだろう。炎はあっさり、付き合うことにした。

「このところ、呉軍の侵攻が少ないようですが、安世殿はどう思われる？」

卓に座ると酒と小料理を注文して、鍾会は早速本題に入る。彼は十一歳も年長だが、司馬懿の孫と立てて丁寧にものを言う。

「呉の国内事情に問題があるのでしょう。例えば、新皇太子に反対する輩が多いとか」

「なかなか良い推察ですが、我は孫仲謀（権）の身に異変があるように思うのです」

呉の国内事情など、噂で伝わってくるのが半年先だ。だから、推し測るしかない。そのとき玄関口から、聞き覚えのある疳《かんだか》高い声が響いてきた。

「なかなか気に入ったぞ！」

その男は半裸で、腰に衣類を巻いただけの小男、劉伯倫《りゅうはくりん》（伶《れい》）だった。

「そっ、そう言われても、わっ、我はただ、その道具に、きょ、興味が……」

「我専用の道具、鍤《そう》に興味を持ってくれたのが嬉しいではないか。さあ、呑んでくれ」

強引に誘われて入って来たのは、上背のある地方出身の武官らしく、急に気に入られて面喰らっているようだ。

「あの吃音《きつおん》の男は知っている。鄧士《とうし》載《さい》（艾《がい》）という、水路や運河を建設するのが得意な卑将だ。淮南《わいなん》辺りでは高名らしい」

王淩を捕らえる時に使った運河も、鄧艾が設計したものという。彼が劉伶《りゅうれい》の「鍤」に興味を持ったのも、土木工事に使い易いと踏んだからと思える。

それからも鄧艾と劉伶は、賑やかに喋りながら呑んでいた。すると鄧艾の話に、やたら司馬懿の名が連なった。

「わっ、我の水路や、うっ、運河の提案を、だっ、誰よりも、よっ、よく聴いて下さったのは、しっしっ、司馬丞相殿だったのだ」

彼の台詞は、嘘とも思えなかった。だから運河を利用しての王淩討伐が、急いでできたとなれば、充分合点がいく。

「あの裸の小男のことを、聞いたことがあります。先ほどお父上が仰せだった嵆某《けいなにがし》とかいう男と、抱き合わせで名が出てきたような記憶が朧気に出てきました。せっかくのことゆえ、近々嵆某宅を訪ねてみますか」

鍾会がそう言ってくれて、炎は少し楽になった。だが、おそらく彼とは馬が合わないような気がする。

その日は、劉伶と顔を合わせぬように店を出た。表の手押し車では、従者が錘を抱えたまま寝転《ねこ》けていて、これも遣り過ごせた。

翌々日、非番の諸葛靚に会って、前々日の鍾会の一件を話した。そこで、再度二人で嵆康の庵を訪ねることにした。

今度は二人して酒瓶二つずつ携える。

「よく来てくれた。さあ、呑もうぞ」

嵆康は琴を弾きながら、二人の話を聞いてくれた。

「そこもとらの兄貴分を、ここへ連れてきたいのなら構わんが、酒だけは忘れるな」

鍾会を誘って行こうとしていたが、なかなか日程が合わない。ようやく秋も終わり近くになって、酒瓶を六つ持って三人で山中へ出かけた。

嵆康の琴が奏でられる庵へ、彼らは入って行く。鍾会は不審そうに周囲を見渡していたが、嵆康の美男振りに、虚を突かれたごとく押し黙った。

「鍾士季殿だな。一献過ごされよ」

言われた鍾会は、なみなみと注がれた酒をゴクリと飲んで質問する。

「貴方様は、嵆中散大夫殿とお見受けいたします。かつて高平陵の政変のおりは、何処《いずこ》に御座《おわ》っしゃりました」

鍾会の質問には、少し毒がある。中散大夫なら、皇帝芳の従者として、供をしていて然るべきだったと言いたいのだ。

「そう言えばあの日は、羊叔子《ようしゅくし》（祜《こ》）の母蔡女史《さいじょし》が重病だったので、年初ではあったが見舞いにいっておった。しばらくして身罷られたが、お目にかかれていて好かった」

嵆康が言う女性は蔡琰《さいえん》といい、司馬師の妻羊徽瑜《ようきゆ》の母にも当たる。

「羊叔子の妻は、蜀へ亡命した夏侯仲権（覇）の娘御でございましたな？」

「それが、どうかしたか？」

鍾会の言葉には、隅々に棘《とげ》が感じられる。炎は、やはり連れてこぬが好かったと、後悔し始めていた。

「夏侯氏の方々は、仲権に絶縁状をお書きになっていますが、羊叔子はいかに？」

「それは、他人が容喙《ようかい》することではない」

嵆康の返事は、にべもなかった。だが、炎が後を引き取る。

「叔父（羊祜）は、嫁の夏侯氏を離縁せず労《いたわ》っております。我は却って誇りに存じます」

炎の言葉に、鍾会もそれ以上追及しない。

「そこもとは、蔡女史（琰）を知っておられようかな」

嵆康の問いに、鍾会は黙って頭を振っただけだった。女のことなど知るものかといった態度が露骨だ。

すると嵆康が話しだす。

彼女は後漢の官僚蔡邕《さいゆう》の娘で、文書整理を手伝っている内に、書物を総て暗誦するほどの頭脳を持っていた。ところが、匈奴に攫《さら》われて、彼の地で息子まで産んだという。

だが曹操がその才を惜しみ、匈奴から取り戻したのだ。彼女が帰ってきてくれたおかげで、喪失した書物が総て復元できた。

その後、羊氏に嫁いで羊徽瑜と羊祜が生まれたのだ。

嵆康が説明を終えた頃、司馬家の使いが飛び込んできた。

「安世様、直ぐにお帰りください」

「どうしたというのだ」

「はい、統領が」

言うなり、使いは泣き崩れた。

10

司馬懿の享年は七三であった。

丞相とはいえ、皇帝芳を凌ぐ最高権力者として、位人臣《くらいじんしん》を窮《きわ》めての他界である。一族十九人を列侯（領主貴族）にして、軍事部門も牛耳っていれば、司馬氏体制は絶対に盤石《ばんじゃく》の観がある。

「新統領は司馬子元《しげん》（師）で、誰からも苦情など出ないだろうな」

一族の皆がそう言って、真に何の問題もないはずだ。だが、最近司馬師の瞼が以前より腫れてきている。まさか、それが大事につながることもなかろうが、統領の座を明け渡す事態は考えられよう。養子の攸《ゆう》は未だ六歳で、後継者としては荷が勝ち過ぎる。

それでも、そのようなことは、口が裂けても言えない。それよりも、国の権力者たる重鎮が卒すると、呉や蜀は侵攻を考えるだろう。それが、敵対する国同士というものだ。

蜀や呉が、いつ侵攻してくるか判らない中で、軍事訓練はつづいていた。

炎も雑号将軍の肩書きで、騎馬や軍船での進軍を何度も繰り返した。それは主に、呉の攻撃を想定したものだった。

鍾会は、丞相になって多忙な司馬師への紹介が受けられず、一時焦っていた。だが、司馬昭直属の将軍に抜擢されて、満更でもなさそうだ。彼の受け持ちは、主に西方蜀への対応になりそうだった。

「呉軍は、何か張りがないぞ」

最近、軍列で一緒になることが多い諸葛靚が、呉の状況を分析する。

「それは以前、鍾士季（会）殿が仰せだったのと、同じではないか」

炎は、彼が鍾会の受け売りをしているのかと疑った。

「いや、我にも感じられるのだ。かつての呉兵より、攻め方が鈍いのだ」

この見解は翌嘉平《かへい》四年（二五二年）になって、正しいと判った。遂に、呉帝孫権《そんけん》が崩じたのだ。

「いや、疑って悪かった。呉兵の雰囲気が判るなど、たいしたものだ」

訓練が終わった後で炎が謝ると、諸葛靚は妙な笑い方をしてぽそりと言う。

「歩兵校尉の倉庫に、酒が余っているぞ」

「それは剛毅だな。お零《こぼ》れに与るか？」

炎が、諸葛靚に案内されるまま倉庫へ行くと、兵卒が数十人屯《たむろ》していた。彼らは身形の良い炎と諸葛靚を見て、席を空けて勧めてくれる。彼らの中央に、歩兵校尉と思しい人品卑しからぬ人物が、着物の襟元を開《はだ》けて酒を呑んでいた。

諸葛靚が阮嗣宗《げんししゅう》（籍《せき》）と紹介する。

「これは司馬大将軍の御曹司、こちらへ来られて一杯いかがかな？」

阮籍は正面から炎を見て対峙し、椀を差し出した。名前を聞いて周囲の兵卒は、さっと後退りする。軍律違反を言い募られては、困るからだろう。

「かたじけない」

炎はそれを察して、渡されて椀に酒を一杯に注いで貰うと飲み干した。その飲みっぷりに安心して、兵卒たちが集まりだす。

「天地を家、部屋を下帯と思えば、何ら不足なくこの世を過ごせる」

床に寝そべったまま、半裸の状態で御託を並べているのは、劉伯倫《りゅうはくりん》（伶《れい》）である。この小男の態度は、絶対に変わらなかった。

「調理してきましたわよ」

従者十人ほどを連れて、阮籍の娘と思しい美人が、食べる物を差し入れに来た。それを見た兵卒が「わっ」と歓声をあげる。

「吾も、いただいていいのかね」

我勝ちに手を出す兵卒に、娘は優しく料理を詰めた箱を渡している。

「皆さんで、お分け下さいね」

彼女が言うと、荒くれた兵卒も大人しく受け取っている。

「綺麗な娘だ。我の嫁に欲しいな」

炎が言うと、阮籍が突然真顔になる。

「阮嗣宗殿。いかがですかな?」

諸葛覯が取り成したが、阮籍は口を歪めているだけだった。

「娘御の父親を困らせるな。逆効果だぞ」

炎の言葉に、阮籍は酒を呷《あお》って聞き流している。娘はその会話を聞いておらず、炎や諸葛覯にも食べ物を配ってくれた。

「ああ、旨いな」

炎は、一口食して世辞を言った。

「あら、ありがとう。作り甲斐があるわ」

炎は態度や容姿だけでなく、他人への対応も気に入った。諸葛覯にも、それは判った。

だが、炎はそれ以上不躾に言い寄ったりはせず、その場を離れる算段をした。

「酒をもう一杯いただいて、我は早々に退散しよう。明日は軍議で、呉への進撃が話されるやもしれぬからな」

宿酔いになれば、軍議で顰《しか》めっ面をして不快感に苛《さいな》まれよう。そうなれば、周囲に示しがつかない。

炎はそのような台詞を独りごちて、その場から離れた。

諸葛覯も一緒に行動したので、残った兵卒たちに安堵感が流れた。

炎が先取りして言った呉への侵攻は、年の夏秋を過ぎて真冬に行われた。王昶《おうちょう》や胡遵《こじゅん》、毌丘倹《かんきゅうけん》といった将軍が派遣されていた。

呉軍は、孫亮の後見役を兼ねた大将軍諸葛恪《しょかつかく》が、留賛《るさん》や呂拠《りょきょ》、唐咨《とうし》、丁奉《ていほう》らの将に魏側を奇襲させた。

鎧を脱いで酒を呷っていた魏軍の兵は、さんざんに打ち負かされた。

必死の呉軍が、油断していた魏軍を追っ払った恰好だ。炎は、歩兵校尉の倉で酒盛りしたことを思い出し、背筋に冷や汗を掻いた。実際、兵士たちの間では炎のことが噂に上っていた。

父司馬昭がそれを聞きつけて、「なぜそのような所へ行ったのか?」と、訊いてきた。

炎はそれを誤魔化すため、阮籍の娘が美人で気立てが優しく物腰も艶やかで、嫁に所望しようと訪ねていったと応えた。すると母の王元姫が興味を示す。

「調べていただけぬか?」

彼女が詳しい調査を依頼した男は、三十代中半の賈充《かじゅう》といった。一時、曹爽や何晏の下で働いていたが、反りが合わず免職になっていたらしい。

政変後は司馬氏に拾われ、調べ物が得意だと知られている。

「はい、お任せ下さい」

賈充は短く応えると、さっと屋敷から消えていく。炎が見ていても、その身の熟《こな》しは軽やかだった。

嘉平五年(二五三年)が明けて、またとんでもない知らせが舞い込んだ。

「蜀朝廷の新年会の宴席で、費《ひ》大将軍(禕《い》)が刺殺されたというぞ!」

劉禅以下、蜀の大臣や重鎮らが同席している祝いの席である。宮廷人が多く詰めかけている所なら、下手人は直ぐ衛兵に取り押さえられているか、斬殺されているはずだ。

「誰に刺されたのだ?」

魏の宮廷では、そのような声があがる。無論、知らせをもたらした間者からの報告が上がっている。

「郭孝先《かくこうせん》(循《じゅん》)なる将だそうです」

どこかで聞いたような名だと、炎は記憶を探ってみた。はっきり思い出せぬまま、軍の詰所へ走ってみた。すると、鍾会から声を掛けられた。

「鍾士季殿、戻っておられたのですか？」

西方の長安へ詰めていた彼も、新年の休暇が取れて、実家へ戻っているらしい。

「新年ぐらい、母の顔を見て上げねば。ところで、我が以前懸念していたことが、当たりましたろう」

「懸念とは？」

「そなたの父上へ紹介を受けたおり、奴の蜀亡命が話題に上り、我が夏侯仲権と同じ輩かとお訊ねしたのを、覚えておられませぬか？」

そういえば、彼が郭循に何かしらの違和感を持っていたようだ。

「それは初めから、そのような意図を持っていたということでしょうか？」

「うむ、何か引っ掛かっていたのです」

鍾会は、郭循と親しかったわけではない。彼に近かった卑将らに訊いても、不満らしい不満など聞かないという。ただ、彼の両親が病気がちで、医師や薬を必要としていたということだった。

「では、不満があってのことではなかったと」

「夏侯仲権（覇）に同情していたとの話も、ありますが、後付けかもしれませぬ」

それなら、初めから刺客として送り込まれたことになる。

詰所の武官たちはその後も何日か、さまざまに取り沙汰していた。だが、宮廷では真相など解らない。

旬日ばかり経って、太尉府から公式の見解が示された。

――郭循は、一旦は降服したといえ、故国に対する忠誠心を失わず、敵国に一矢報いた功績に対し、長楽郷侯に追封《ついふう》して威公《いこう》と諡《おくりな》して讃《たた》えるものとする。

追贈の恩恵に浴するのは、遺族である。郭循の亡命で、肩身の狭い思いをしていた彼らも、これにてようやく胸を張って世間を渡れるようになったのだ。

それでも魏の武官たちの間では、初めから刺客だったのか、たまたま起こった事件を巧く利用して、「刺客」ということにしただけなのか、密かな議論の的となっていた。

後付けで表彰した場合、先に亡命した夏侯覇らのような存在も、蜀での立場を悪くする効果は絶大だ。

その後、朝廷からは郭循に関する説明は一切なかった。

11

「気立ても振る舞いも良い、美しい娘御でございます」

賈充から阮籍《げんせき》の娘についての報告を聴いて、王元姫の口角が上がった。

「では、話を進めてくれてもよい。早速、阮嗣宗《げんししゅう》殿に当たってくれぬか？」

王元姫からの命で、また賈充はさっと屋敷から消えた。そのようすを見ていた炎は、少し笑っていた。

阮籍の娘は、確かに嫁にしても良いが、心の底から惚《ほ》れているわけではない。まずは何よりも、阮籍が認めぬと踏んでいたのだ。

炎が阮籍の娘に執着しないのは、統領司馬懿が高平陵の変を成功させた後に、邪馬台国の話をしたからかもしれない。

外蕃国においては、人口に占める女の割合が極端に高い。きっと、大きな樹木には女が鈴生りになっている。

だから、勝手に捥《も》いで持って行けるような心象があるのだ。そのように脳裏へ刷り込まれたため、一人の女に懸想《けそう》するのが、馬鹿馬鹿しく思えてきたのだ。

しかし、母親にそのようなことも言えず、賈充に無駄な動きをさせてしまっている。

その日は軍事操練が終わり、諸葛靚と暖を取っていた。すると、鍾会が傍へ来る。周囲には他に誰もおらず、ずけずけ訊ける状況だ。

「御曹司の父上に従って、長安へ行かねばなりませぬが、妙な噂を聞きました」

司馬昭が行征西将軍《ぎょうせいせいしょうぐん》を拝命し、鍾会はそれに付いて行くらしい。餞別《せんべつ》代わりに「阮籍の娘が花嫁候補」と詰問されるのかと身構えた。だが、矛先は外《ほか》を向いていた。

「主上は成年に達せられても、一向に政《まつりごと》に関心がないらしいが、真なのか？」

訊かれたのは諸葛靚で、彼は判らないと応えるしかなかった。炎にも、さっぱり事情が摑《つか》めない。皇帝芳は炎より四歳上だから、今年二二歳のはずだ。ならば、臨朝しても不思議ではないが、とんとそんな話は聞かない。いや、司馬師が出て来ぬよう抑えているとも考えられる。

「一説には、女色に耽《ふけ》って腑《ふ》抜《ぬ》けになっているとも言われてますがな」

鍾会が、炎にここまで言うのは、司馬師に阿《おもね》る意図かもしれない。

「それと……」

鍾会が、更に言葉を継ごうとするので、炎はまた背筋に冷たいものが流れる。

「以前お連れいただいた嵆叔夜《けいしゅくや》殿のことが、少し判りました。傍で甲斐甲斐しくお世話なさっていた奥方は、皇族の曹氏でいらっしゃる由。さすれば荘園をお持ちで化粧料という莫大な収入がおありです。それゆえ、彼は働きもせず優雅な一日を送れているわけです。世の中を斜に見るだけで、魏国のためになるようなことは、今後も一切ありますまい」

鍾会に掛かれば、嵆康《けいこう》も阮籍も形無しだろう。それゆえに、嫁探しの一件が彼の耳に入ったりすれば、きっと口角泡《こうかくあわ》を飛ばして反対するに決まっている。

とにかく鍾会の話は、それ以上に膨《ふく》れあがらなかった。翌日彼は父司馬昭に従って、長安へ発った。

その日の午後、屋敷の隅で賈充が母に報告している。ひそひそ声だが、耳を欹《そばだ》てていると内容が明確に聞き取れた。

「最初に、吾が司馬氏の使いだと解ると、阮嗣宗殿は大いに酒を勧めてくれました」

「酒をなぁ。まあ、殿方同士、腹を割って話すには、その方がよいと、旦那様もよくお言いですから、それも善《よ》きかと」

「ところが、それが嗣宗殿の罠《わな》でした」

賈充は、申しわけなさそうに平伏している。

「どういうことです？」

「つまり、しこたま呑んで自ら酔い痴《し》れて、話の相手にならないのです」

「では、翌日にでも行けば善いのでは？」

「それが奥方様。嗣宗殿はそれ以降、吾が訪れると、しこたま呑んで潰れて、話にならぬように仕向けてくるのです」

「それほどまでに、司馬氏を敬遠しているということですか？」

王元姫も、司馬氏一族が官職を独占しているので、一部から嫌われていることは悟っている。しかし阮籍のように露骨な態度に出会うのは初めてだった。

「いえ、司馬氏云々ではなく、単に娘を嫁に遣りたくない父親の気持が、人一倍強いお方なのだと存じますが」

賈充は、王元姫に正確な報告をしている。それは決して、慰めるつもりで言っているのではない。

一般論から言うと、阮籍や嵇康、劉伶のごとき道家思想に染まった連中は、表向き立身出世を嫌う。

官職に就いたり、娘を玉の輿に乗せる真似は、穢《けが》らわしいとしている。

だから司馬氏の御曹司が、娘に惚れてくれても、仲間内から非難されこそすれ、祝う対象にはならないのだ。

賈充は、そこのところを諄々《じゅんじゅん》と王元姫に説いていた。

「なるほど、そういうことですか。しかし、それならお嬢様も、可哀想なお立場というわけですね」

彼女はそう言うと、賈充に心付けを渡そうとしていた。気が利く上流夫人である。これで、賈充の仕事は一段落したと思えた。だが賈充は、王元姫の耳元で何事か囁いた。

「それで、いいのですか？」

母は微笑みながら、奥へ引っ込んだ。同時に賈充も、その場から去った。炎には、その遣り取りだけが聞こえなかった。

炎としては、彼女が嫁候補から外れても、特別悔《くや》しくもなかった。そんなことより、将来女護ヶ島へいく夢の方が、彼の胸を高らかにしているからだ。

その晩、伯父司馬師から炎は呼ばれた。

まさか一族の長として、阮藉の娘の件への咎《とが》めと思ったが違った。明日から宮中へ詰めて、皇帝芳の行動を見張れというものだ。

「どちらへ行けば、宜しいのでしょうか？」

司馬師が詰める丞相府で、詳しい指示を受けるよう命じられる。

翌日、炎が丞相府を訪ねると、郎官の諸葛沖《しょかつちゅう》から案内を受ける。そこは、後宮に近いがらんとした小部屋だった。

「ここで、何をすれば好いのかな？」

訊かれた諸葛沖は、恭しく口を開く。

「主上がこの前をお通りになったら、後宮へ戻られるよう、御注意下さい」

「はて、我が逆の行為を促《うなが》した程度で、お肯《き》きいただけるのかな?」

炎の懸念に対して諸葛沖は、微笑みながら余裕の答を言う。

「お肯きいただけねば、剣の柄に手をおかけ下さり、黙って主上へ近づけば事足ります」

そうすれば皇帝芳は恐がって、必ず後宮の方へ帰って行くという。だが、それでは皇帝への脅迫ではないか。「何のために」と訊く前に、鍾会が言っていたことを思い出す。

主上は成年に達しても一向に政に関心がないとは、そのようにさせられているゆえなのかもしれない。きっと、曹爽が政権の座にあったときも、同様な処置だったのだろう。

その日、炎が部署に着いたときから、交替要員が来るまで、皇帝芳は一度たりとも小部屋の前を通りかからなかった。

非番になって騎馬で屋敷へ帰ると、賈充が恭しく礼をする。

「いつも母上の無理を肯いてくれて、すまぬな。感謝するぞ」

炎は、犒《ねぎら》いを忘れなかった。

「御曹司、こちらへお出で願わしゅう」

賈充が炎を誘うのは、屋敷の堂であった。つまり、応接であるから、客に引き合わそうとしているらしい。誰かと訝《いぶか》りながら階段を上がって行くと、王元姫が話している。

「安世殿が自ら、娘御を気に入ったなどと仰せたのは、初めてのことゆえ、わたくしはとても驚いたのですよ」

そのような声は聞こえたが、相手が誰なのか判らない。しかし、今日に限って賈充が迎えてくれたので、閃《ひらめ》くものがあった。

「よく、いらして下さった」

炎が愛想好く挨拶したのは、母の前にいるのが、紛《まぎ》れもなく阮籍の娘であったからだ。

「おかえりなさいませ」

それにしても、よくあの男が諾《うべな》ったなと、不思議な気がしてそれを問うた。

「許しなど、出ておりませぬ」

阮香嬌《げんこうきょう》と名告る娘は、はっきりと言った。

「では、家出して来られたのか？」

「はい、そうですが、行き先はきちっと書き置きしてまいりました。これから末永く、よろしくお願いいたします」

急に言われて、さすがの炎も面喰らった。婚礼や披露目《ひろめ》はどうするのか、彼らしくない心配までしてしまう。

「父のような頑《かたく》なな態度では、わたくしなど一生嫁ぐこともできますまい。せっかく所望して下さる殿御があるのですから、賈公閭《こうりょ》殿の誘いに乗ってやって参りました」

こう言われては、炎も無下にはできない。

「このままでは、我の妾という立場になってしまいますが、好いのでしょうか？」

「生涯を頑迷な父の召使いで終わるぐらいなら、思い切って貴方様に娶《めと》っていただきたく存じました」

彼女の言い方も態度も、母の気に入っているようだ。

「阮嗣宗殿には、礼を尽くそうと存じますゆえ、どうぞ御安心ください」

母ははっきり言うと、彼女を炎の傍へ行かせた。これには、炎の方がまさかと思う。今晩から同衾するのは、余りにも早急なと思うからだが、母は「善は急げ」と笑う。

12

「夏の暑さを吹き飛ばす朗報ですぞ」

詰所の小部屋にいると、最近知り合った諸葛沖《しょかつちゅう》が昂奮して告げる。炎が、理由を問いたげに顔を向けると、嬉しそうに口を切る。

「呉が合肥へ攻めて来て、睨み合っている最中、向こうの陣中で疫病が蔓延して自滅したそうです。向こうの総大将も、我と同じ姓らしいですがな」

諸葛恪《しょかつかく》である。三国時代には諸葛姓の人物が活躍し、三国それぞれにいる。元は同じ一族だが、生き残るため諸国へ散ったと言われている。もっとも、真相は定かではない。

魏にいる諸葛沖と諸葛靚らにしても、同じ姓ながら、近い縁戚関係はないらしい。

諸葛沖が言い終わったとき、足を忍ばせて廊下をやって来る人物がいる。皇帝芳だと判り、炎はぱっと前を塞ぐ。

「やはり、宮中を出ては駄目なのか?」

「お解りならば、張皇后の元へお戻りを」

炎が軽く言うと、皇帝芳は我が意を得たりとばかり、踵を返して駆け出していく。

「いつもどおりの生活より、たまには外へ出たかろうなァ」

炎が同情ぎみに言うと、十数歳ほど年長の諸葛沖は違うと言う。

「あのお方は、後宮が好きなのです。しかし、それでは恰好が付かないから、ときおり出て行こうとするだけです」

本当は、ずっと後宮にいたいから、注意されたのをいいことに、驚いた振りをして戻っていくらしい。

そう言えば、帰る表情も足取りも、嬉しそうで軽快だった。

「それが本性ですか？」

「我も、ずっと主上の御ようすを見ておりますが、本気で外出をお考えとは思えませぬ」

それも、後宮に入り浸《びた》るのが好きだからなのかと、炎は信じられぬ思いだった。

その日も非番になったので、炎は屋敷に戻る。長男の彼には離屋敷が宛がわれ、香嬌が食事を作って待っていた。

「お父上からは、何も言ってこられぬか？」

「はい、もう放っておくつもりでしょう。きっとそのうちに『親娘の縁を切る』と、一方的に申し渡すはずです」

道家思想を信奉する人々の考え方が、炎も一分は理解できる。社会の柵《しがらみ》に縛《しば》られず、自由奔放な生き方を望んでいるのだ。ただ過度になると、無理が生じるような気がする。

鍾会は、そこを嫌って攻撃するのだ。

「歩兵校尉でもあらせられるから、そう厳しいこともなさるまい」

炎はそう言って、彼女との蜜月を楽しむことにした。それよりも、皇帝芳がどのようになるのか、それが気掛かりだった。

番屋の小部屋で見張るのは好いが、後宮で日がな一日張皇后や姫妾と遊び惚《ほう》けて、飽きぬものだと笑いが込み上げる。だがしかし、皇帝芳の子を身籠もったという姫妾の噂を一切聞かないのは何故だろう？　そんな感想を持ったが、考えて答の出る問題でもなし、やがて忘れ去った。

炎の隠れた新婚生活は、その後も順調につづいた。誰に公表することもなく、誰からも揶揄《やゆ》されなかった。もっともそれは炎が、最高権力者（司馬師）の甥だから、知っていても触らぬのかもしれない。こうなると、屋敷以外で、周囲のどこまでが知っているのかも、全く定かでなかった。普通は下男や下女が、どこかで吹聴するものだが、そんな気配もなかった。

皇帝芳の行動も見張りも、ときおりふらふら出てくることも含めて、何一つ変わらなかった。ただその年（二五三年）の晩秋、諸葛沖がまた一大事だと告げる事件があった。

「どうしたのだ？」

「呉の諸葛元遜《げんそん》（恪）が、宴会の席で、誅殺されましたぞ。皇族の一人が、皇帝（亮）の允許《いんきょ》を取って実行したとか」

理由は、訊かなくとも解る。以前、諸葛沖が報告してくれた呉軍の自滅だ。疫病の蔓延という不運もあって、魏軍からさんざんな攻撃を受けて敗退している。

孫権の遺言で大将軍に据えられた彼ではあったが、惨敗の結果「宰相の資格なし」と判断されたのだろう。実行したのは、皇族の一人孫峻《そんしゅん》だと後ほど判った。

これも要は、権力闘争の一幕であろう。

嘉平六年（二五四年）の春、見張り番を終えて家路につこうとしたとき、聞き慣れた鍾会の声に接した。

「一献いかがでしょう？」

以前、彼の言っていたことが当たっていたので、付き合うことにした。洛水を渡った歓楽街に酒楼があり、一部屋借りられた。

酒を呷《あお》ってから、鍾会は切り出す。

「李安国《りあんこく》（豊《ほう》）なる男を御存じですか？」

かつて攸《ゆう》の遊び相手をしていた男だが、中書令で皇帝芳の側近のはずだ。だが、傍にいる姿を見たことがなかった。

「あ奴は肩書きのまま、ずっと司馬統領の屋敷におります」

なるほど、炎が宮中へ出仕し始めたのと、丁度入れ違いらしい。それでは宮中で姿を見ぬ道理である。

しかし、それがどうしたというのか？

「最近、奴が太常の夏侯太初（玄）と呑んでいるのを見ましてな」

宮中の役職同士が会っても、一向に不思議なことはない。鍾会の話は、肴を摘まみ酒を呷りながら尚もつづく。

「ただ、もう一人仲間が加わりまして」

それは光禄太夫だった張緝《ちょうしゅう》なる男で、娘は皇帝芳の皇后となっている。そこまで聞いて、最近の炎は閃きが早くなった。

皇帝芳は外出を許されず、ほぼ軟禁状態で全く梲《うだつ》が上がらない。そうなると張皇后は尊ばれず、その親にも陽が当たらぬことになる。

「皇后の父親には、慣例によって一切の役職が与えられません」

それは、外戚の専横を避けるためだ。それゆえ、皇帝芳を蔑《ないがし》ろにしている司馬師に恨みを募らせる可能性はある。

「しかし、夏侯太初の側に恨みはなかろう。高平陵の変後も、興勢の役の一件を論《あげつら》うことなく、罪には落とさなかったのだぞ」

「そうですが、気が気ではないのです。我が酒の席へ誘おうとしたら、一言のもとに断りました。我の兄（鍾毓《しょういく》）が廷尉だからです」

つまり、心に疚《やま》しいものがある証左だという。夏侯玄が、司馬師屋敷へ出入りしている李豊に目を付けたのは、司馬師の予定や日常の習慣を知りたいからだ。張緝らと組んで襲撃し、一気に葬り去ろうという謀《はかりごと》らしい。

そう聞くと、炎は司馬師屋敷へ走った。怒った司馬師は李豊を捕らえ、そのままの勢いで夏侯玄と張緝も縛られた。

彼らには厳しい拷問が加えられ、謀《はかりごと》の全貌を白状するよう命じられた。張緝と夏侯玄、李豊三人の背後に誰がいるのか、それが追及されたが、三人とも「我らが憎いのは司馬丞相（師）にて、絶対に誰の指示でもございません」を終始貫いた。

そして、肉体を襤褸《ぼろ》切れのように踏み躙《にじ》られて、果てていった。

張緝が処刑されたことで、張皇后の威光は一層下がっていく。その連れ合いである皇帝芳も、相対的に権威は落ちる一方だった。

「物騒なことが起こりますわね」

屋敷へ帰ると、新妻が炎を慰めてくれる。

「伯父は三人を敵と見做《みな》したんだろうが、これだけで、事は終わりそうにないな」

「何が、起こりますの？」

そう問われても、炎にさえ予想は付かなかった。それもさることながら、阮籍から新妻へ何の音沙汰もないことが、不気味であった。

「そう言えば、お姑さまが挨拶に行かれても、父は酔っ払ったままだったんですって」

「つまり、正式な話が一切できなかったわけだが、それはそれで好かったかもしれぬ」

母（王元姫）は、従者を連れて阮籍宅へ赴き、贈物をしてきた。それは、娘さんを預かったとの意味も重ねていたことだろう。しかし、阮籍がどこまで理解したかは不明だ。

その後も、月に一度、母は阮籍への訪問を欠かさなかった。その度に酔っ払うか、姿を消すかで、賈充のときとほぼ同じであった。

母にとって、阮籍がいるかいないかは問題ではない。贈物を置いて帰れば、目的は達成されるからだ。阮香嬌にしても、父の所業を特別奇異に感じていない。

炎にとっては、もう阮籍の態度などどうでもいいことだった。いや、それよりもっと重大な問題が持ち上がった。

嘉平六年（二五四年）夏も終わろうとするとき、突然に皇帝芳の廃位が決定したのだ。

公式な発表では、皇帝芳は政を顧みず、女色に沈湎《ちんりん》しているからとされている。皇帝自身が積極的に頽廃的な生活を送ってきたかのような表現だが、即位以来そのように周囲が仕向けてきたのだ。だから、政に無関心で女色に溺れたのだ。いや、ずっとそんな状態にさせられているからこそ、李豊もいたたまれなくなって、我が身の危機意識の高い夏侯玄や張緝らとの謀反に奔《はし》ったのかもしれない。

彼らは皇帝芳と謀ったなどと、口が裂けても言えなかった。言うどころか、皇帝が廃位の理由どおりの生活であれば、謀りたくとも謀れない道理となる。

新しい皇帝は文帝（曹丕）の孫に当たる曹髦《そうぼう》である。まだ十四歳だが、郭皇太后がたっての願いである。聡明だとはいえ、大将軍の司馬師が後見役として必要になる。

そうせざるを得ぬよう、李豊や夏侯玄、張緝の不穏な存在を曹芳の陰謀に仕立てて、司馬師が演出したのかもしれなかった。

第三章

皇帝髦《ぼう》弑《しい》逆《ぎゃく》

13

退位した曹芳は元の斉王に降格させられ、彼の地で軟禁状態のまま余生を送ることになる。彼が好むと好まざるに関わらず、造反の象徴に担ぎ上げられる可能性がある。それゆえに、警戒は殊《こと》に厳重だったようだ。元号も十月から正元《しょうげん》元年（二五四年）と改められた。

炎の仕事は皇帝の見張り役から、中郎将の偏将軍に昇格した。宮城護衛の校尉（将校）であるから、特権階級の常で呉や蜀との最前線へ行くことはない。

非番のおりに、歩兵校尉の倉庫へ出向いてみたが、もう阮籍の顔や開《はだ》けた胸を見ることはなかった。何処へ配属になったか聞いてみたが、詳しく知っている兵はいない。

「ある日突然、お姿が見えなくなりました。どこへ配置転換になられたのやら」

彼らしいと言えばそれまでだが、娘が炎の後庭に入ったから、好き勝手できると踏んでいるのかは判らない。だが、案外周囲のようすを、しっかり見ているようだ。

炎が最近特に気になっているのは、伯父で丞相兼大将軍の司馬師が、更に瞼を腫らして痛々しく見えることだ。

屋敷へ帰ると、堂の入口で母の王元姫と妾の阮香嬌が、賈充と何事か話していた。三人は炎の姿を見ると、さっと駆け寄ってきて中郎将勤めを犒《ねぎら》う。

「おかえりなさいませ」

三人が一緒とは珍しい。いや、阮香嬌がここにいる経緯から考えれば、そうでもない。

「御曹司、お話が」

賈充が「折り入って」と、姿勢を低くして堂の隅へ炎を誘う。

「寿春方面で、不穏な動きがございます」

中郎将を含む軍部では、そのような噂はなされていない。逸早く賈充がそれを摑《つか》んでいるなら、この男の才覚は尋常ではない。しかし、そのような話を、母や妾にするはずは決してない。

「恐らく年が明ければ、討伐軍を派遣する運びになりましょう。ただ、総指揮に当たられる司馬大将軍（師）の眼の具合が、殊の外思わしくなく」

瞼の腫れは持病であったが、ここに来て進行し始めたようだ。軍部の不穏な動きが、病の悪化を助長しているのだろう。

「寿春で謀反を画策しているのは、誰だ？」

「はい、毌丘《かんきゅう》鎮東将軍と文《ぶん》前将軍です」

毌丘倹《けん》と文欽《きん》のことだ。

前者は遼東郡太守だった公孫淵が反乱を起こした際、祖父（司馬懿）に派遣されたものの、あっさり撃退された将軍だ。その後、多少の戦果はあったようだが、敗軍の将の心象が付いて廻り、今一歩梲《うだつ》が上がらない。

後者は傲慢で規則に従わぬ乱暴者との悪評が絶えず、常に呉と対峙する前線に送られている。諸葛靚の父諸葛誕とも窮めて不仲だと誰一人知らぬ者はない。

毋丘倹と文欽の二人が結託するのは、同病相憐れむ関係だからだろう。もっとも反乱を画策するためには大義がいる。それは、司馬師が行った皇帝芳廃位を「国家簒奪の暴挙」だと謳《うた》うことだ。

その呼び掛けは、多分周辺へ書状として播《ま》かれよう。それに、どの程度の者らが賛同するかが問題だが、司馬師の眼疾の進行と見比べねばならぬのが魏軍の苦しい事情だ。

「父上（司馬昭）に、知らせは？」

「間もなく長安から戻られて、大将軍の屋敷で他の将軍をお集めになりましょう」

内輪の軍議をするようだ。炎の与り知らぬ所で、司馬氏のこれから先が決まるのだ。

「伯父上はこの先、お身体が心配ですわね」

母と阮香嬌が賈充から聞いたことは、やはり伯父の病状だけのようだ。看病など取込中だから、食事の差し入れを考えているという。

「では、母者を手伝ってくれ」

賈充の見立てどおり、年も改まって正元二年（二五五年）早々に、寿春で反乱の火の手が上がった。予想していた司馬師は驚かず、冷静に軍を動かす命を出している。

ただ瞼の腫れは一向に引かず瘤状になり、その痛みを堪えての指揮となっている。

合肥周辺の地理に明るい諸葛誕《しょかつたん》に寿春を睨む位置取りをさせ、征東将軍の胡遵《こじゅん》が背後に廻り、王基《おうき》にも寿春を囲ませている。

これだけでも、毋丘倹と文欽は手に余る。司馬昭が派遣した鍾会の提案で、鄧艾《とうがい》が泰山方面から繰り出した。彼は一芝居打って、逃げる振りをして文欽を刺激したのだ。

すると無鉄砲で乱暴な文欽は、逃げる獲物を追う狼よろしく撃って出てきた。司馬師はそこを急襲して文欽軍を壊滅させる。その後は、毋丘倹も文欽も行方不明になった。

一段落した司馬師が駐屯地の汝陽《じょよう》へ戻ったが、文欽の息子文鴦《ぶんおう》が十数騎で攻撃を掛けてきた。急な行動に魏軍は対処できず、司馬師は慌てて眼の瘤に傷を付け、更に悪化させてしまった。そこで司馬師は許へ戻り、瘤の治療に専念することになる。

父の司馬昭は中領軍として洛陽を護っていたが、兄の見舞いに行きたいと言う。

「我も参りましょうか？」

炎が意向を訊くと、父は眉根を顰《ひそ》める。

「いや、ここで待っていよ。いいか、もし兄に万一の事があれば、我らの立場は非常に微妙なものになっていくのだ」

それは当然ながら、司馬師が身罷ることを指している。そうなれば、必ず司馬氏の統領問題になっていく。長男相続が基本だが、司馬師の長男は形式上、養子で十歳の司馬攸だ。それは、炎の弟たる存在でもある。

このようなとき、どうなるのだろう。皇帝髦《ぼう》は十五歳だが、後見人として司馬師がついたのだ。ならば、攸にも同じ対応が取られることになる。

ここまで考えて、父の言葉が理解できた。確かに微妙な事態である。

司馬師の他界は、司馬一族に強い衝撃を与えた。丁重な葬儀が終わった後、一族は司馬師の屋敷に集まっていた。

毋丘倹と文欽の反乱に際しては、大きな指導力を発揮し、痛みを堪《こら》えて瞼の瘤に対処していた。蒲団を咬み千切ってまでと形容されるほどに、必死だったようだ。

その苦しみを皆が見ていたから、指導者の喪失感があったのだ。一方で、皇帝芳を地位から引き摺り降ろしたことで、都人士からは人気がなかった。

　それらのことを総て勘案して、大叔父の司馬孚が皆を見渡して言う。

「一族の統領が誰か、問うまでもなかろう」

　大きな声を聞いて、叔父の司馬亮や司馬伷らも大きく頷いている。

「子上《しじょう》（昭）しかあるまい」

「いや、兄上の長男は大猷《だいゆう》（攸）殿です」

　司馬昭が慌てて言葉を遮《さえぎ》るが、誰も聞こうとはしない。

「何を言っておる。十歳の子供に、統領など勤まるまい。それに大猷とて、お前の三男ではないか。この際、実《じつ》を取る」

　司馬孚のひと言で、一族の意向は司馬昭に統一されている。現状を見れば、それが最良であることは、誰の目にも明らかだった。司馬師の妻羊徽瑜《ようきゆ》も、何ら容喙《ようかい》していない。

　いわば満場一致で、司馬昭の統領が決定した。だが、この期に及んでも、司馬昭が足掻《あが》いていた。

「我が座を退いたときには、大猷殿に引き継いでいただきたく存じます」

　司馬昭は尚も形式に拘るが、周囲はそれには及ばぬと言う。それは司馬攸が、もともと司馬昭の三男という事情を汲んでのことだ。

「決して、お気遣いなさいませぬよう」

　はっきり言ったのは、養母に当たる羊徽瑜である。彼女自身は、司馬師の三人目の正妻であった。遂に子は授からず、何か肩身の狭さを感じていたようだ。それに攸を養子に貰ったため、強引に統領の座まで授かっては申しわけないという心境にあるらしい。

「では、これで決まりとする」

司馬孚が一同を見渡して、最終的な宣言をした。客観的には、一番真面《まとも》な収まり方であったはずだ。それでも司馬昭は、羊徽瑜の前で何度も謝っていた。

「大猷殿は、こちらが貰い受けましたが、統領云々は成人した暁のこと。このたび子上様が嗣《つ》がれたのであれば、先々のことなど埓外《らちがい》のことゆえ、もうお言いめさるな」

彼女の言葉を、周囲の司馬一族は好意的に聞いていた。この危急存亡のおり、形式論は棚上げにせねばならない。でなければ、どんな敵対勢力の急襲を、何時受けるかもしれないからだ。

毌丘倹と文欽はまだ行方不明で、他にも司馬氏を排除したい連中はいるのだ。

「では、お言葉どおり、我が司馬氏統領として皆に命を出す立場になったと宣言しよう」

ようやく司馬昭が腹を括ったようだ。今後は、司馬昭の屋敷が一族本陣になっていく。そのためには、妾に因果を含めておかねばならぬ。炎はそのように思った。

「お祝いをいたします」

屋敷に帰ると母の王元姫と阮香嬌が、声を揃えて言った。司馬昭の一族統領就任のことだ。しかし、帰ってきた司馬昭は、そのようなことは不謹慎で不要だと言う。

「兄が持っていた統領の座を、我が奪った格好になってしまって、どうもばつが悪い。内祝いなど以ての他だ。決してせぬように」

夫の言葉に妻の王元姫は、せっかくの料理をふいにすると苦情を言う。

「それなら我と安世を省いて、お前たちと郎党や下僕で食べよ。だが、歌だけは唄うな。兄の死を喜んでいるように聞こえては、まったく面目ないからな」

14

月が変わって、毋丘倹が死んだと伝わってきた。弟の毋丘秀《かんきゆうしゆう》と母親を連れ、淮水の畔《ほとり》で掘っ立て小屋に潜《ひそ》んで、漁民を装っていたらしい。そこを張属《ちようぞく》なる役人に見つかり、弟ともども弓矢の餌食になったという。

一方の文欽は追撃を振り切って、呉へ亡命している。

洛陽の宮廷では、司馬昭が亡き兄に代わって、大将軍やその他の役職も嗣いでいる。十五歳の皇帝髦《ぼう》に何かができるものではなく、総ては司馬昭の思いのまま進むのである。

「父上が政の総てを担われたのだから、そろそろ安世殿もこれという家柄の、正妻を貰われてはどうでしょうかな？」

母の王元姫は言うが、炎はどうしたものかと思っている。娶るのなら、阮香嬌に前もって因果を含めておかねばなるまい。しかし、それもどこの姫かを確かめてからだ。

「嫁の候補はどなたでしょう？」

「美しく気立ての良い楊一族の姫君です」

婚姻の話に「気性の荒い醜女」など出てくるはずもなく、割り引いて考えるに限る。

詳しく訊くと、相手は通事郎趙俊《ちようしゆん》の養女楊艶《ようえん》だという。趙俊とは面識こそあったが、深く親しい話などしたことはない。

「後漢の官僚、四知《しち》で有名な御先祖が」

天知る、地知る、我知る、汝知ると言って賄賂を受け取らなかった楊震《ようしん》、楊秉《ようへい》父子のことだ。それを言うなら、『史記』の著者司馬遷《しばせん》の娘婿楊敞《ようしょう》にまで遡《さかのぼ》れる。家柄に問題はないのだが、両親は早世して母方の叔父で通事郎の趙俊に育てられている。

「先祖がどうでも、問題は本人でしょう」

炎が言うのももっともだと、王元姫は早速目合わせの準備をしようと言う。

「ならば、阮嗣宗の娘が後庭にいると、話をしておいて下され。嫁《とつ》がれて後に、争議が持ち上がっては適いませぬからな」

「解りましたが、安世殿も妾にお話をお通しくだされや」

炎はその夜、阮香嬌に縁談の経緯を話しておいた。何らかの嫉妬心を見せるかと思ったが、彼女は案外素直に受け容れてくれる。

「はい、わたくしは不断この離屋敷《はなれ》におりますので、安世様は必要なときにお出ましくだされば、それで結構です」

父阮籍のもとへ帰っても、召使い代わりに扱き使われるだけだ。それならば本妻と折り合いを付けて、離屋敷にいるのが得策と考えているのだろう。

炎が中郎将の卑将として宮城脇の詰所にいたとき、通事郎の趙俊が挨拶に来た。

皇帝の勅書の起草を職務とする男は、無論司馬昭の命を受けて、文書を書き起こす。彼には、美しい姪がいると評判らしい。

「この度は、おこがましくも」

二人が宮城の門から離れた木陰で挨拶を交わしているところへ、将兵たちが視線を送ってくる。内容は直ちに理解され、その日の内に噂は宮城内を駆け抜けた。

炎が楊艶に初めて会ったのは、三日後である。趙俊の屋敷に近い酒楼に席を設け、酒宴を張ったのだ。

本人双方と両親たちが、楼閣の三階で顔を合わせたのだった。

「この度は」との挨拶を、どちらから交わしたのか、さっぱり覚えていなかった。

炎は楊艶の色白で鼻筋の通った容貌も、すらっとした容姿も気に入った。歳を召せば母親のようになると趙俊の連れ合いを見たが、それはお門違いだった。

それでも、このときだけでは判らなかったことが、その後どんどん出てくることになる。だがそのときは、ただ新しい屋敷を建築することのみが決まった。

鍾会は、皇帝に近侍する黄門侍郎に出世していた。要は側近で、書面や面会などを取り次ぐ役である。だが、司馬昭の判断で何事も進むはずだから、彼の顔はそちらを向いているのであろう。

その司馬昭の片腕から、小部屋へ誘われた。

「大きな声では申しませんので」

鍾会は勿体振《もったいぶ》って話す。

「主上（曹髦）は歳に似合わず、窮めて聡明ですぞ。侮れませぬ」

意外な一言だった。皇帝髦は未だ十五歳である。どう考えても、彼が政の主導権を執れるとは思えない。それでも、鍾会は意外なことを言いだす。

「前司馬大将軍（師）が卒せられたおり、お父上は許へ行かれましたなァ。その際に主上（曹髦）は傅《ふ》蘭石《らんせき》（嘏《か》）殿に命じて、大将軍の兵を連れ帰れと仰せになったのですぞ」

それは司馬昭を孤立させるか、逆に攻撃するつもりだったようだ。まだ思春期の少年皇帝が、そこまで画策していたのかと、末恐ろしさを感じさせる所業である。

「ほう、それでどうされたのです？」

「傅蘭石殿が我に相談なされたので、我は司馬大将軍にお知らせしました」

「それで父上は、何と仰《あお》せられました?」

「主上の勅命を拒んだのであれば、それでよい。後から順次締め付けてやろう。笑いながら、そのように仰せでした」

皇帝髦一人では、何もできまいという腹のようだ。

「士季殿は、どうなされます?」

炎の問いに、鍾会は不敵に笑う。

「我は、司馬大将軍に付いていくまでのことです。幸いにも黄門郎にしていただけましたので、主上の傍で総てを見極めて報告いたします。廃位になった斉王とは、比べ物になりませんからな」

鍾会の皇帝髦への評価は、かなり高い。

「それは、心強い限りです」

皇帝髦は、まだ後宮を設える歳ではない。だが、曹芳などと根本的に違うのは、かなりな読書家であることだ。この後、彼は読書会や討論会などを、鍾会に開かせていく。

「最近、諸葛仲思(靚)と、顔をお合わせになったことはございますか?」

「父(諸葛誕)の手助けをしたいと、淮南地方への異動を願い出たとか。それが叶ったらしゅうございますが、我は不穏な焦臭《きなくさ》さを感じております」

「揚州や寿春、合肥などで一暴れしたいだけでしょう。そのような懸念は無用かと」

毋丘倹は撃《う》たれたが、文欽は呉へ逃れている。討伐に大活躍したのが諸葛誕なれば、息子が助力したいと言うのは、親孝行と忠君の思想から、自然な行動と思われる。

炎は小部屋から出ると、持ち場へ戻ろうとした。鍾会を見やると、回廊からやってきた楊炳と立ち話をしている。黄門侍郎と通事郎なら皇帝髦の側近同士で、決して奇異な光景ではない。

彼らは何か真面目腐った話をしているらしく、会話の最中に笑顔はなかった。

その年の夏の終わり、関中（渭水盆地）西の隴西へ、姜維が侵攻してきたと聞こえてくる。雍州刺史の王経が防ぎに出たが、姜維の矛先が鋭く、苦戦しているようだ。征西将軍の陳泰が出張って、ようやく姜維は退散したらしい。

「一旦は退却しているが、西の脅威そのものは残ったままだな」

かつて長安に詰めていた父（司馬昭）は、姜維の執拗さを苦々しく思い出していた。

その年の内に、傅嘏《ふか》が他界した。享年は四七ということである。鍾会は、皇帝髦の理不尽な要求を一緒に捩伏せた仲間が逝って、一抹の寂しさを感じていた。

明けて正元三年（二五六年）、炎の婚儀が調えられつつあった。新婚生活を始める屋敷も、ほぼ完成に近づいている。

「おめでとうございます」

離屋敷へいくと阮香嬌が、いつもと変わらぬ笑顔を向けてきた。もう直ぐ本妻に取って代わられるのに、彼女は平常心を保っているように見える。

炎が抱き寄せても、何の抵抗も示さず引き寄せられる。恨みも嫉妬もないような表情である。それが却って、不気味と言えば不気味であった。

「日取りが決まれば、お教え下さいませ」

初めて婚礼に関しての話題を持ち出した。

「出席したいのか？」

普通は妾の身分で、夫の婚礼の席に顔など出さないものだ。

「当日の前後五日間、実家へ戻って、父と話をして参ります」

古い屋敷から出て行って、真新しい離屋敷（後庭）へ戻って来ることになる。

「そうか」

炎は、彼女が阮籍へ最後通牒を突き付け、自らの覚悟をはっきり述べるつもりだろうと、合理的な解釈をした。

「待っておる」

それだけ言って、その日は深く烈しく同衾した。それは婚儀の三日前までつづき、その日の朝、阮香嬌は離屋敷を後にした。

婚礼は、司馬家と楊家の一族郎党が大勢集まり、盛大に行われた。来賓として皇帝髦や鍾会なども来た。諸葛誕や靚は、長江北部を睨んでいるので、無論来られない。

婚礼後、司馬炎は新居に入った。離屋敷は奥にぽつんと建っている。

「お妾さんは、こちらへお帰りにならないのですか？」

聞かされているとはいえ、新妻としては気になるのだろう。かといって新婚早々、離屋敷へ泊まりにいくわけにはいかない。

「気を利かせておるのだろう。おまえは、本妻として振る舞っておれば好いのだ」

「すみませぬ。余計なことを申しました」

その後も旬日ばかり、炎は離屋敷に顔を出さなかったが、阮香嬌がどうしているのかだけは、大いに気になっていた。

15

阮香嬌が、一度も新しい離屋敷へ来ていないと判ったのは、婚儀から一ト月も後だった。そういえば、炎自身が後庭へ入るのも、彼女の不在を確かめに行ったときが初めてだった。真新しい調度品なども、まったく手に触れられた形跡がなかった。

木目が美しい梁《はり》や柱が、寂しく輝いている。それらを見て、炎は心から焦った。

「調べてくれぬか」

炎が賈充に頼み込んだが、珍しく彼の表情が少し曇る。

「一ヶ月前のことからで、ございますな?」

炎は、賈充の顔を見据えて頷く。

「とにかく、足取りを追ってみましょう」

これほど、自信のなさそうな賈充を見るのは、初めてだった。彼が持つ人の伝手でも、難解な何かがあるのだろう。だとすれば、父親阮籍に関係することと思える。

道家思想に凝った自由人は、得体の知れぬ深さを感じさせる。とにかく信頼できる報告が来るまで、時間がかかると覚悟せねばならぬだろう。

宮城の護衛に行くと、詰所へ鍾会がやってくる。彼は秘密を話そうとするのか、その日も少し離れた小部屋へ呼んだ。

「どうしたのです。主上が、何か変わったことでもなさいましたか?」

炎が訊くと鍾会は口を結んで、さも感心したような表情で応える。

「やはり、只者ではありませぬぞ」

「ほう、何かありましたか？」

「はい、本日は、過去の帝王や皇帝について論じたのですが、主上は夏王朝を再興した少康《しょうこう》を推し、臣下は漢の高祖（劉邦）を評価しました」

「ほう、少康をな。確か父帝を寒浞《かんさく》に弑逆された御仁だな。それが長じて、復讐して美事《みごと》に国を取り戻したはずだ」

「さようです。臣下が漢の高祖を引き出すのは、帝王を論じるには、当たり障《さわ》りのない人選です。それはさして驚きませぬが、少康を御存じとはそれだけで天晴れです」

鍾会が褒《ほ》めるのは解る。普通は周以降の王を挙げるものだからだ。しかも、細かい歴史を学んでいる。それゆえ、只者ではないのかもしれない。

炎も少康の逸話は知っていた。だが、彼の脳裏にあったのは、少康の息子で越王になった無余《むよ》のことだ。彼はそこで断髪をして文身（刺青《いれずみ》）を行ったとされている。その理由は蛟竜《こうりゅう》（毒蛇、蜊蛄《ざりがに》、浮塵子《うんか》などの害虫と思われる）を防ぐ呪《まじな》いだったようだ。

それだけなら興味は失せるが、祖父司馬懿が凱旋時に洛陽へ連れてきた邪馬台国の倭人にも、同様の風習があって、越国の風習が入ったのかもしれぬと言っていたことが、記憶に残っていたのだ。

そして、女が鈴生りの樹を、また思い起こしていた。

「石仲容《せきちゆうよう》（苞《ほう》）などの御老体は、魏の武帝（曹操）の再来などと手放しで喜んでおりますが、ここまで言われると鼻白みます」

鍾会の話は、そう長くはなかった。彼が口を酸っぱくして言うのは、皇帝髦を甘く見るなの警告である。炎にも、それは充分過ぎるほど解った。

賈充からの報告は、一ト月ばかり後に届いた。彼は、かなり苦労したようだ。

「阮姫様の足取りは、当初のもののみ判りました。まずは、奥方（楊艶）のお屋敷へ挨拶に出向かれたようです」

何と、炎に断りもなく、自ら楊家へ出向いたようだ。新婦に何か、要請か約束でもしたかったのか想像は難しい。だが楊艶も、何一つ炎へ報告していない。

「その内容までは判るまいが、それからどうしたのだ？」

「はい、そこからは御実家へお帰りになっております。ただ、お父上（阮籍）が何日も御不在で、探しに行かれたようです」

「どこへか、判ったのか？」

「はい、洛陽周辺の竹藪《たけやぶ》だそうです」

「そのような場所、周辺には五万とあるではないか。それでは、今も山中をほっつき歩いているということか？」

「そこまでは判りかねますが、山中にいる者らに訊いて廻ったのですが、見かけたと言う者が何名かおりました。ただ、それも半月ばかり前が最後でして」

「それ以降の足が、途絶えておるのだな？」

炎が訊くと、賈充は肩を落とす。

「阮嗣宗殿の行方も判らぬのか？」

「いえ、五日ほど前に、屋敷へ戻られました」

「それで、阮姫の居処を訊ねたか？」

「我の顔を見たなりそっぽを向かれ、一切、お応えになりませぬ」

そのようなことでは、取り付く島もない。賈充の苦労が思い遣られた。また阮香婿にしても、諦めて阮籍の屋敷で待っていれば、総てすむことのように思える。

これでは埒が明かず、もう放っておくしかなかった。念のため楊艶に、婚儀の前にどのような話になったか確かめた。だが、意外な返事であった。

「お会いしておりませぬ。婚儀の二日前と言うなら、わたくしは仕立屋で一日、着物の衣裳合わせをしておりましたから」

それならば、会えないだろう。また家の者らも面倒だから、わざわざ楊艶に伝えなかったのかもしれない。阮香婿も単なる挨拶ならば、後日屋敷内でと考えて、余り待たず引き下がったのだろう。その辺《あた》りは、無理なく思い描ける。

しかし、その後の足取りが、全く以て不可解だ。未だに姿を現さないのは、事故か事件に巻き込まれたとしか思えない。

それにしたところで、何らかの知らせがあるものだ。このままでは、羽化登仙《うかとうせん》か神隠しの類いになってしまう。

宮城内の回廊で趙俊と行き会ったので、阮香婿の訪問を訊いてみた。

「ああ、確かにおいでになりましたが」

後は、楊艶が想像したとおりだった。

「お仕事の邪魔をいたしました」

炎が趙俊に挨拶して早く詰所へ戻ろうとすると、鍾会が呼び止める。

「二、三日後から五日ばかりかけて、洛陽周辺の山狩りがありますぞ」

軍の訓練らしいが、それに託《かこつ》けた阮香婿探しのようだ。鍾会が既に概要を趙俊から聞いて、司馬昭に提案したのかもしれない。

当然ながら、正面切って公表などできないことだ。

鍾会が言っていたとおり、軍の訓練が始まった。軍の標的は、害獣の捕獲と不審者を敵と見做して捕虜にすることである。

かなり大掛かりに、洛陽周辺の山地にある森や竹林が虱潰しに捜索された。虎が数頭も捕らわれ、猪や鹿も数百頭ずつ狩られて、料理されていた。

しかし、肝心の阮香嬌の姿はどこにもなかったのだ。

「以前、諸葛仲思《ちゅうし》（靚）と、隠者の嵆叔夜《けいしゅくや》（康）の屋敷へ行ったことがありますが、そこへ行ってみませぬか？」

鍾会は、何か手掛かりが見出せるかもしれぬと、気遣いしてくれているようだ。だが、炎が阮籍の娘を妾にしたことに、全く苦情を言わないのは不思議だ。

そこを問うと、思いがけぬ返事をする。

「阮姫御自身は隠者ではございませぬし、逃げてこられたのですから、目矩《めがね》に適うと存じおりました」

鍾会の返事に、炎は気を良くして従った。供は十名程度に酒甕を背負わせて、隠者の気を損ねぬように外で待たせることにした。

「頼もう！」

門前で呼ばわると、夫人の曹氏が出てくる。

「お邪魔しても、宜しゅうございますか？」

すると嵆康が顔を出し、酒の量を見てにっと笑う。そして、これから阮籍の館へ行くので、同道されたいという。

「お供、つかまつる」

嵇康には、呂巽《りよそん》と呂安《りよあん》なる兄弟の連れがあり、炎と鍾会、従者十人で総勢十五人が阮籍宅へ行くことになる。

「急にこれだけ行って、大丈夫なのかな？」

炎が遠慮がちに訊くと、嵇康が笑う。

「普通ならそうかもしれぬが、酒の土産がこれだけあれば、大歓迎されましょう」

その言葉は満更嘘ではないと、炎も解りかけていた。道家思想を信奉する彼らは、堅苦しいことを避け、酒を呑んで自然で太平な生き方をするのが身上だ。

「既に来た一人も加えて、千客万来だな」

猪を煮ている香りの中、阮籍がその小柄な男を呼び、酒甕を見て嬉しそうに言う。

「何だ。王濬沖《おうしゆんちゆう》（戎《じゆう》）ではないか」

鍾会が声をかけると、小柄な王戎は不思議そうな眼差しを向ける。

「士季が阮嗣宗殿の館へ来るとは、雨どころか、雹《ひよう》でも降るぞ」

そう言う王戎は、鍾会をよく知っているようだ。「正に、そうだな」と応えながら、彼は従者に酒甕を運ばせる。自らも一甕降ろして、阮籍の座近くに置く。

「従者の方々も、御一緒にどうかな」

阮籍が言うのを、鍾会が引き取る。

「あの者たちは、まだ職務の最中なので、外にて控えさせます」

すると阮籍が、横目で鍾会を睨んで厳しく叱責する。

「お主に勧めておるわけではない」

その言葉に、今度は炎が応える。

「我の従者ですので、我の命に従わせます」

炎が静かに言うと、阮籍は両目を正面にして拱手する。

「御曹司、一瞥《いちべつ》以来ですな」

16

「挨拶が遅くなりまして、申しわけございませぬ。お嬢様を我が妾に、迎えさせていただきました」

炎が口上を述べて拱手しても、阮籍は杯を捧げて呷るのみであった。また、酔い潰れて誤魔化すつもりかと、鍾会は口端を歪めた。

「お譲様が義父殿に会うため、我が後庭から去り、行方不明になっております。ここへ訪れたはずですが、御存じありませぬか？」

炎が礼を尽くして問いかけても、阮籍はまた杯に酒を注ぐ。

「お主、お応えせぬか！」

鍾会が厳しく言うので、王戎が目を鋭くした。また嵆康は、持参した琴を弾き始める。音楽が快く耳に響いたのか、阮籍がようやく口を利き始める。

「我には、娘が二人おりましてな。一人はそちらにいる呂兄弟の弟殿に嫁ぎました。もう一人が御曹司に見染められて、妾になったのでございますな。彼女たちがどのように身を振ろうが、それぞれの勝手にて、我の関知するものではございませぬ」

それが阮籍の偽らざる態度なら、手放したくないゆえに、拉致監禁しているわけでもなさそうだ。

「旨く煮上がってきましたので、順番に食べてください」

大皿に盛られた猪肉を、料理人らしい女性が持って現れる。態度から阮籍の妻ではなさそうだ。だが、皿を降ろして顔を見て、炎が大声で「香嬌！」と叫ぶ。

女は愕いたように目を見張るが、炎と初対面のごとく顔を見合わせている。

「我の嫁でございます」

静かに言ったのは、呂安なる男だった。炎は一瞬面喰らった。香嬌が昔を忘れて、別の男のもとへ奔《はし》ったように思えたのだ。

「香嬌と禾嬌《かきょう》は、双子の姉妹です。紛《まぎ》らわせましたな。今日は捕らえた猪を調理して、嵆叔夜と飲み明かそうと、呂兄弟を迎えに遣らせたところでした」

ここまでの事情は、炎にも解った。そこで嵆康や呂兄弟にも、香嬌を見かけなかったか訊いてみた。だが、誰もが全く見かけなかったと返事する。

阮籍が前もって、今話したようなことを言っておけば、香嬌も探し回ることなどなかったはずだ。そこを阮籍に質す。

「嫁ぐかどうかなど、初めから本人次第だと決めていたので、改めて話したことなど」

そのような返事だった。また、道家思想を奉じる者なら、周辺の山野を歩き回ったはずの香嬌をなぜ見かけなかったのかを問う。

すると、呂兄弟が応える。

「我らも、阮嗣宗殿や嵆叔夜殿と呑みたいとき、山林を探します。でも、竹林にしても森林にしても、いらっしゃる場所はほぼ決まっており、半月も彷徨《さまよ》うことはなきかと」

そう言われて、鍾会が怒鳴り返す。

「お主ら、この方をどなたか知って返答しておるのか。頭が高いのだ」

これに対して、阮籍が叱責し返す。

「我の館において、身分の上下などないのだ。それが不満なら、お前が出て行け！」

阮籍に大きく窘《たしな》められて、炎にも押し止められて、鍾会は口を噤《つぐ》んだ。しかし、ここでも炎は、その場所を香嬌は知らなかったのか、大いに疑問を持つ。

「多分知らぬでしょう」

訊かれた阮籍は、あっさりと応える。一箇所でも知っていたのならと思うが、それも炎は訝しいと追及する。

「以前、我が歩兵校尉の倉庫で酒盛りの仲間に加わったおり、香嬌は食料を差し入れに来たではないか。そのように扱き使っていればこそ、厭がって我のもとに奔ったのだ」

炎の詰問に、阮籍は落ち着いて応える。

「香嬌をあのようにしたのは、飽くまでも相手が道家思想の持ち主でないときにて、同好の士と語るときには、一切使いませなんだ」

それも嘘と思えなかった。結局いろいろ判ったが、阮香嬌の行方だけは杳として、さっぱり摑めぬままだ。

誰もが押し黙って、酒を呑みつづける。好い味付けをされた猪の肉だけが、少しずつ減っていった。

そんなとき、「獲物があったぞ」と声をかけ、下帯姿で裸同然の小男劉伶《りゅうれい》が威勢よく入ってきた。鍤《そう》を携帯した従者が、手押し車に息絶えた猪を乗せて随行している。阮禾嬌が応対に出て、それを厨《くりや》へ運ばせている。

「駆けつけ三杯だ」

彼が何か言いかけたとき、王戎が有無を言わせず杯を持たせて酒を注いだ。

劉伶が立てつづけに三杯呑んだのを潮に、炎と鍾会は従者十人を連れて引き揚げることにした。

「いかい、お世話にあいなった。これにて失礼つかまつる」

炎が帰るのを、阮禾嫣が見送ってくれた。炎は彼女の貌に香嫣を見出し、なかなかその場を離れがたい気持になった。だが、自らへ言い聞かせるように、馬上の人となった。

鍾会も当てが外れて、押し黙っていた。何の手掛かりもなかったことが、悔しかったのである。

それからも阮香嫣に関しては、何ら新たなことは判らなかった。六月に甘露《かんろ》元年と改元され、翌甘露二年（二五七年）になって、炎は初めての男児を授かり、軌《き》と名付けた。だが同時に寿春で、焦臭い問題が起こりつつあった。

それは反乱を意味していた。報告してきたのは、賈充だった。彼は母丘倹《かんきゅうけん》と文欽《ぶんきん》の反乱でも、情報収集し軍の指揮もし、司馬昭から大きく取り立てられている。

洛陽や周辺では、司馬氏の専横が目立っていた。それは必ずしも、官職を独占していることだけではなかった。炎は余り気づいていなかったようだが、この辺では司馬氏と関係者が傍若無人《ぼうじゃくぶじん》の横暴を働いていたのだ。

先般、阮籍の館で鍾会が見せた権威主義にも、その影はあったのだ。だが、炎は良識的に止めたことで、世間で司馬氏の勝手な振る舞いはないと思っていた。

ところが無銭飲食や乱暴を働いたり、土地の横領などの無法も数々あったのだ。したがって、司馬氏への反感も増していた。

それらの受け皿を作る土壌が、洛陽から遠く離れた寿春にあったのだ。以前の夏侯玄《かこうげん》や王淩《おうりょう》、令孤愚《れいこぐ》、最近起こった母丘倹と文欽の反乱も、同じような、司馬氏から気持が離れていく有力者が取った行動と言えよう。

今回寿春で烽火をあげたなら、鍾会の予想どおり諸葛誕《しょかつたん》以外にない。彼が、夏侯玄や張緝《ちょうしゅう》と親しかったのは、夙《つと》に知られている。

具体的には、呉の侵攻を防ぐ目的で十万の増兵と、淮水沿岸に城塞を築きたいと要請してきたことだ。いや、それだけではなく、細かいところでは、家の子郎党への給金を高くしていたり、地元の游侠らにも食料や酒を振る舞っていると聞こえてくる。

当然ながら、これらの処置は不慮の事態に備えてのことだ。

司馬昭は皇帝髦や諸大臣に諮《はか》って、諸葛誕に司空（総理）の地位を与えると伝えた。これにて、大人しくさせるつもりだったが、諸葛誕は授与式に託《かこつ》けて処刑する罠《わな》と受け取り、腹を括ったようだ。

賈充からの報告を受けて、炎は諸葛靚のことを思い遣った。

「お前を冷遇した覚えはない」

心中そのように叫んでも、詮《せん》ないことは解っている。ただ、それは炎の気持だった。彼への思いと阮香嬌への気持の通いが、同じように閉ざされて、心は全く晴れなかった。

「遂に、寿春の城を占領しよったぞ」

諸葛誕が挙兵し、魏領である揚州刺史の楽綝《がくちん》を攻めて討ち取った。これで、明確な謀反の態度を示したことになる。

こうなれば、洛陽の司馬昭も黙ってはいない。早速、鎮南将軍王基《おうき》を寿春に派遣して包囲作戦を取った。ところが諸葛誕は、官吏と屯田兵十万及び精鋭四万と一年分の食糧など、籠城の準備は充分過ぎるほどだった。

そのうえ諸葛靚が人質代わりに呉へ入り、援軍を求めたのだ。すると呉は、一昨年亡命した文欽と、唐咨《とうし》なる将らを援軍として寿春へ投入した。

王基は諸葛誕を包囲したものの、これでは突破される懸念がある。そこで司馬昭は、皇帝髦の親征を要求する。すると夏《か》王朝の少康《しょうこう》を称《たた》えるだけあって、彼は凜々しく鎧兜に身を固めて項《こう》（河南省項城）へと赴いた。

このときあろうことか、郭皇太后（明帝曹叡の皇后）も付き添うと言いだし、司馬昭はそれを聞き届けた。皇太后と皇帝が、背後で見守っているだけで、兵は奮いたつものだ。

また司馬昭自身も、寿春近くまで二六万の軍で進出し、安東将軍陳騫《ちんけん》に命じて王基の援軍とした。これで寿春の包囲網は完璧になって、突破される心配はなくなりつつある。

司馬昭は監軍の石苞と兗州刺史の州泰を遊撃隊にして、呉からの援軍に当たらせた。呉の将軍朱異《しゅい》は、なかなか包囲の綻《ほころ》びを突けず、激怒した大将軍孫綝《そんちん》に斬られた。これで寿春は、完全に孤立に陥った。

籠城は、翌甘露《かんろ》三年（二五八年）にまで及び、唐咨らの烈しい抵抗は尚もつづく。しかし、高地に陣取った魏軍は投石機で応戦し、籠城軍を悩ませた。

包囲は解かれず城内の兵糧が尽きてきて、もともと仲の悪かった諸葛誕と文欽に諍《いさか》いが起こり、遂に諸葛誕が文欽を斬った。すると文欽の息子文鴦《ぶんおう》と文虎《ぶんこ》が魏軍へ投降する。

寿春城内は飢餓が蔓延して、呉軍も撤退した。諸葛誕も突入した魏軍の胡奮《こふん》なる校尉に斬られ、一命を散らせた。この事件の後に、叔父の司馬伷は諸葛誕の娘たる妻を決して離縁しなかった。

17

「主上は、凱旋《がいせん》を誇っておられましたぞ」

そう言って、鍾会と一緒に炎へ近づいてきたのは杜預《とよ》である。炎には義叔父に当たる人物だが、しばらく会っていなかった。

彼は司馬昭の妹を嫁にしていて、司馬氏の縁者である。だが、ここまで出世してこなかったのは、彼の岳父に当たる司馬懿と、彼の父（杜恕《とじょ》）が不仲だったからだ。

婿として不満があって感情が縺《もつ》れたのではなく、親同士の不仲が息子にまで影響が及んでいたのだ。また、司馬師が、父司馬懿の気持を受け継いだからでもある。変わったのは司馬昭が、統領になってこの方と思われる。父親同士の啀《いが》み合いなど、司馬昭にも杜預にも何ら関係がない。

杜預の知識や能力を買う方が、双方にとっても国のためにもなる。司馬昭の判断は、指導者としてごく冷静で合理的だった。

杜預は尚書郎に取り立てられ、豊楽亭侯の爵位も回復した。これは、皇帝髦の近くに身を置ける地位である。それゆえ、鍾会とも職場が近く口を利くようになった。

「かなりな昂奮が、混じっておるがな」

鍾会は、皇帝髦を小馬鹿にして言う。皇帝髦は皇太后の威光も知らず、初陣を飾ったことで、有頂天になり過ぎているのだ。

「今日は、合戦論でもなされましたか？」

「ああ、武将らにも、なかなかお詳しい」

「古い太公望《たいこうぼう》や、管仲《かんちゅう》などでしょうか？」

炎が杜預に問いかけると、鍾会が応える。

「それが、白起《はくき》や項羽《こうう》なのです」

「ほう、なぜに彼らをわざわざ？」

「多分、常勝将軍と御自分を、重ね合わせておられるのだろう。今後、注意が肝要だぞ」

杜預が指摘することを、炎は軽く考えがちだったが、心することにした。この何年か、夏侯玄《かこうげん》や王淩《おうりょう》、令孤愚《れいこぐ》から始まり、毌丘倹《かんきゅうけん》と文欽《ぶんきん》、それに諸葛誕《しょかつたん》、諸葛靚《しょかつせい》らに至るまで、皆が一様に司馬氏を憎んでいるからだ。

それは、一族に不心得者が多いからだろうが、それにしては謀反の規模が大きくなり過ぎている。

「司馬氏へのやっかみが、主な理由なのです」

鍾会は一言のもとに切って捨てるが、杜預はそうでもないと言いたいようだ。しかし、必要以上に口を出すのを控えている。

炎が屋敷へ戻ろうと宮城を出た所で、賈充が近づいてくる。彼も中護軍の指揮官に昇進し、馬車を使えるようだ。炎は乗ってきた馬の手綱を従者に託し、賈充の馬車へ乗り込む。

「呉へ奔った諸葛仲思（靚）から、商人を通じて、阮姫に関する言伝が参りました」

そう告げられて、炎はドキッとする。阮香嬌まで、呉へ逃げたのかと思ったのだ。気持を取り直して訊くと、意外な話になる。

「阮姫様失踪の話が、仲思にも伝わっていて、奴も近郊の山野を巡ったそうです」

「お主だけでなく、あいつも、そんなことをしてくれていたのか？」

「はい、そこで劉伯倫（伶）が、猪を捕らえたのを見かけて、訊いてみたそうです」

「それで、伯倫が何か応えたのか？」

「玉の輿に乗りたい娘など、阮嗣宗の面汚しだ。呂安の妻になった双子の爪《つめ》の垢《あか》でも煎じろと、鍤《そう》を振り回して怒ったそうです」

不断、暴力性を感じさせない小男が、なぜ怒るか不可解だ。それを、呉へ奔った諸葛靚が、わざわざ知らせてくるのもなぜか。

阮籍は淡々としていたが、彼の周囲の方が問題視していたとも考えられた。

「仲思が文を使わず、商人に託してお主へ告げさせたのも、さすがだな」

諸葛靚が届けてくれた捜索の話は、参考になるものの阮姫の居処にはつながらない。異国へ去った旧友の、置き土産として受け取っておくしかなかろう。

「ところで中護軍殿。主上が、血気に逸《はや》りそうな勢いらしいぞ」

炎は話題を換えて気持を紛らわす。中護軍の賈充は、それにも付いてきてくれる。

「それは我も注意して、王姓の三人を最側近としております」

尚書の王経《おうけい》、侍中の王沈《おうしん》、散騎常侍の王業《おうぎょう》で、不断から皇帝髦の希望を肯《き》いて、気の置けない存在と見做されている。

「ところで呉の内情ですが、擦った揉んだの二宮事件で皇位に即いた皇帝亮を、廃そうとの噂があるそうです」

それは、間者がもたらした話のようだ。今は賈充が、様々な動きを掌握していると見て間違いない。

五年前に諸葛恪《しょかつかく》を暗殺した孫峻《そんしゅん》が、二年前（二五六年）遠征の最中に急死して、従弟の孫綝《そんちん》が政を牛耳るようになった。諸葛誕の反乱に際しても積極的に介入し、文欽を援軍に仕立てたのも彼である。

だが、彼の専横を潔しとしない勢力が、当然ある。皇帝亮がその最右翼だったので、除こうとしているらしい。

その噂が現実になるのに、さほど時間を要しなかった。孫綝は政変に成功して、孫亮やその一派を粛清したと伝わってきた。その中で諸葛靚がどうなったかは、生死のほども含めてさっぱり判らない。

「呉の新皇帝は、異母兄らしいぞ」

二宮事件でもそれ以降の政でも、余り波風を受けなかった孫休《そんきゅう》である。やっと日の目を見たというのが、大方の孫休評だった。

その新皇帝（孫休）が、孫綝や彼を首領と担ぐ者たちを年末に滅ぼした。ところが、それと同じ頃、炎の長男軌《き》が感冒を拗《こじ》らせて、二歳の短い生涯を閉じた。

楊艶の嘆くまいことか。おまけに彼女は、二人目を孕んで身重だった。

年が明けた甘露四年（二五九年）、それらの話が複雑に縺《もつ》れていった。

「よくやった」

魏皇帝髦が、呉帝（孫休）の思い切った行動を称《たた》えたのが、炎の長男病死を詰《なじ》ったように聞こえて、穏やかならぬ状況になった。

発覚したのは、側近三人の王姓らからだ。

「表だって、お言いになりませぬよう」

彼らは慌てて皇帝髦に諫言したらしい。だが彼は、不思議そうな表情をする。

「臣下の横暴を君主が糾《ただ》すのは、儒家の理に適っておるではないか。悪行が、日常に報いたに過ぎぬ。称えて何が悪い」

そう言われれば、理屈は皇帝髦にあるのかもしれない。だが、聞いた司馬一族は炎の長男夭折が重なり、不愉快に聞こえる。

司馬昭は、特に何も言わなかった。

呉帝の孫休が新体制を確立するまで、ここから時間がかかる。西南の蜀は大黒柱を失って弱体化し、皇帝禅は頼りなく、隴西の国境辺りから姜維が窺《うかが》っているに過ぎない。

「あいつらの言う北伐だが、蜀皇帝周辺の重鎮どもは、興味を示しておらぬらしいぞ。それから、呉へ亡命して姜維に協力しておった夏侯仲権（覇）が、最近他界したようだ。運が良いやら悪いやら、数奇な奴よなァ」

司馬昭が笑いながら言うのは、夏侯覇の姪（もしくは近い女性血縁者）がかつて張飛に拐《かどわ》かされて嫁にされ、産んだ娘が蜀皇帝禅の皇后に収まっている事実だ。彼だけが数奇なことに、魏と蜀両国の皇族とつながっていた。

しかし、長所を生かせず仕舞いで故人となった。司馬昭は、そこを言ったのである。

それからの司馬昭は、国内の司馬氏体制をどんどん固めていった。その中にあって炎は、次男衷《ちゅう》を授かった。

「この子は、命に代えて育てます」

長男を死なせてしまった楊艶は、涙ながらに喜びの声を上げていた。

「とうとう、始められましたぞ」

皇帝髦に近い鍾会と杜預、王戎らが、中護軍将軍の炎の周囲で談笑していた。そこへ、中護軍の賈充がやってきて告げたのだ。

「始めたとは、何を？」

不思議そうに言うのは、王戎だった。皇帝髦が得意なのは議論で、清談が得意な彼は、常時そのお膳立てを頼まれている。だから、我を差し置いてという気持があるらしい。

「宮殿で下働きしている郎党や下僕らに、武器を持たせて訓練をしておられるのだ」

「郎党や下僕が、武器を取ってどうする？」

「物見遊山で野山へ行って、虎や豺狼《さいろう》、野犬などに襲われた時の用心だとか」

「ほう、春になったので、桃の花でも愛でようとされているのかな？」

彼らが暢気なことを言っているのは、皇帝髦が、未だに親征の勝利に浮かれていると思っているからだ。

「郭皇太后が背後におられたことの、御威光は、解っておられるのかな？」

「そこまで、深慮しておられるものか」

彼らは笑い飛ばしながらも、万一を思って背筋を少し寒くしている。だが、そのまさかの事態が迫ってきていた。

桃の花が咲くと言葉どおり、皇帝髦は郎党や下僕を連れて物見遊山に出掛けた。王姓の三人や女官が付き従ったが、まだ後宮は造っていない。武官たちも護衛のため扈従《こじゅう》していたが、皇帝髦は彼らを遠ざけていた。

夏には水遊びをし、果実を愛でてもいた。秋になれば木の実の採集にも熱心で、肥えた猪や鹿を狩って、郎党や下僕に酒を振る舞って呑ませてもいた。

「やはり、これが精一杯であろう。害獣を取り除いて喜んでおられるのなら、民のためにもなる。目くじら立てることもあるまい」

このような意見が多く、郎党や下僕の武装を大目に見ていたきらいがある。それらが少しずつ、皇帝髦の気持を大きく育てていったようだった。

王経、王沈、王業らへ、皇帝髦は遂に心の底を吐露したのだった。

18

それは、甘露五年（二六〇年）も夏になった頃だった。

「大変です。只今、主上が息急き切って、郭皇太后の宮殿へ独《ひと》りでお出ましになり、政変の決意を上奏されました」

注進に駆けつけたのは、侍中の王沈と散騎常侍の王業、いわゆる三王のうちの二人である。

その内容は「出撃して司馬昭を討ち取る」というものだ。そのために、郎党や下僕たちに武器を持たせて訓練していたのだ。

「あんな飯事《ままごと》程度の技量で武器を扱って、本当に勝負できると思っているのか？」

司馬昭は、呆れ顔で訊く。

「どうも、本気でおられるようです」

「尚書の王経は、どうしたのだ？」

「あの者は、今必死に思い止まられるよう、説得しているものと見られます」

応えた王沈へ、司馬昭は冷たく言い放つ。

「もう少し説得を、つづけるよう伝えよ」

このような経緯が炎へ伝わってきたのは、司馬昭が出撃準備をしているときである。王経は、春秋時代、魯の昭公が季桓子を取り除こうとして果たせず、国を追われたことを例に挙げ、現在の司馬氏に敵《かな》うはずがないと、口を酸っぱくして諄々《じゅんじゅん》と説得していた。

だが皇帝髦は、初陣を飾った自分の雄姿を頭に描き、この度も同じだと確信している。

「意は決しておる。何を、恐れることがあろうか。失敗するなど断じてない！」

彼はそう言うと、勅命を書いた巻物を床に叩《たた》きつけたらしい。

同じ頃、炎は中護軍へ駆けつけていた。すると賈充が、深く拱手して進言する。

「今日ばかりは、総て我にお任せ下さい」

炎が彼の目を見つめると、静かに応える。

「本日の相手は、痩せても枯れても魏の皇帝でございます。下手に武器を向けると、大逆罪の汚名を着せられ、司馬氏末代までの名折れになろうかと存じます」

汚れ役を、任せよとの意らしい。

賈充の懸念は、即座に現れた。撃って出た皇帝髦の軍勢（郎党と下僕たち）に、司馬昭は弟で屯騎校尉の司馬伷《しばちゅう》を当てた。

彼は宮中へ突入したが、皇帝の郎党や下僕たちに、「主上へ刃を向ける逆賊め！」と大声で罵られた。すると、彼だけでなく部下らも戦意を失い、我勝ちに退《しりぞ》く始末だった。

「今日、司馬昭の本心は、道行く誰もが知っておると言うほどだ。朕は、座して退位の恥辱は受けぬ。今日こそ我が軍を用いて、司馬昭を討ち取ってくれん！」

司馬昭は皇位を狙っていると暴露して、尚も前進してくる皇帝髦に、司馬伷は恐れをなしている。勢い、司馬昭も軍を前進させられないでいる。

「持ち場を、我にお譲り下され！」

賈充が前面に繰り出した。そして、因果を含めた部下の成済《せいせい》と彼の兄（成遂《せいすい》）らに進軍させた。彼らに対して皇帝の郎党や下僕の軍は、「主上へ刃を向けるか」を繰り返しながら、大挙して突進してくる。

だが、鍛えられた成済の軍兵は少しも怯まず、郎党や下僕たちを矢の餌食にして矛で突き剣で斬って捩伏《ねじふ》せていく。

そして彼らに怯えが走り、遂には冕冠《べんかん》を被って身を鎧で固めた皇帝髦が、総大将として前に出なければならなくなる。

「朕に、武器を向けるつもりか？」

彼は剣を抜いて、ゆっくりと歩いてくる。それに向かって成済と彼の部下が迫る。

「受けてみよ」

皇帝髦が斬りかかってくるのを、成済の左にいた強者が矛で受けた。烈しい金属音とともに、皇帝の剣は弾き飛ばされる。それを拾おうと、皇帝髦が身を捩《ねじ》ったとき、成遂の矛がその足首を掬《すく》った。

蹌踉《よろ》めいて地べたへドッと皇帝髦が上半身から倒れると、今度は成済が皇帝の象徴たる冕冠を、力任せに蹴飛ばす。

「何をする。そのようなことをすれば」

皇帝髦が立ちあがって、怒りの表情で成済に喰ってかかろうとした。そのとき成済は、剣を抜いて皇帝髦の鎧の隙間から、胸を真っ直ぐに刺し貫いた。剣の切っ先は、皇帝髦の背から突き出ていた。

血みどろになって即死した皇帝髦の姿を見て、彼の郎党や下僕たちは、神通力が抜けたとばかり逃げだしていく。成済と成遂らはその背に向けて、尚も部下たちに何条もの矢を射かけさせている。

殿軍《しんがり》を走っていた五、六人が倒れたところで、皇帝髦の反乱は終わった。

賈充は、死体や散乱した武器の片付け、負傷者を診療所に運んだりして、戦いの形跡をできるだけ残さないようにしている。

彼はこのときも、司馬昭や司馬一族に一切手伝わせなかった。汚れ事は、何もかも引き受けるという、賈充の美事なまでの覚悟が見て取れた。

「奴を、死なせてはなりませぬ」

一部始終を目撃していた炎は、そっと父司馬昭に耳打ちしていた。

「無論だ。これからは、我が権力《ちから》の限り腕を振るわねばならぬのだ。それを篤《とく》と見せてやるから、宮殿へ付いてこい」

司馬昭に言われて、炎は宮殿へ出向いた。そこへは大将軍司馬昭や中護軍将軍の司馬炎の部下らも随行していた。ただ宮殿へは、司馬昭と炎の他は側近数人だけとなる。

彼らが目通りしたいのは、いざとなれば皇帝をも凌ぐ、郭皇太后である。

「朝から主上がお出でたり、大将軍が参内したり、慌ただしいのう」

宦官の取り次ぎを受けた彼女は、不機嫌そうに現れる。数刻前に皇帝髦の口上を聞き、今司馬大将軍が現れて、政変が失敗に終わったことは察しているようだ。

「はい、とんでもない陰謀が発覚いたしましたので、御報告に上がりました」

司馬昭の言葉に、彼女は皮肉を込める。

「御自身が狙われ、それはとんでもない」

彼女の言葉を、司馬昭は受け流す。

「狙われたは、我のみに非ず皇太后陛下も」

「なに、わらわとな？」

「はい、最初に狙われたのは、我でございましょう。それなら、防げばすむ話です。しかし、我の後に皇太后陛下をと仰せあらば、これは捨ておけませぬ」

この司馬昭の台詞に、皇太后は驚きを隠せずにいるが、炎も少なからず愕いている。皇帝髦が戦いに昂奮したのなら、思わず本音を吐露することもあろう。

彼女は、そのように納得したようだ。

「それでどうなされた。捕らえて、牢獄にでもお入れかえ？」

「それが……」

ここで司馬昭は言葉を切って、瞼を押さえている。涙まで流しているようで、炎はその変わり身の早さに感心している。

「どうなされたのじゃ？」

皇太后も、司馬昭の不断見せない姿に、不安を感じ始めたようだ。

「鎧を着けて斬り結んで来られたため、お姿を存ぜぬ末端の下士官が、不敬にも武器をお身体に当ててしまいました」

皇帝髦を、あたかも一兵卒の如く、誤って殺害したと報告したのである。つまり、意図して殺害した行為を、何も知らず仕方なく過失致死に至らしめたと、これ以上ない美事な説明にしたのである。

「そうか、主上も短慮なことを」

皇帝芳を廃位すると上奏したとき、ならば聡明な曹髦と彼女は推したのだった。だが、このような結果になって、恰好が付かないと思い始めている。

これにて司馬昭は、後始末の主導権を握れたのだ。

「その者を、大将軍はどうなされる？」

その質問は、皇太后の最後の逆襲だった。謹慎させるとでも言えば「慮外者」と、一喝されるところであった。それゆえ司馬昭は、用意した応えを述べる。

「過ちとはいえ、主上のお命をいただいた者は、一族もろとも命を以て償わせます」

そう応えられて、彼女も忍耐の限界を何とか超えずにすんだようだ。司馬昭は深々と拱手し、後退りしながら、炎や側近どもを連れてその場から身を引いた。

「賈公閭に命じ、成兄弟を始末させろ！」

「賈公閭は、捕らえずとも、宜しいか？」

「それでは誰も、我を信用してくれぬぞ」

優しさも多少混じった理不尽な命令が、功労者の賈充に降された。捕らえられそうになって、驚いて屋敷へ逃げ込んだのは成兄弟たちだった。

さもあろう、厖大《ぼうだい》な恩賞を期待していたからだ。彼らは屋敷の門を閉め切り、あるだけの武器を出して一族に抵抗を呼びかけた。

しかし、事の顚末を知らない者らは、武器を取って司馬昭と戦おうとはせず、門を開いて降服する。それはそれで、当然の行動だ。

「大人しく出てきて、大逆罪を詫びるのだ」

賈充の部下たちから汚名の一切を背負わされ、成兄弟は屋敷の天井伝いに破風板を蹴破って、屋根の天辺《てっぺん》へ上がっていた。

「我を捕らえに来た者ども、あのおり我と兄にどのような命令が出ておったか、知っておるのか？」

弁の立つ弟の成済は、ありったけの大声で、司馬昭の本音を拡げるつもりだった。

「我に主上を殺害するように命じたのは」

彼はそこまで言ったが、急に声が出なくなった。成遂が見やると、成済の喉笛に矢が突き刺さっている。だが、それで終わらない。

賈充の部下たちは、屋根に登った二人に向かって吹雪の如く矢を見舞った。やがて、矢の的になった二遺体が、地上へ降ってくる。

第四章　蜀漢滅亡

19

曹操の孫で十五歳の曹奐《そうかん》が、魏の五代皇帝として即位した。何の実力も実権もない傀儡《かいらい》であることは、周知の事実である。

ここまでの皇帝交替劇を、当時の元号から「甘露《かんろ》の変」と呼ぶ。炎には父の筋書きが、どんどん早く進行しているように思えた。

「新皇帝が位に即かれて、元号も景元《けいげん》と変わりました。兄上も御清祥でなによりかと」

炎に折り目正しい挨拶をしてくるのは、弟の司馬攸《ゆう》である。弟ではあるが、六年ばかり前に司馬師の養子となっているから、系図の上では従弟となる。

彼がわざわざ炎の屋敷まで出向いてきたのは、政変での労《ろう》を犒《ねぎら》うためと思しい。だが、何か訝《いぶか》しい。新皇帝と同い歳の彼が、一人で会いに来ることなどありえない。

すると門の外に一人いて、中を窺っているようすである。炎がそちらへ歩いて行き、入りそびれている人物を確認する。

「叔父上ではありませぬか」

炎に声をかけられて、はにかんだ笑いで立っているのは司馬幹《しばかん》であった。父司馬昭の一番下の弟である。つまり、司馬懿の末っ子なので、炎より四歳だけ上だ。

「たまには、顔を見ようと思うてのう」

歳が近いと言っても、一族の会合でときおり顔を合わす程度の仲だ。話し込んだことなど、一度もなかった。だから何の用か知らないが、司馬攸に仲介させるという回《まわ》り諄《くど》い手続きを取ったらしい。

「どのような風の吹き回しでしょう?」

炎が訊ねると、司馬幹は何かばつの悪そうなようすで、司馬攸を見つめる。

「私は、この辺で退散いたします」

司馬幹は甥に案内だけさせ、後はとっとと帰れと指示している。そのようすだけでも、炎には嫌悪感が涌きあがってくる。しかし、無下に追い返せず、堂へと通した。

ようすを見守っていた郎党が、妻楊艶へ報告にいく。

「さて、どのような御用向きでしょう?」

炎は座を勧めて、ゆっくり話す。司馬幹は徐《おもむろ》に周囲を見渡して唇を湿す。

「あれ以来、妾は置かんのか?」

阮香嬌の存在と、失踪したことは知っているようだ。だが、この叔父が容喙《ようかい》することではないので、炎は黙っていた。

「阮嗣宗《げんししゅう》の娘が、呂《りょ》兄弟の弟に嫁いでいる」

阮香嬌の妹禾嬌《かきょう》のことだ。

「それが、どうしました?」

「兄と密通して、問題になっておるのだ」

炎が驚くとでも思って来たのか、司馬榦はじっと炎の表情を見つめている。

「そんな四方山話をするために、わざわざお出でになりましたか?」

「何だ。興味が涌かんのか?」

「我には、関係なきことにて」

炎の応えに、司馬榦はふうっと大きく息を吐き出して、空の一点を見つめる。炎のようすを見に来ていた王元姫と楊艶が、婢に菓子と茶を運ばせてきた。二人はその場の空気と、炎の目配せで状況を察して退散する。

司馬榦は、しばらくの間菓子を口に入れてから、茶を乾して喋りだす。

「我はなァ、ときおり自らが判らなくなり、他人だったような気がすることがある。時間が経ってようやく記憶を取り戻すのだが、あの妾は他人になったまま、元へ戻らぬのではないかと思うてな」

「それで、どうしたと仰りたいのです?」

「荘子が夢で、蝶になった話があろう。あれだ。今の我は、蝶が見ている夢かもしれぬのだ。それをどう証明してみせる?」

炎は、彼の言っている意味は判ったが、本人の言い訳のような気がして、捻《ひね》くれた気分になる。そして佩《は》いている剣に触れた。

「いとも簡単なこと。夢ならば斬られようが刺されようが、痛くも痒くもないはずです」

炎が剣を鞘から払うと、司馬榦は両手を前に出して止めよという。

「判った。今は夢ではなく、現実の我と御身である。そして、呂兄弟が阮嗣宗の娘に関して、訴訟しておることも事実だ」

司馬榦は、夢から醒めたように饒舌だ。

「阮嗣宗殿は、双子と断言しておられましたが、それも疑わねばなりませぬか？」

「まあ、我が感じたことを、一寸言いに来たまでだ。早う妾殿が戻って来れば好いのう」

司馬幹は、炎と阮籍が直接会っていたとは思っていなかったようだ。彼は当てが外れたとばかり、ようやく腰をあげた。

「御心配、いたみいります」

司馬幹が帰ったのを見計らって、王元姫と楊艶がやってくる。

「何を言いに来られました？」

二人とも心配なようすだった。炎は正直に阮禾嬌の密通を広めに来たと伝えた。

するとこ人は眉を顰めて同時に言う。

「まあ、本当によくお言いだこと。ねえ」

「そうですよ。安世殿、あの方はお妾を亡くされてから、どうなされたか御存じか？」

女たち二人が、司馬幹に関して何を知っているのか、さっぱり想像できなかった。

「亡くなられたお妾を、柩に入れられて」

それは、普通の行為である。

「蓋もせず、開けっ放しであったとか」

「はて、何故にでしょう？」

炎は、母が悍《おぞ》ましそうに言うのを待つ。

「夜な夜な灯りを掲げて、柩の死体と男女の営みをなさったとか」

耳を掩《おお》いたくなるような、正に鬼畜の所業である。それでも、あの男なら遣りかねぬという印象を充分に持った。

「それが本当かどうか、世間に通じた鍾士季《しょうしき》（会）か、部下の話を集めている賈公閭《かこうりょ》（充）にでも確かめましょう」

「わたくしは、士季殿は信用できませぬ。自分の利益になるかどうかだけで動く人物に見えますし、今にとんでもないことを、しでかしそうに思えます」

「わたくしも、お義母さまのお言いになること、御もっともと存じます。どうも、あのお方は好きませぬ。誠実な賈公閭殿が」

母も妻も、鍾会を嫌っている。どうも男が見るのとは、違う視線で捉えているようだ。

中護軍の持ち場から、中郎の彼を見つけるのは直ぐだった。

「訊きたいことがあるのだが」

鍾会を宮中の小部屋へ誘い込んで、早速司馬幹の柩中について訊いてみた。

「ああ、本当でしょう。目撃した下僕や婢が広めた噂というより、そうさせるべく、わざと灯りを点したと見るべきです。夏侯玄の父で死体愛好の、夏侯尚《かこうしょう》に似た性向でしょう。加えて、妾の死も毒殺の疑いがございます」

予期していたとはいえ、厳しい見方だ。

「そうか、心しよう。ところで呂兄弟が、阮禾嬌を巡って諍《いさか》いになっているというが？」

「それも本当でございます。問題は兄（巽《そん》）の方で、この男はこれまでも似たような事件を起こして、罰を蒙《こうむ》っております」

「懲《こ》りぬ輩《やから》というわけか。嵆叔夜《けいしゅくや》（康《こう》）殿は仲裁に乗り出されぬのか？」

「阮嗣宗の娘が混じっていますし、放ってはおけぬでしょう。ですが、この男も最近、友人の山巨源《さんきょげん》（濤《とう》）から吏部郎へ推挙されたにも拘わらず、拒絶いたしました。大将軍であるお父上からの招喚《しょうかん》もありましたのに」

道家思想の隠者とは、そういうものだ。嵆康は後日、山濤へ絶交状を送っている。

司馬幹は、彼らに対する憧れがあるのかもしれない。だが司馬氏という立場上、仲間にしてくれとは口が裂けても言えず、あのような仕儀に陥ったのであろう。

「どちらにしろ、世の役に立ちませぬ。全く以て、陸《ろく》な輩ではございません」

鍾会に掛かると、道家信奉者は世の邪魔者以外の何者でもなくなる。

「それより安世様。いよいよが近づきます」

鍾会が言うのは、蜀への攻撃らしい。

「蜀の防備は、手薄なのか？」

「大将軍として姜伯約《きょうはくやく》（維《い》）が北方（秦嶺山脈一帯）に目を光らせておりますが、蜀の宮中は彼の重要性を全く理解せず、日がな一日遊び惚《ほう》けております」

それは間者らから、もたらされた話だ。真実が半分と見積もっても、かなりな為体《ていたらく》である。しかも、寄せられた総ての報告に挙《こぞ》って共通していたのは、宦官の黄皓《こうこう》が盆暗皇帝の劉禅《りゅうぜん》に取り入っているという一文だ。

「腐敗もここまで進んでいては、食べる果肉が真っ茶色になった桃も同然です。姜伯約に届くのは、武器ではなく罷免状でしょう」

鍾会は舌舐めずりせんばかりに言う。きっと、先陣を切って蜀へ侵攻する将軍になりたいのだ。母や妻からの受けは悪いが、炎としてはここまで踏ん張ってきた鍾会に、花を持たせてやっても好い気がしている。

「父上へ、よしなに言っておこう」

炎は、鍾会に笑顔を向けて、中護軍の本部へ行った。賈充が詰めていたので、早速小部屋へ呼ぶ。

「最近、蜀の姜伯約が攻め込んで来たと、さっぱり聞かんが、内情はどうなんだ？」

すると鍾会ほどではないが、慎重に「腐敗臭がする」と応える。そして元凶は宦官の黄皓という意見も共通していた。

「私事だが、呂兄弟の諍いをどう見る？」

この質問に対して、賈充は深く腕組みをして、徐《おもむろ》に応えだした。

「どこまで言うか、定かでないことが多いのですが、彼らの問題と阮姫様の失踪は、多分大いに関係があろうかと存じます。ただ、もう少しお時間を下さいませ」

炎は、賈充の表情を見つめていた。

20

「父上、いえ、大将軍。蜀への侵攻はお考えでしょうか？」

炎から明瞭な質問を受けて、司馬昭は少し面喰らったようすを見せる。もう景元二年（二六一年）になっていた。魏の内部では武器の量産がつづいていて、蜀宮廷の腐敗は一層進んでいるとまたもや報告が上がってくる。

炎は、そこを司馬昭に質している。

「魏が、蜀と呉を併合するのは、予てからの願いだ。時期が来れば、迅速にやる」

「今、蜀の宮廷は、更に油断しきっているとの噂ですが、いかがお考えでしょう？」

「ほう、おまえがそこまで、気を廻すのも珍しいな。鍾士季から、頼まれたのか？」

さすがに司馬昭は、部下の性格を熟知しているらしい。

「はい、是非とも先鋒をと」

「我が考えているのは、あいつと鄧艾《とうがい》、諸葛緒らだが、まだ誰にも口外するな。侵攻は言うのは易い。だが実行するまでの、準備が大変なのだ。関中から桟道を通るにしても、まずは淮南や合肥辺りから、呉に睨みを利かせて動けぬようにしておかねばならん」

その応えで充分だった。炎の読みでは、蜀を併呑した後で、司馬昭が皇帝奐から禅譲を受けると踏んでいる。その逆では、上手くない。蜀を滅ぼすのは魏で、司馬氏は蜀の仇を取る形で新しい国を建てねばならない。

それは、炎が勝手に思い描く近い将来だ。

魏に代わった司馬氏の国は、父司馬昭が初代皇帝になろう。皇太子の御位は、必ず炎へ廻ってくる。そのときの炎は、まだその程度しか考えていなかった。それよりも、阮香嬌のことが気になっていた。それに絡むのが、呂巽《りよそん》、呂安《りよあん》兄弟の諍《いさか》いと、密通した阮禾嬌の態度ということになる。

久し振りで鍾会に訊いてみると、彼女に密通させた呂巽が、居直っているらしい。

「弟（呂安）の奴は実に親不孝で、晩年の両親へ食料を届けなかった。俺は親と同居させられて、面倒も押しつけられたんだ」

呂安は、失職して貧しかったからだと言い訳したが、裁判では問題視されている。

「阮禾嬌は、どうしてるんだ？」

「さあ、女のことは、どうも」

鍾会の応えはこの程度で終わった。それは、蜀への侵攻で頭が一杯だからのようだ。そこで賈充を訪ねてみる。兄弟の訴訟合戦については、鍾会と同じだったが、阮禾嬌については少し違っていた。

「あれから、彼女は行方不明です」

何と、双子の姉妹揃って姿を消すとは、決して尋常ではない。きっと共通した何かがある。炎は、そのように直感した。

「それについて、小男の劉伯倫《りゅうはくりん》（伶《れい》）が吠えておりましたぞ。『玉の輿と不義密通など、我らの面汚しだ』などと」

そう聞いて、炎は奇妙に思った。そこで、劉伶を探すことにした。私用に中護軍の部下を使うわけにはいかず、炎は郎党たちに探させた。すると、ものの一刻足らずで居処の報告が来た。

それは、南市の外れにある広場だった。

「酔っ払っておるのか？」

「いえ、三日ほど素面のようで、誰ぞ酒を驕れと言いながら、昼寝をしています」

「ならば、料亭で馳走する。適当な処へ連れて行って待たせておけ。ついでに湯を使わせて身綺麗にもな。用意できそうになったら、ここへ知らせに来い」

命を受けた郎党は数人、言われたとおり走って行った。炎は中護軍の詰所で事務の書類を決裁しながら待っていた。すると一刻ほどで知らせがくる。

炎は、騎馬の郎党に先導されながら走った。

こうしていると、洛陽の街も広いと感じる。南市などという場所と、不断は縁がない。

そのような所でも酒楼はあり、門の脇で鍤《そう》を担いだ従者が、いつものごとく手押し車とともにひっそりと控えている。

「あの者にも、食事をさせてやれ」

炎はいつも扱き使われながら、裸の小男に従順な彼を、少し不愍《ふびん》に思ったのだ。

「お前たちも、ゆっくり夕食をしておれ。話は長くなるやもしれぬ」

炎の計らいに、従者は深く拱手していた。

「お待たせしたな」

用意させた部屋へ入っていくと、劉伶が畏まって座に着いていた。卓に置かれた酒や料理に、一切手を付けていない。

「まあ、一献どうぞ」

炎が酌をすると、劉伶は杯を差し出した。

「御曹司のお招きとあって、さすがに我も遠慮して待っておったのです」

言いながら、ぐいと好い飲みっぷりを示す。そして炎が問いかけようとする前に、劉伶の方から話し始める。

「阮嗣宗の娘たちのことを、お訊きになりたいんじゃろう?」

彼の方から水を向けてくれれば、手間が省ける。何を訊いてものらりくらりと言い逃れて、最後には酔っ払って煙に巻くのが、彼ら道家の常道だ。

その手口を、今日は使わないらしい。

「そのとおりだ。そもそも彼女たちは本当に双子なのか？　世間では、阮香嬌が自分を忘れて阮禾嬌に成りすましていると」

「口さがない連中の与太話です。彼女たちは歴とした双子です。我は少女の頃から」

劉伶が知っているというのだから、間違いはなかろう。

「だが、双方とも失踪してしまったのは、関係のあることなのか？」

それを訊くと、途端に劉伶の歯切れが悪くなる。阮籍への遠慮があるのだろう。

「我らは、道家思想に気持が寄っている。お解りであろう。無為自然を標榜して、俗世間と隔絶した生活を旨《むね》とすることを」

言われずとも知っている。昔からある道家思想だ。人々が憧れるのは、社会の柵《しがらみ》にどっぷりつかっているからに過ぎない。それには、炎も理解を示してる。

「だが、道家一点張りでは、無理が祟《たた》るのは当然のこと。食事一つ調達できませぬ」

それにも拘《かか》わらず、彼らが道家思想に傾倒するのは、現実の社会生活の煩わしさから逃れるためだ。普通、そのようなことをしていれば、自給自足せぬ限り餓死する。

「それでもお前にしろ、阮嗣宗や嵇叔夜も、全く喰うに困らんのは、収入が完全に保証されておるからだろう?」

「そのとおりです。嵇叔夜には曹氏の女房が付いていて、荘園の上がりで生活できます。我も劉氏の末裔なので、少ないながらも扶持がございます」

だから忠実な従者が、鍤と手押し車を携えて付いてくる。他に阮籍なども、官職に就いたり離れたりしている。

「本当の意味での隠者とは、言えぬな」

「はい、そのとおりにて、我も他の者も、酒を呑みながらの清談《せいだん》を好んでおります」

実利的な商談や、出世につながる人間関係の構築とは全く懸け離れた、哲学談議のことだ。彼らが集まるのは、そのためである。

「それは我も構わぬと思うておるが、姉妹の失踪とはどうつながる?」

炎は核心に迫っていった。だが、劉伶は腕組みしたまま黙っている。

「もう一つ訊きたいが、お主は『玉の輿と不義密通は面汚し』と、叫んだらしいな」

「ああ、確かに言った」

「我が解らぬのは、そこだ。出世を見下す道家が、『玉の輿』を嫌うのは解る。だが『不義』は、儒家思想ではないか。なぜそれを、道家思想の信奉者が詰るのだ？」

炎の質問に、劉伶は意表を突かれた。

「それはあのとき、阮嗣宗を憐れに思ったから、慰めるつもりで言っただけだ。だが、俺が間違っていたようだ」

「あの阮嗣宗という男は、母親が死んでも喪に服さず、大酒を喰らっていたらしいな。まあ、喪に服すにしても儒家の発想だ。でも、そんな奴が娘の失踪を嘆くのか？」

炎が透かさず言うと、劉伶の気持は完全に消沈している。

「あいつは、道家としての恰好を付け過ぎるんだ。娘の幸せを思えば、嫁ぐと知って素直に喜べば好いのに、黙っていたから娘が説得に来なければならなくなった」

炎が、楊艶と婚礼を挙げたときのことだ。

「探していたのを、お主は見たのか？」

「いや、見ていないが、悪い予感がした」

劉伶の言葉に、炎は彼の顔を見据えた。

「何が。どう悪いのだ？」

「一ト月ばかり後で、御曹司らが阮嗣宗を訪ねられましたな？」

「ああ、お主が猪を届けに来たときだ」

「それです。心配したのは、それなんです」

「猪がどうした。動物に喰われたとでも？」

「いえ、罠です。槍を植えた落とし穴です」

劉伶の言葉に、炎は背筋が寒くなった。香嬌が父親を探し倦《あぐ》ねて、気持が折れそうになったとき、油断して猪用の穴に落ちたとすれば、もう助からないだろう。

「しかし、そうなら死んだと判ろう。そのような報告が、どこかから来るはずだ」

炎の声は、嗚咽交じりになっている。

「それです。しかし阮嗣宗なら娘だと判っても、そのまま埋めてしまうやもしれませぬ」

「何たる親だ。ならば、禾嬌もか？」

「可能性はあるでしょう」

「許せぬ奴だ」

まだ、何ら証拠らしい証拠はない。それでも炎の頭の中では、阮籍が自ら作った猪罠へ落ちた娘を、埋めている図が、大きく描き出されていた。

21

「何が清談《せいだん》だ！」

隠者が庵や寓居、山林などで酒を酌み交わしながらする哲学談議を、当時は清談と呼び習わした。ただ阮籍《げんせき》や嵆康《けいこう》、劉伶《りゅうれい》、山濤《さんとう》、向秀《こうしゅう》らを指して、「竹林の七賢」などと称するのは、少し時代が下ってからである。

当然ながら、彼らの存在を嫌っている連中も確かにいた。鍾会などは、その最右翼であろう。そのような中で、呂兄弟（巽《そん》と安《あん》）の訴訟合戦が注目されている。

高い関心を持つのは道家思想に染まった清談愛好者らと、彼らを問題視する宮廷人の一部だった。

だが、審議は長引いていた。

理由の一つは阮禾嬌が失踪してしまったことである。あと一つは被告の呂巽が逆に弟呂安を親不孝と告発したことだ。廷尉が管轄する法廷では、双方をもっと詳しく調査するとして、これまで結論を出せないままでいる。

「禾嬌を探したとて、もう出て来ぬような気がする。黄泉《よみ》に召されたかもな」

炎は劉伶と話したことを、賈充に打《ぶ》つけてみた。すると彼は、軽く呻《うめ》いて深く拱手するばかりだった。

「お前も、気づいていたのか？」

「可能性の一つとして考えましたが、何ら確証のないことにて、心を抑えていました」

彼は事実だけを掘り起こして、地道な調査をしたのである。劉伶のように、関係者の性格や人間関係を熟知しているわけではない。だから、判ったことだけを報告してきた。

それだけでも、天晴れと言うべきだ。

「我はもう、阮香嬌の生存を疾《と》くに諦めた。あれは可哀想にも、阮嗣宗が隠者を装うための小道具に使われたのだ」

「劉伯倫殿の想像を信じるなら、そのような見方も、成り立ちます」

賈充は感心したように言い、再度深く供手して、その場を立ち去った。

炎はもう、その一件を口にしなかった。

旬日ばかり経って、鍾会に小部屋へ招かれた。彼が報告したいのは、武器と部隊がどれだけ調ったかと、侵攻したい蜀の詳しい内情についてだ。

「大まかに言って武器の類いは十万人分の矛などと、矢が一千万本ございます。食糧も、十万人を三ヶ月養える備蓄があります」

「蜀の態勢と心構えを推し量ってみれば、充分それにて成都を落とせそうだな。後は、決断があるのみというわけか」

炎が感心すると、鍾会が畳みかける。

「我は何度か隴西方面へ出掛けていって、向こうの地形や道と、蜀軍砦の位置などを頭に叩き込んで参りました」

「同じようなことを、鄧士載（艾）殿も訴えておるようだな」

「彼の者と我とは、調べている所が全く違います。我の方が、より早く成都へ一直線に攻め上《あ》がれると存じます」

「では、允許《いんきょ》を仰ぐだけだな」

仰ぐとは、形式的に皇帝奐《かん》からだが、実質的には司馬昭からである。鍾会は、炎に推薦して貰うよう必死なようすだ。

「任せて下され。時期が来れば一番に」

「推薦」を匂わせてから、呂兄弟の法廷闘争に水を向ける。すると、鍾会は鋭く言う。

「密通の兄と不孝の弟というだけで、既に社会の塵《ごみ》とも言うべき奴らです。つまり、我が以前から言うごとく、社会の発展に何ら役に立たない連中です」

鍾会の見解は終始一貫して、全く揺らぎがなかった。

「嵇叔夜《けいしゅくや》と呂家の不孝な弟などは、世を乱す輩として処断すべきです」

「密通した兄は許すのか？」

炎が皮肉っぽく訊くと、鍾会は髭を扱きながら嗤《わら》う。

「兄の巽は、最近行方不明です」

「では、密通の相手と一緒に消えたか？」

「いえ、時期が違いますので、別々です」

呂安の妻（阮禾嬌）は、父（阮籍）に不行跡を謝るために里帰りしたようだが、山林で行方が知れなくなっている。呂巽を調べて見ると、詫びを入れるため、弟（呂安）の家へ向かってから全く行方知れずらしい。

「ほう、しおらしいところがあるもんだな」

「問題は、弟に会ったあとです」

「何処か別の場所へ行ったのか？」

不明だが、鍾会は別の調査を口にする。

「弟は、劉伯倫（伶）と昵懇で、鍤《そう》の作り方を教えてもらったそうです」

鍤とは、穴を掘る道具である。劉伶は己が死んだとき、従者に墓穴を掘らせるため持たせていると公言していた。

よほど掘り易く作っているのか、土木工事の専門家でもある将軍鄧艾《とうがい》も、部下の工兵に作らせて携帯させている。

「つまり弟が、鍤を何に使ったかだな」

それは、考えるまでもないことだ。

「道家思想を語る隠者どもは、よく洛陽郊外の山林に集まります。必ずしも誰かの寓居とは限らず、正に森や竹林の何処かです」

だとすれば、人目に付かぬ窪《くぼ》地《ち》などを知っているはずだ。そのような所に埋められていては、永久に発見されることはなかろう。

「もう裁判は、中止になるかな？」

「さあ、そこです。阮禾嫡と呂巽が姿を消せば、密通と不孝の審議はできますまい」

そうなれば、本来の訴訟沙汰はなくなる。だが、鍾会が司馬昭に讒言《ざんげん》した「世の中を乱す行い」について、踏み込んだ詮議が為されるかもしれなかった。

それらの進展が一切見られることなく、景元三年（二六二年）となった。

「蜀の将軍姜伯約《きょうはくやく》（維《い》）は、可哀想ですな」

鍾会が言うのは、姜維以外は武人らも含めて、北からの侵攻はないと決めてかかっているらしい。そのため、彼が要求している武器をはじめとした輜重《しちょう》の補給や兵の増員などに、蜀の宮廷では全く取りあわないという。

「まさか魏を欺《あざむ》くための、芝居や狂言ではあるまいな？」

宮廷人は蜀の政の腐敗が、総て黄皓なる宦官が劉禅から寵愛されているゆえの横暴と説明されても、信じ難いようだった。

「黄皓は占いを以て、魏の侵攻などないと言っているようですし、蜀皇帝は頭から、それを鵜呑みにして疑わないのです」

真面目な顔で説明している係官を見て、宮廷人らは白けた表情でいる。

「いくら、おめでたい人柄でも、そんな莫迦なことがありえましょうか。もう、殷や周の時代ではございませんぞ」

宮廷人たちが呆れ顔で、口々に偽の見聞だと発言するのは判る。それにしても、係官は黙ってはいられなかった。

「間者は、一人や二人ではございません。総て口裏を合わせた報告など、絶対にありえませぬ」

係官は、報告の信憑性を疑われ、かなり心外なようすだった。だが、信じられぬと言う宮廷人の態度も理解できると付け加えた。

司馬昭は、係官の説明を「本当と推認できる」と肯定した。それは、彼自身の間者からも同じ報告が上がってきていたからだ。

魏宮廷の公式見解は、蜀への侵攻を「可」とするものになった。但しこれは、即座に将軍の指揮の下、大軍が秦嶺山脈を越えて漢中へ踏み込むことを意味しない。

以前に司馬昭が説いたごとく、まずは淮南や合肥辺りの防備を固め、呉の攻撃を完全に遮断できるようにする。また、造船を始めて呉への侵攻を臭わせ、呉と蜀双方を欺く。その辺の芸も細かくせねばならないのだ。

蜀侵攻の将軍は、鍾会や鄧艾らに命が必ず下ろう。司馬昭が直々に任命するはずだ。当然ながら鍾会も鄧艾、諸葛緒（諸葛沖の父）たちも張り切って、更なる準備に余念がなかろう。特に鄧艾の錨の数は半端ではない。兵全員に持たせるばかりの、熱心さだった。

炎が鍾会に、「錨は要らぬのか？」と問うたが、「全く不要です」とにべもなかった。さもあろう。この二人では、戦の方法論が根本的に違うのだ。

鍾会にはもう一つ、片付けておかねばならぬ懸案があった。

「呂兄弟の弟安と嵆康は、社会風俗を乱した罪、軽くはございませぬ。前者の兄殺しと親不孝の罪は明白ですし、後者が前者を幇助したのも許せませぬ。尚かつ山濤がもたらした吏部郎への推薦を、いとも軽く蹴って断るなど、洛陽の都人士にとっても悪影響甚だしいものがあります。後世への教訓のためにも、いや、これから蜀を討伐するこの時期だからこそ、厳しく処断すべきと存じます」

鍾会は、さまざまな理屈を盛り込んで、司馬昭に判断を促した。司馬昭は、これから蜀へ攻め入る鍾会の気持を汲んでやったのか、呂安と嵇康の処刑を廷尉に命じた。

二人は捕らえられて、即刻獄へと引っ立てられる。その牢へ、早くも嵇康に面会するため訪れた人物がいた。それは絶交状を貰った山濤である。

「我は吏部郎就任を断ったことを、悔いてはおらぬ。お主に累が及んでいては、詫びねばならぬと案じたが、大丈夫なようだから安心した。今後は息子の紹《しょう》を宜しくな」

炎が中護軍の詰所に入ると、王戎が近づいてきて恭しく拱手する。

「隠者の二人、遂に刑場の露と消えました」

嵇康と呂安のことだ。なぜ王戎が、彼らの状況を知らせに来たのか、判りにくい。

「処刑を、我に抗議したいか？」

「いえ、こうなれば、鍾将軍は蜀への侵攻に奮いたちましょう」

王戎はそれだけ伝えると、姿を消した。隠者と仲の良い彼の心中は量りかねた。

22

蜀への侵攻を聞きつけて、呉が刃を向けてくると、魏は背後を突かれて困る。だが呉帝（孫休）は、周囲の意に反して学門にのめり込み、為政者として判断を示さない。

そこで丞相の濮陽公《ぼくようこう》と左将軍の張布《ちょうふ》が、法の施行を勝手に切り盛りしているらしい。

それに対する庶民からの評判は、頗《すこぶ》る悪いと報告がきている。

「呉がこのようなことなら、魏を討つ意欲など、皆無であろう」

間者からの報告に、司馬昭は炎へ話を向けてくる。

「呉の将軍、いや、兵士らにしたところで、魏や蜀へ侵攻するどころか、魏が合肥でつづける造船に震《ふる》えていましょう」

「お前もそう思うか。これで、淮南や寿春と合肥をがっちり固めておけば、こちらは今度こそ関中から蜀へ侵攻できよう」

もっとも実際に、いつ侵攻するかは、軍兵を率いる将軍たちに委《ゆだ》ねられよう。

「互いに見合って、抜け駆けできぬということは、ありませぬかな?」

炎はその辺を懸念するが、司馬昭は一旦命が下れば、先陣争いもあって悠長にしていられまいと、先々を読む。

「そうなれば、とにかく、鍾士季(会)や鄧士載(艾)らに報告させるため、こちらから使いを頻繁に立てるつもりだ」

炎は実際の戦場へは行かないが、将軍らも日に継いで戦果を訊きに来られては、煙《けむ》たかろうと想像する。その日の夕刻も、御者の郎党が操《あやつ》る馬車で屋敷へ戻った。

「驃騎《ひょうき》将軍のお帰り」

御者が大声で呼ばわったが、いつものように小者が出て来ない。代わりに食欲をそそられる匂いが漂ってくる。仕方がないので、門前で降りて敷地へ一歩踏み入れた。

そのとき、影壁の背後から楊艶の笑い声が聞こえてきた。他にも何人もの女どもと、若い男の声まで混じって、随分と楽しそうな空気である。

「あっ、これは申しわけございませぬ」

炎の姿を見て、楊艶が急いで駆け寄ってきた。周囲の者どもも、初めて主人の帰還に気づいて平伏し、郎党は深く拱手して佩刀《はいとう》を受け取っていた。

「どうしたのだ。陽気で賑やかだが」

炎が呆れ顔で見渡すと、母親の王元姫や弟の司馬攸まで混じっている。

「お祝い事が出来ましたので、料理を持参いたしました」

何の祝いかと訝《いぶか》ったが、王元姫は炎の妾を連れてきたという。その宴の料理を皆で作って、酒肴ととともに並べていたらしい。

「娶る我だけが、ここまで何も知らせてもらえぬのか？」

炎が笑ったので、周囲の緊張も和らいだようだ。母も妻も司馬攸も笑ったので、郎党や小者、婢までがようやく笑えた。

「ところで、我は誰を娶るのじゃ？」

炎が戯《おど》けて言うと、周囲は爆笑した。すると司馬攸が離屋敷へ走り、王元姫もそちらへ歩いて行った。どうやら早くも、そちらで居住の準備を始めているらしい。

「いよいよ登場されますわ」

妻が妾の登場を、夫に告げるのも奇妙な光景である。やがて司馬攸が案内役になり、王元姫がしずしずと、花嫁衣装を身にまとった女を連れてくる。

「ほっ、本当に、我が妾を娶るのか？」

「本妻が諒承した妾ならば、今後とも揉めることはございますまい」

「それはそうだが、その面白みが」

「なんでございますと？」

周囲は二人の遣り取りを、にこやかに眺めている。そうこうしている内に、新婦が遣ってくる。互いの親族が大勢出席しているわけではないので、屋敷内に披露する仮祝言のような形式だ。

「おめでとうございます」

言われながらも、炎は妾とされる女を初めて見た。その途端はっとしたのは、阮香嬌に少し肖《に》ていることだ。それが偶然なのか、それとも失踪する前の阮禾嬌を見て、肖たような女を見つけたのか、それは判らない。

いや、そこまで意図的ではなかろう。名を左杲《さこう》といったが、よく見ると香嬌の艶やかさには劣った。無意識にでもそのような女を選んだのであれば、楊艶も一筋縄でいかない。

「末永く、お慈《いつく》しみくださいませ」

新しい妾はそう言って、炎の気持を動かそうとするが、炎にしてみれば突然押し掛けられて心の準備が調っていない。

ここで不思議に思うのは、弟の司馬攸の存在だ。炎は彼を呼んで酒を勧める。

「お前は、どんな役割を果たしたのだ?」

「我はお母上から、妾殿の衣裳を調えるよう仰せ付かったのです」

評判を聞くと、司馬大猷《だいゆう》（攸）は礼儀作法にとても詳しく、丁寧に希望を聞いて左杲の心が安まるように努めてやったという。

「大猷殿は、郎党や下僕、婢にまで気を遣ってくださって、皆にも人気がございます」

酌をしにきた楊艶も、司馬攸を前にして褒めそやす。言われた彼も、ばつが悪そうだった。確かに学門もでき、義母（羊徽瑜）にも生母（王元姫）にも孝行を尽くしており、義父（司馬師）への供養も決して欠かさない。

その司馬攸は、炎の妾の面倒まで見、料理の手伝いまで熟《こな》す。武張ったことは得意ではなさそうだが、人望という点では、莫迦にできない力がありそうだ。

しかし本人自身が、自らの隠れた力に全く気づいていない。

その日は祝いの酒宴が、堂を中心に真夜中までつづいた。そのような中にあっても、司馬攸は家の子たちに酌をしてやって、日頃の苦労を犒《ねぎら》っていた。

その日、炎が左杲を伴って離屋敷へ行ったのは、疾くに夜半を過ぎていた。

「妻とは、どのように知り合った?」

左杲は斉《せい》国臨淄《りんし》県は下級貴族（寒門《かんもん》）の出身だが、多少の学門を身に付けて賦《ふ》（当時の詩）も詠じられたので、宮廷での下働きに憧れて都へ出てきたという。

すると幸か不幸か、軍兵舎の賄婦《まかないふ》に潜り込めた。ある日、宮廷宴会の料理人を手伝うよう言われ、宮中の隅で働いていた。

そこへ通りかかった王元姫と楊艶に、働きぶりの勤勉さ、それに味付けの上手さを認められて、司馬昭の屋敷で働くよう命ぜられたらしい。

それで炎は、案の定と確認できた。

阮香嬌に少し消て大人しい彼女を後庭に入れて、楊艶が後々意のままに取り仕切ろうとの魂胆だ。炎は、笑いたくなった。

「賦をすると言っておったな?」

「はい、詠《うた》いの術は一通り会得しました」

「それが、おことを助けることもあろう」

炎はそのようなことを話して、酒の酔いのまま離屋敷で眠った。

翌朝、起きると、もう左杲は傍にいなかった。炎が起きるのを見計らったように、手水を桶に入れて運んでくる。考えてみれば、この離屋敷で顔を洗い口を漱《すす》ぐのは初めてだ。

この五年ほど、屋根や柱の補修は無論のこと掃除なども旬日に一度は行っていた。だが、ようやく有効に使われだしたことになる。

「朝餉もできております。直ぐに、お召しあがりになりますか？」

宿酔いを心配してくれているのだろう。なかなか気の利く一面があると、ここは彼女を認めてやらねばなるまい。

「ああ、食べてから馬車で出勤だ」

炎は昨夜、皆に酌をして、自身はそれほど呑んではいなかったのだ。

左杲を娶って半年、景元四年（二六三年）となった。蜀攻撃も準備万端《じゅんびばんたん》調っている。

「主上、侵攻を御承認いただけますよう」

朝議の最中、司馬昭が勧めると、「相判った」と皇帝奐が疳《かん》高い声で返答する。

「では、主上の御判断がございました。蜀への侵攻を開始ということで、御一同の賛意いただけたものと見做《みな》します」

係官の宣言で、居並ぶ宮廷人は「ははあ」と平伏した。こうして、朝議は閉幕する。

鍾会は、嵆康と呂安が処刑されたことで、気を良くして出陣していこう。社会を斜に見たような輩のために、戦うのではないという意識である。

それはそれで判るが、炎は鍾会ほど、隠者を嫌ってはいない。だが、一時岳父《がくふ》になった阮籍へは、その性癖に対する憎しみが増してきていた。

母親が亡くなっても、喪に服さず酒を呷っていたと聞く。そんなことなら、愛妾の死体と男女の営みを交わした司馬幹《しばかん》と、五十歩百歩ではないか。

だから、猪の罠に落ちた娘たちを、そのまま埋めたのだと推認できた。

この二人と比べれば、愛妾の死体に頬擦りをしていた夏侯尚など、まだまだ可愛く幾分真面《まとも》に思えるから不思議だ。

「阮嗣宗め。あいつだけは、絶対に許せぬ」

炎には珍しく、厳しい恨みが湧いた。

一年か、遅くとも二年以内に、蜀は落ちるだろう。要は時間の問題なのである。

次に父司馬昭が考えることは、ただちに「禅譲」の儀式をすることではない。まずは列侯から公への昇進を図るはずだ。それならば、「地方王」を名告れる。

本貫の温県は、春秋時代の大国「晋」の領土だった所だ。それゆえに「晋王」の肩書きを、魏皇帝奐に要求すると思えた。

そのためには、とにもかくにも秦嶺山脈から漢中へ侵攻することである。

23

炎はその後、蜀侵攻を始めた鍾会と鄧艾、諸葛緒らからの報告に、強く注目し始めた。

「鍾将軍も鄧将軍も諸葛将軍も、蜀の領内に侵攻したもようです」

ようやく、そのような報告がもたらされた。

「それぞれ、どこを攻撃しておるのだ?」

中央の疑問は、即刻使いが持って走る。

「鍾士季殿は十万で駱谷道《らくこくどう》から漢中へ、鄧士載殿も三万を率いて甘松《かんしょう》、沓中《とうちゅう》の姜伯約軍を攻撃しておられます」

司馬昭らが、鄧艾の手勢は少ないと疑問を投げかけると、報告の宦官は、直ぐに諸葛緒も三万を姜維に向けていると付け加える。

「鍾士季殿の軍がかなり積極的に侵攻して、成都へまっしぐらのようですな」

「蜀には姜伯約以外、国士を防衛しようとする武人は、おらんのですかな？」

魏の宮廷人は、一瞬そんな疑問を持ったようだ。しかし、そのようなことはなく、廖化《りょうか》や張翼《ちょうよく》、董厥《とうけつ》、趙広《ちょうこう》といった部将たちも援軍に駆けつけていた。

だが、出遅れは否めない。それは宦官の黄皓が皇帝（劉禅）に魏の侵攻はないと、占いを進言していたからだ。このときまで半信半疑だった魏の将軍たちも、事実だと知って劉禅の幼稚さに改めて呆れていたが後の祭だ。

それでも、後れを取ったと自覚した分、蜀軍の抵抗は烈しくなる。

「鍾将軍の侵攻を妨害しようと、蜀の姜将軍が東へ移動したもようです」

魏軍が秦嶺山脈を越えてからは、戦況の実際はなかなか見えにくくなる。一時は鍾会が一気に押していくと見られていたが、さすがに蜀もそうはさせなかった。

そこから先になると魏の中枢部には、正確な戦況が伝わりにくくなっていく。それは戦場が増えて、全体としての勝ち負けが、だんだん判り辛くなるからだ。

洛陽で報告を待っている司馬昭と炎は、やきもきした時間を過ごしていた。

「鍾士季殿が手子摺《てこず》っているようです。漢中へ入ったまでは良かったのですが、姜伯約も黙ってはおりますまいな」

「簡単には行くまいが、長引いてもこちらの方が輜重は豊富だし、潤滑に流れておろう」

司馬昭が言うのは、蜀の中枢が宦官黄皓に掻き回されて、なにもかも後手後手に回っていることを皮肉っている。

皇帝（劉禅）にしても、自国蜀に何が起こっているのかまだ判らず、この先の見透しも覚束ないのだろう。いや、彼にしてみれば、宴会の女官と酒が確保できるかどうかしか、念頭になかろう。

「姜伯約の移動を、鄧将軍の楊校尉が追撃して、趙某《なにがし》なる校尉を討ち取ったようです」

後にそれは、趙広《ちょうこう》（趙雲の息子）だと判明する。魏軍の意気はますます上がった。

「諸葛将軍が、姜伯約の軍と真正面から打《ぶ》つかろうとしたようですが、相手に退かれて肩透かしを喰らい、逃げられたようです」

姜維も虚々実々の駆け引きをして、魏軍を分断しようとしている。やはり周辺の地理を熟知しているので、侮れない存在だ。

「ところで、鄧士載の軍はどこでどうしているのだ？」

そういえば、部下の楊欣《ようきん》が趙広を討ち取ったという以外、彼の存在が薄れている。

「まさか、討死ということはあるまいな？」

司馬昭が、取り越し苦労のような言葉を発する理由も判る。それでも炎は、鄧艾が鍤《そう》を大量に持っているので、楽観的に見ていた。

その後も報告はつづく。

「鍾将軍が、漢城と楽城、陽安関を攻撃しておられます」

派遣されたのは前将軍の李輔《りほ》と護軍の荀愷《じゅんがい》だという。陽安関は胡烈《これつ》が急襲して傅僉《ふせん》を討ち取り、蜀将蔣賦《しょうふ》を降服に追い込んだ。

「鍾将軍が、この勢いで砦をどんどん落としてくれれば、魏の勝利も近いな」

司馬昭は、鍾会を頼もしく思っている。だが、それ以降は落城させたとの報告が全く来なくなった。更に監察の宦官がようすを探ると、鍾会は剣閣へ迂回して、そちらを壊滅させるべく攻撃を始めるらしい。そうなると、蜀将の姜維も廖化、張翼、董厥らと合流して、剣閣で魏軍を防ぐ姿勢を見せている。

「それにしても、鄧士載が戦死していないのなら、いったいどこへ行ったのだ？」

「あの男のことです。きっと考えがあってのことでしょう」

司馬昭や一族の長老らは、尚もやきもきしている。炎だけが可能性に賭けている。

「確かに、知らせを待っているしかない」

司馬昭も、ようやく腹を括ったようだ。

「魏興郡の劉太守が、子午道を通って黄金城を攻撃なさっています」

そのように報告が上がってきたが、敵将の柳隠に防がれて、落とせないでいるようだ。

劉欣が立ち往生し、鍾会も剣閣を攻め倦《あぐ》ねている。それは兵站線が長くなり過ぎて、輜重の補給が遅れがちになるからだ。

「鍾将軍は、一時退却もお考えのようです」

その報告が中央へ届くと、司馬昭の顔が紅潮する。明らかに不満だが、彼の奮戦にも一定の評価は必要だと思っているらしい。

「鄧士載からの報告も、待ちましょう」

司馬一族も少し肩を落としているところで、炎はまだ鄧艾を見込んで楽観的である。

「奴がどこにいるのかすら判らんのに、なぜそこまで肩を持つのだ？　成都へ進軍する道は、完全に塞がれているのだぞ」

司馬氏の長老が正論を言うが、炎はたじろがないで一言ごちる。

「だからこそ、鄧士載は能力を発揮できるかと存じます」

炎がなぜここまで期待を持っているか、理解できる者は少なかった。鄧艾の行動についての知らせが届いたのは、その翌日だった。

「鄧将軍は、剣閣を迂回して、陰平から江油へ抜けるおつもりとか」

その報告に、驚かぬ者はなかった。

「陰平から江油など、道らしい道は一切ない険阻な山ばかりではないか。言うだけなら誰でもできようが、いったいどのように行くというのだ？」

誰もがそのように言うのは、鄧艾の特技を知らぬからだ。それゆえ、半信半疑のまま、日を重ねることになる。

「もう季節は冬に入ったから、山岳を進んでいるのであれば、朝夕はかなり冷え込もう」

鄧艾を心配しているのか、不可能な動きだと非難しているようにも聞こえる。そのどちらになるにしても、監察の使者が跡を追いにくい進軍である。

「消息が一切判らぬのは、不吉だ。最悪の場合は全滅だな」

そのような、悲観論まで出る始末だった。

鄧艾の動向が知らされたのは、それから十日後であった。報告は監察の宦官が、鄧艾の部下を連れてきて行《おこな》った。

「鄧将軍は、江油を落とされました」

その報告に宮廷内は、到底信じられぬ思いと、どのように快挙を達成したのか知りたがった。鄧艾の部下によると、江油へ到着する前に、守備隊三部隊を蹴散らしたという。

「江油に守備隊は、おらぬのか？」

司馬氏の長老が訊くと、守将の馬邈《ばぼう》がいたが、攻め落としたと誇らしげに言う。

「他に、攻めて来た将はいないのか？」

使いは唇を湿して諸葛瞻《しょかつせん》（諸葛亮の息子）が涪《ふ》にいたが、戦わず緜竹《めんちく》まで撤退したと伝えた。周囲は、もう湧き立っている。

江油は剣閣の南で、成都に近い。剣閣で姜維と鍾会が睨み合って身動き取れぬ間に、鄧艾は着々と進んでいたのだ。

「道がなければ道を造る。それが鍤《そう》を携えた鄧将軍の遣り方だ！」

炎が言うと、それまでの落ち着いた態度の裏付けのように周囲は受け取る。

「その後、鄧将軍はいかにするつもりか？」

伝令は、それ以降を聞いていないが、攻めるはずだと言う。炎も、司馬昭も長老らも、それ以外は考えられなかった。

「蜀から呉への、援軍要請は？」

炎が司馬昭に訊くが、司馬昭は自信ありげに「あろう」と応える。だが、呉に援軍を派遣する気持が皆無だろうと、明言した。呉には、そのような余裕を感じないからだ。

次の報告者が着いたのは、五日後である。

「鄧将軍は、緜竹を落とされました」

迅速な行動であるが、一筋縄では行かなかったようだ。攻撃の第一波として鄧艾の息子鄧忠《とうちゅう》と師纂《しさん》が攻め入ったが撃退された。

「攻撃は、難しゅうございます」

必死になった蜀の死に物狂いの反撃に、攻撃側が手子摺《てこず》ったのだ。そんな彼らを見た鄧艾は、発破をかけたそうだ。

「相手が必死なら、こちらも同じだ。今度退却してきたら、我がお前らを斬ってやる」

これに驚いた鄧忠と師纂は、取って返して緜竹を急襲した。その勢いたるや、前の比ではなかったようで、守備していた諸葛瞻や張遵《ちょうじゅん》（張飛の息子）、李球《りきゅう》らの将を討ち取って陥落させた。

この報告に、宮中は色めき立った。

「緜竹を落としたのであれば、雒県《らくけん》から成都は目と鼻の先ではないか。もう、一息ぞ」

このとき鄧艾は、緜竹を占領した旨の書状を使者に持たせ、緜竹の捕虜十人ばかりと一緒に成都へ行かせた。これに驚いたのは、劉禅だけではなく、宮廷人や成都の都人士も全員が腰を抜かさんばかりだったと伝わっている。

「朕は、鄧将軍に降服する」

劉禅は使いにその返事と印璽《いんじ》を持たせ、自らは白い喪服に着替えて後方手《しりえで》に縛り、棺桶を背負って鄧艾軍の到着を待つと確約した。

24

「鄧士載のやつ、やりおったな。当初は、蜀への侵攻に、乗り気ではなかったが、師纂《しさん》に説得されたか、いざとなるとやる男だ」

魏の宮廷では、鄧艾への絶賛が鳴り止まなかった。彼を最後まで推していた炎の先見の明にも、追従のような阿《おもね》りが聞こえた。

「さすがは安世様じゃ。お目が高い」

鄧艾が土木工事に長けた武将だと、炎だけでなく誰もが知っていた。だが、血気に逸《はや》って迅速《じんそく》を旨とする鍾会が、成都へ一番乗りするだろうとの予想が専《もっぱ》らだった。

ところが、事を成したのが鄧艾だと判った途端、誰もが鍾会を忘れ去って、正に誰も彼もが掌《てのひら》を返した態度を示した。

「鍾士季を中心とする部将らが、剣閣で姜伯約ら蜀の将軍たちを釘付けにしたから、鄧士載の偉業もなったのだ」

司馬昭や炎は当然の理屈を捻ったが、皆が皆、鄧艾だけを褒めそやした。

「ここからが、正念場だ」

司馬昭がこう言うのは、蜀の後始末を上手く付けることが、蜀を併呑した魏を更に呑みこむ第一歩だと示しているのである。

「取り敢えず中央から、大将軍（丞相）名代の官僚を、誰か送り込みますか？」

炎の言葉に司馬昭は、ふうっと息を吐いて「使いの宦官で良い」と応える。武門の者らは、血を流して摑《つか》み取った栄光を、権力的な文官に攫《さら》われるのを嫌うからだ。

「とにかく、蜀で我が軍兵どもに、乱暴狼藉《らんぼうろうぜき》を働かせぬことだ」

そのことだけに、後日の支配が上手くいくかどうかが、懸《か》かっている。司馬昭が今、一番気にしているのが、占領政策だった。

すると、それに関して早速朗報があった。それは鄧艾の蜀兵に対する態度である。

蜀皇帝の劉禅があっさり降服したことで、剣閣にいる姜維をはじめとした蜀兵に、武器を捨てるよう交渉が始まった。

「主上の降服など、誰が信じようか！」

蜀兵がそう言うのは判る。当初は鍾会をはじめとした魏兵も、眉唾ものと思っていたからだ。特に先陣を切るのが夢だった鍾会は、話を届けに来た鄧艾の部下（使者）を斬り捨てんばかりの勢いだった。

それを説得するために、鄧艾の部下だけでなく、劉禅の側近まで引き連れてくる始末であった。同じ方法を剣閣の姜維らにも使い、ようやく渋々納得してもらう始末だった。

さて、蜀を併呑して魏の領土が倍以上に増え、司馬昭は領地の加増を申告した。正にお手盛りで、魏帝国内に晋王国を作るのだ。皇帝奐は、要請どおり従わざるをえない。

このような儀式にも型があり、司馬昭は、皇帝奐から建国の勧めを断る体裁を取る。そこで必要なのが、是非お受けなされとする勧進文だが、この草案を阮籍《げんせき》が受け持った。

炎は、こんな奴にと腸《はらわた》が煮えくり返る思いだったが、それから間もなく阮籍は呆気なく他界した。どうやら、何年もつづけてきた飲酒が原因で、肝臓癌を患っていたという。

こうして、晋王国が誕生したのである。

ここから新しく景元五年（二六四年）となる。鄧艾は武装解除したものの、蜀の軍兵や官僚、役人、その他一般市民に至るまで、全員もとの身分を保障すると言い渡した。当然ながら、反抗しないことが条件である。

これには軍兵たちと、成都周辺の住民が安堵した。宮廷人や官僚も然りであるが、皇帝禅を丸め込んでおけば良かった高官は、仕事が一切なくなった。

積極的に降服した劉禅も、首が飛ぶ心配だけはなくなってほっとしている。

「これから、いかがなるのかのう？」

側近の郤正《げきせい》が、劉禅の心配を鄧艾の側近へ訊きに来る。

「後宮の綺麗所と一緒に、洛陽へお送りいたします。しばし、お待ち下さい」

この返事を聞いた劉禅は、満面笑みを湛《たた》えて納得したらしい。

このような状況は連絡係の宦官を通じて、司馬昭に逐一入ってくる。鄧艾の統治は、おおむね寛大で魏国の品位や威厳を損なうものではなかった。だが、やや行き過ぎた行為があると、鍾会が告発状を送ってきた。

「鄧士載は、前蜀皇帝に驃騎《ひようき》将軍を、前太子に奉車都尉《ほうしやとい》を、諸王には駙馬都尉《ふばとい》としておるだけでなく、部下の師纂《しさん》を益州刺史《えきしゆうしし》とするなど、勝手に官職まで与えております」

この報告が本当なら、越権行為として譴責《けんせき》されねばならない。

「鍾士季は、鄧士載に先を越されたのが、癪《しやく》でしょうがないのでしょう」

炎は、鍾会の性格を思い遣って、鼻先で笑っていた。そこで、使いの宦官にも訊いてみたが、必ずしも笑えないことも判明した。

「鄧士載は蜀の士大夫に向かって、諸君は我に会ったお蔭で、今命を永らえておる。殺戮《さつりく》が趣味のような将軍なら、破滅してたろうと、自身を持ち上げておられます」

連絡係の宦官は、そんな報告をする。

「姜伯約は当代の英傑であるが、我と遭遇したのが不運だったのだ」

このような発言も漏れ聞こえ、蜀の有識者の嘲笑を買っている。それは魏の恥でもあると、司馬昭は渋い顔をする。

「緜竹で、京観《けいかん》を築いたようでございます」

京観とは戦勝を記念した塚だが、土を高く盛るために、敵の戦死者を積みあげてつくるものだ。その中に、魏兵の死体も混ざっていて、魏の部将らの間で問題になっている。

鄧艾の独断専行はその後もつづき、呉を討つ策を立てていたようだ。

「前の蜀帝を、扶風王《ふふう》にしたく存じます」

鄧艾が司馬昭に、そんな提案をしてくる。その理由は劉禅を厚遇して、呉帝（孫休）が安心して降服する材料にしたいからだと。

「勝手をせず、魏宮廷からの指示を待て！」

そのような命令書を、今度は伝令ではなく廷尉卿の衛瓘《えいかん》に持たせた。その際、司馬昭は彼に耳打ちする。傍にいた炎だけが、その内容を知って、先々の展開を頭に描けていた。

衛瓘は、蜀の成都城外に野営している軍の幹部を犒《ねぎら》って歩いた。その後、鍾会他数名の将軍と護衛兵を連れて、鄧艾に面会した。

「鄧士載殿、司馬大将軍からの命令書です」

衛瓘が件の文書を読み上げると、鄧艾は吃音烈しく反論する。

「しょっ、蜀を滅ぼした今、せっ、先決なのは、ごっ、呉を攻めることです。ちょっ、朝廷からの、しっ、指示を待っていれば、じっ、時期を逸するのです。しょっ、将軍を託されれば、めっ、命令は、独自に出せましょう」

鄧艾がここまで言ったとき、鍾会と胡烈らの将が彼と鄧忠、師纂へ剣を突き付けた。

「図に乗るな。士載は反逆罪ぞ！」

鄧艾は押さえ込まれて縛られ、檻車《かんしゃ》（囚人護送車）に乗せられる。息子の鄧忠や師纂も一緒で、重要人物を運ぶ形態である。

「なるべく早く、洛陽へ届けよ」

衛瓘は叫ぶと、檻車を洛陽へ向けさせた。

司馬昭と炎は、早馬の使いから、それらの経緯を聞いた。だが、それから五日も経たぬ間に、とんでもない知らせが舞い込む。

「鍾将軍と姜伯約が反乱を起こしましたが、残りの郭将軍たちが何とか鎮圧しました」

魏の鍾会と蜀の姜維が、一緒に反乱を起こしたと報告されても、何が何やら司馬昭や炎に解ろう道理がない。

「鍾士季と姜伯約は、敵味方だ。二人の争いを郭将軍が止めたのか？」

「いえ、そうではなく、鍾士季殿と姜伯約が結託して、魏の将軍を牢に入れて皆殺し」

報告に来た早馬の連絡係も昂奮している。

彼を落ち着かせて、ようやく内容が詳《つまび》らかに解ってくる。

「鍾士季殿は姜伯約を捕虜とされていましたが、毎日顔を合わせて話し込まれる内に、随分と仲がよくなられたようで」

「ほう」と、司馬昭は不思議がるが、炎はあり得ると思った。それは祖父司馬仲達が、諸葛孔明の話をするとき、尊敬の念があると感じ取れていたからだ。もし二人に、話しあう状況が与えられていたなら、肝胆相照《かんたんあいて》らす仲になっていたようにも思えた。

「鍾士季と姜伯約が仲間同士になって、魏の部将たちを牢に閉じ込めたのです」

「そんなことで、何を図ったのだ？」

司馬昭でなくとも、不思議な思いである。

「蜀の乗っ取りだったとのことです」

その説明に、司馬昭も「あっ」と声を出した。鄧艾に蜀降服の栄光を奪われ、蜀の支配もされたとあれば、後は完全に自分の領土とするしか、見返したことにならない。

鄧艾を謀反の罪で讒言《ざんげん》し、積極的に告発したのも鍾会であった。そして鄧艾が檻車で連れ去られた後、成都で蜀全体を差配する地位が空席となっていた。

衛瓘も蜀へ派遣はされたものの、司馬昭の上意を、将軍たちに下達させるのを義務としていた。政権と兵権の空白があったのだ。

鍾会は、間隙に巧く入り込もうとした。魏の将軍たちを捕らえて幽閉し、魏と蜀の軍併《あわ》せ二十万を、自らの支配下に置こうとした。

ここで胡烈の部下丘建《きゅうけん》が差し入れを要求し、鍾会が許すと何かと食物を持ち込んだ。

ここに鍾会と姜維に油断があった。胡烈は部下の差し入れを受け取る際、大嘘を言う。

「鍾士季と姜伯約は、大きな穴を掘って、お前ら兵士を片っ端から撲殺して、焼くか埋めるかの陰謀を進めている。助かりたいならば、奴らを捕らえることだ」

胡烈の虚言は図に当たり、兵たちは鍾会を憎み姜維を恐れて暴動を起こした。ここで二人は殺害されたが、劉禅の長男（皇太子劉璿《りゅうえい》）も混乱の中で殺害されている。

また、護送されていた鄧艾と鄧忠、師纂らも、胡烈が立てた追っ手に殺害された。

第五章

魏禅譲

25

「成都での騒乱を嗅《か》ぎつけられて、呉に付け入られたな」

司馬昭が、溜息交じりに嘆く。

呉の将軍陸抗《りくこう》や歩協《ほきょう》、盛曼《せいまん》の呉軍が、巴東《はとう》（四川省東部）へ攻め込んできたのだ。

そこを蜀の守備隊長の将軍羅憲《らけん》が烈しく抵抗して保《も》ち堪《こた》え、呉軍を領内から徹底的に退却させた。彼は魏（司馬昭）に称賛され、そのままの身分を保障された。

実際のところ、呉軍の退却は、皇帝孫休が突然崩御したのが主な理由だった。だがそれは、後日判ったことだ。

どちらにしろ、これは魏にとって、天の采配が行き届き過ぎている観があった。

呉の新皇帝は、孫晧《そんこう》といった。

二宮事件で割を喰った孫和《そんか》の長男である。このときの丞相に、孟宗竹《もうそうちく》の語源になった孟宗がいた。

彼がいた頃の孫晧は、鰥夫《やもめ》と寡婦《かふ》を娶組も添《そ》わせたり、動物園の鳥獣を放ったりして、まだまだ善政を敷いていた。それはある意味で、魏の脅威となりえた。

その本性は、後に剝《む》き出しになっていく。

「さて、どうしたものかな?」

晋王となった司馬昭は、一つ悩んでいると炎に打ち明ける。

「父上、いかがなさいました?」

「晋国の後継者を、どうするかだ」

父親がそう言うのは、必ずしも炎が後継とは限らぬという意になる。他にあるとするならば、弟の司馬攸だろう。

彼は、司馬師の養子になっている。だから本来の司馬氏統領の座は、司馬師にあったとする司馬昭の拘《こだわ》りである。

このようすに、炎はさっぱり埒《らち》が明かぬと感じている。

「それは、氏一族に諮《はか》ってみれば、いかがでしょう? 父上が御自身で決めかねておられるなら、御長老も含めての意見が、ここは一番重要ではないでしょうか?」

「それも、そうだな」

一族が集まるときは、司馬攸の屋敷にある堂となるのが、不文律だった。当家の郎党が何軒もある司馬屋敷へ使いに走り、司馬氏一族の寄合があると、急ぎ伝えて廻った。

決められた日時には、長老の司馬孚《ふ》らお歴々をはじめ、主だった叔父連中の司馬亮《りょう》や司馬伷《ちゅう》、司馬倫《りん》らが、供を引き連れ三々五々と集ってきた。

炎がこのような提案をしたのには、彼なりの勝算があったからだ。

「諸氏にお集まりいただいたのは、他でもない。この度晋国を建て、我が初代国王に収まったが、太子は如何に冊立するべきか?」

司馬昭が言うと、次弟の亮が言う。

「当主を兄上がお継ぎなのだから、当然ながら長男の炎に決まっておろう。そもそも、何を迷うことがあろうか？」

当然予想された返答で、ほとんどの司馬氏が同意見らしい。だが司馬昭は敢えて言う。

「司馬氏の統領は、以前も申したとおり、本来兄の司馬師が受け継ぐべき座を、兄不在となったため、我が臨時に受けたと存じております。それゆえに、元の家系へ戻すべきが筋と心得ます」

司馬昭が正論を展開すると、聞き飽きたとばかり最長老の司馬孚が、全員を睨《ね》め回す。

「そうしたところで、受け継ぐのはお主の三男大猷《だいゆう》（攸）ではないか。高い所から大きく見れば、三男が長男を飛び越えて、位を持っていく。それでは宜しくなかろう」

その声に、誰もが「そうだ。そうだ」と異口同音に言う。そこで「お前はどうだ？」と、司馬攸の意見が訊かれる。

「我の義父は、元司馬氏の統領というだけのことで、今決めるのは晋国王の太子です。我は、明らかに別の事柄と存じおります」

この意見は、司馬攸の面目躍如たるものがあった。まだ十八歳の若者にしては、随分確《しっか》りした意見である。

「よう言うた。それでこそ大猷じゃ。ここは兄に、花を持たせてやったのじゃな。どうだ子上（昭）よ。どう見ても、それが真っ当な意見ぞ。誰一人、反対はしまい」

司馬孚が衆議を一決しようと、声を荒らげる。そこで、炎も意見を求められた。

「我は、皆様の御意見に従うのみです」

炎は無難に応えたが、内心ほくそ笑んでいた。このようになることが、おおよそ読めていたからだ。

彼自身、勉学にもそこそこ励んでおり、中護軍の務めも卒なく熟している。だから、大きな反対はない、と踏んでいた。

これで太子の座が決まれば、曹奐《そうかん》から禅譲を受けて晋帝国が成立する。そうなれば、炎は皇太子、将来は皇帝の座が約束される。

この日の司馬氏の寄合は、将来を占う大きな意見交換の場となった。

その後、敗戦国の蜀から、様々な物が到着し始めた。その地方の特産物、茶や米は無論のこと、蜀軍が備蓄していた武器などもかなり大量に入ってくる。

それから、人の波もあった。奴隷、兵士、職人や農民、それに蜀の皇帝だった劉禅や後宮の美女連も来たのだ。

彼らの到着は、鳴り物入りだった。

劉禅の行列を持ち詫びる都人士で、洛陽の大路はごった返した。やがて元皇帝の専用車に美女連の馬車もつづいた。

元皇帝の専用車には、元皇后だけが付き添っているが、美女連は四人駆けの蓋付き馬車を五台つづけ、その後を家来の騎馬が十騎、お付きや下働きの男女も二十人ほどいた。

だが、後宮の美女たちは何千人かいたはずだ。そのほとんどは逃げたか、魏軍の将軍や校尉が妾として持っていったのだ。

司馬昭は、それを大目に見ていた。

元号が咸熙《かんき》と変わり、劉禅には安楽侯なる貴族の称号と屋敷が与えられた。蜀が魏の徳を慕って、併合された象徴とするのだ。

彼らが洛陽で落ち着くまで、半年以上はかかるだろう。だが司馬昭は、それを待たず宴会を開いた。

名目は「安楽侯、成都からようこそ」と銘打つものだった。

宴会は司馬昭の肝煎りとあって、洛陽の主だった貴族はほとんど参加した。司馬昭が杯を上げて、「安楽侯を洛陽にお迎えできて」と挨拶し、乾杯の音頭を取ると、立ちあがった安楽侯（劉禅）は、満面笑みを湛えて一気に飲み干した。

その、あっけらかんと無邪気に宴を楽しむようすには、魏の面々が却って鼻白むほどだった。国が亡んだとは、つゆ思っていないような態度だからだ。

司馬昭は用意していた楽団に指示して、ある曲を演奏させた。

「あっ、あれは……」

旋律を聞いて困ったような表情をしていたのは、劉禅の付け人郤正《げきせい》だった。それは蜀地方の曲だったからだ。

「久し振りに、故郷の音楽はいかがかな？」

これは明らかに、司馬昭の悪趣味である。だが、劉禅は全くめげていない。

「魏では毎日が楽しく、もう蜀のことはすっかり忘れました」

彼はそう言って笑い、膳に出された食物を片っ端から平らげている。何と能天気な男よと周囲は呆れるが、本人は至って朗らかだ。

「公。このような時、蜀には先祖の墓があるゆえ、思い起こして涙が出ますとでも、お応えいただきますように」

思い余った郤正が、劉禅の袖を引いて窘《たしな》める場面があった。嫌味で揶揄《からか》ったつもりの司馬昭も、ここまで反応が鈍ければ、もう必要以上に彼を弄《いじ》れなくなる。

この話には後日談がある。この日の逸話を聞いた貴族が宴に彼を招待して、同様に楽団を用意して蜀の曲を演奏させ、同じ質問を試みたらしい。

「蜀には先祖の墓があるゆえ、思い起こして涙が出ます」

劉禅は、一言半句変更せず応える。

「これはこれは、郤侍従が教えられたままでございますな」

「はっはァ、そのとおりにて」

ここまで悪意に対して、何の抵抗も示さなければ、仕掛ける方が消沈する。それゆえ、もう誰も楽団を使わなくなった。しかし、その代わりでもないが、あるときの宴会で、酣《たけなわ》になって廁が混み合った。

「これでは、小用が足せぬなァ」

劉禅がそのように小声で言ったとき、招待者は廁の戸口に並ぶ者の先へ案内しようと言いだした。だが劉禅は郤正に指示して、大きな尿瓶《しびん》を取り出させる。

「寡人は酒が好きで、宴会では大いに呑みます。ですから携帯しておるこれで、隅にて」

彼はそう言って、楽しそうだった。

このような逸話が満載の人物で、劉禅は洛陽の宴会では引っ張り蛸の人気者になっていく。それは魏に、いや、司馬昭にとっても、蜀を平和裏に併呑した具体例となるので、決して悪いことではなかった。だが、このような馬鹿馬鹿しくも微笑ましいようすとは全く逆の、暴君を地でいく君主が、隣国呉に出現した。いや、豹変した挙句と言うべきだろう。

一旦は善政を敷いたはずの孫晧が、突然酒と女だけに現《うつつ》を抜かし始めたのだ。彼を皇帝位へ即けたのは濮陽公と張布だったが、「返す返すも」と後悔する。すると即刻讒言《ざんげん》され、その日の内に誅殺の憂き目を見た。

司馬昭はそんな噂を聞き、蜀からの降将二人を降服の使者にした。無論断られたが、二人が生還してきたのは奇跡だった。それは不都合な噂など、嘘だと喧伝するためだった。

26

咸熙《かんき》二年（二六五年）が明けると、司馬昭が身体の不調を訴え始める。左右の顳顬《こめかみ》がときおりずきずきしたり、息苦しさを感じると零《こぼ》したりしている。

この年は、禅譲の儀式を執《と》り行い、いよいよ晋帝国の初代皇帝に収まる。それこそが司馬昭、最大の望みであり予定でもあった。しかも、準備は着々と調いつつあるのだ。

魏最後の皇帝奐も、その辺りは充分言い含められていて、覚悟を決めているように見受けられる。

「もう直ぐでございますな」

中護軍の詰所から出るのを待っていて、声を掛けてきたのは部下の王戎《おうじゅう》であった。やや小柄な彼は、劉伶《りゅうれい》や向秀《こうしゅう》、山濤《さんとう》などと一緒の、熱心な清談仲間であったはずだ。

最近嵆康や阮籍が亡くなったので、弟の阮咸《げんかん》なども混じっているらしい。

「余り、大声で言わないでくれ」

王戎は炎より二歳年長であるが、身分は炎より低くなる。だから、炎が不遜にならぬよう気を遣っているのだ。

司馬昭が晋を建ててから、王戎がやたらと接近してくる。当然ながら将来の地位を狙ってのことだろうが、清談を好む者でもその辺は阮籍らとは違うようだ。

つまり王戎が、世俗的な気質を全く隠そうとしないからだろう。そこで炎は、王戎の虚を突くような言葉を浴びせる。

「娘を埋める奴の弟と、清談は楽しいか？」

言葉には、毒と皮肉が込められている。

「噂どおりのようなことも、あろうかと」

王戎は、敢えて否定しなかった。それは人情に冷たいのか、さもありなんと考えているのか、もしくは両方かもしれない。どちらにせよ、心底からの隠者ではないのが判る。

「阮仲容《げんちゆうよう》（咸）も、瀕死《ひんし》の姪を、平気で埋めそうな人物ということか？」

「根っからの隠者は、肉親であっても死に際して、感情を動かされぬものです。荘子は妻が死んでも、酒を呑んで唄っていました。だから阮嗣宗も同様でした。瀕死であったならば、取り敢えずは助けましょう。ですが、死んでいると判ったならば、埋めかねませぬ」

王戎の明快な応えだった。それで炎は、妾の香嬌が阮籍に埋められたと、関与を再び確信した。ここまで明快になると、心が澄んでくる。そこで王戎に向き直った。

「清談も好いが、今後は我に、どこまでも尽くしてくれぬか？」

これには言われた王戎も愕き、また我が意を得たりとばかり、満面笑みで応える。

「無論でございます」

王戎が炎を呼び止めたのは、それだけではなく、別の話があったのだ。

「呉ではまた、皇帝晧がとんでもないことをいたしましたぞ」

孫晧の乱心は、もう充分に聞こえてきている。それがあろうことか、司馬昭へ「晋建国」の祝いの使者を送ってきたのだ。

そこまでは祝いの品を届けて口上を述べただけだから問題はないはずだった。

ところが皇帝晧は、使者が司馬昭を褒め過ぎたと怒りだし、緊急の帰国命令を発して、戻った使者を処刑したのだ。報告を聞いた司馬昭も宮廷人たちも、ただただ呆気に取られただけだった。

「もう、何を聞いても驚かぬな」

炎が皮肉ると、王戎は笑いながら言う。

「呉の朱皇太后（孫休の后）が降格処分を受けたうえ、宮廷内で暗殺されたとか」

「何と。確たる理由があるのか？」

「さあ、噂では、気に入らぬからとか」

妙な理屈を述べられるより、理不尽なことの方が、孫皓らしいと言える。後々伝わってきた葬儀の方法も、実に簡素で元皇后を悼む形式ではなかった。

それでも炎には、妙な安堵感があった。

「ますます呉が、魏に武力で向かってくることはなさそうだな」

「ありますまい。禅譲のために充分な準備ができましょう」

王戎は、そう言うと去っていった。

彼としても要は禅譲後の人事に、良い地位への異動を願っているだけなのだ。清談から一番遠い行為だから、彼らしいと言えば言える。炎にとっては、阮籍のように隠者を演じている人物よりも、却って信頼できる。

要は利益を示せば、それに喰いつくのだ。

その後、禅譲儀式のため、式台の造営や冠や笏、高坏などの小道具や書類やらが揃えられていく。式次第の整理もあり、文官らが滞りなく行いたいと、出席者の衣裳まであれこれ注文を付けだした。

出席予定者らも、細々《こまごま》とそれらを揃えるため、日常を忙殺されていった。ただその中で一番肝心な司馬昭が、頭痛からも息苦しさからも解放されないでいる。

「さあ、もう少しですぞ。儀式が終わってしまえば痛さも息苦しさも、きっと何処かへ素っ飛んでいってしまうでしょう」

気休めの励《はげ》ましを受けながら、司馬昭は禅譲に向けて様々な事務処理に努めていた。それでも目に見えて、眼窩《がんか》の窪みや身体の痩せ具合から衰えが判ってくる。

そんなとき、また呉皇帝（孫皓）の乱行が噂を運んできた。それは西陵督歩闡《ほせん》の上表に従って、現在の都建業《けんぎょう》から、武昌《ぶしょう》へ遷都するというものだ。

まだ準備段階なのかと問うと、そうではなく、急な発表に皇族官僚などの宮廷人から、軍の幹部だけでなく軍兵も、また建業在住の都人士までが猛反発しているらしい。

これという必然的な理由などなく、皇帝皓の只の思いつきだけである。

「それならば、そのどさくさを突いて、呉の併合を謀《はか》ればいかがでしょう？」

そのような意見が出てくるのも、当然のことだ。しかし、余りにも時期が悪い。せめて禅譲がすんでからでないとと、誰もが思う。

しかも、司馬昭自身の体調がここまで崩れていれば、攻撃命令どころではない。一方の呉は呉で、誰一人として嬉しがらぬ遷都を、しょうがなく行っていく。

その行列を見ながら、長江北岸地方に布陣する魏軍は絶好の機会を、歯軋《はぎし》りしながら見逃すしかなかったのだ。

「ここへ、攻撃をかけねばなあ！」

「司馬大将軍が危篤だと、主上（曹奐）まで回復祈願しおられる最中、そこは自重だ」

報告は、当然ながら炎にももたらされる。

「がら空きになる建業の守備将軍は、あの諸葛靚《しょかつせい》だそうです」

久し振りに聞く、旧友の消息だった。

諸葛誕が反乱を起こして以来であるから、もう八年が過ぎようとしている。

炎は、元気にしてくれていたのかという安堵感と、どうしてこのようになったのかという運命の無常感に漬《ひた》っている。

だが、そのような感傷も、ほんの少しの間だった。夏から初秋の涼風が感じられるようになった頃、遂に司馬昭は、頭痛と息苦しさが回復せぬまま鬼籍に入った。

禅譲を目前にして、その無念さは思い遣るに余りある。ここまで、義理や筋を通すことを考え抜いてきた父へ、炎は涙していた。しかし、その時間もなかったのだ。

「ここは、お前が代わりに即位せねば、誰が皇帝になるのだ！」

長老の司馬孚に強く言われ、炎ははっと身を固くした。

今までは、禅譲後には皇太子になるものだとしか、思っていなかった。しかし、司馬昭が他界した今、禅譲を受けるのは他の誰でもなく、自分しかいない。司馬攸などではないと、ようやく自覚したのだ。

それでもとにかく、司馬昭の葬儀が先決だった。お膳立ては、儒者が一切を受け持つ。式次第の進行は、彼らに任せればいいのだ。

「本日は、我めが介添え役を務めます」

葬儀の最中、そう言ってくれたのは、中護軍将軍の賈充《かじゅう》であった。その背後にはちゃっかり王戎も控えている。他にも知った顔触れがあり、炎の気持を落ち着けてくれた。

会場には洛陽中の司馬氏関係者や、宮廷人や官僚、役人、将軍と校尉などが集まった。彼ら一人一人が弔意を示して、葬儀は総て滞りなく終わった。

「禅譲も、これと同じ要領なのか？」

炎は、賈充にぽつりと訊いてみた。すると彼は、「多分」と応えて畏まる。そこには根本的に慶弔の違いがあるのだが、彼の思いは精神的な緊張の度合いだろう。

　葬儀を終えてから、炎はこの先をさまざまに考えてみた。即位の暁には、司馬昭に皇帝としての諡《おくりな》を考えねばならぬはずだ。いや、その前に御陵を築こう。

　このように先々の思いを廻らせると、気が遠くなりそうだった。これらの事々は、皇太子時代にゆっくりと計るつもりでいた。それでも事態は、そうはさせじと前倒しで迫ってきている。

「咸熙二年も、もう一ト月余りです。即位されて元号を変え、新年はその二年となります」

　儒家代表はこのように勧めてくるが、炎は少なからず混乱していた。皇帝に即位する時期が、想像より早過ぎて、なにをすればいいのか解らないからだ。

　屋敷へ帰ると、妻の楊艶と妾の左杲《さこう》が肩を並べて待っていた。

「お疲れになりましたか？」

　二人が笑顔で迎えてくれて、余計に全身が重くなる。

「もう、これ以上、疲れとうない」

　炎がうんざりした表情で言うと、楼の一階へ食事が運び込まれ、三人で賑やかに食べることとなった。

27

　禅譲の儀式もあっと言う間に終わった。いや、司馬昭が急逝したことで、曹奐《そうかん》が御位に未練を持って渋りだしたため、賈充《かじゅう》や裴秀《はいしゅう》、王沈《おうしん》、羊祜《ようこ》、荀勗《じゅんきょく》、石苞《せきほう》、陳騫《ちんけん》といった重臣らが「魏の天命は尽きております」と、天文官の見立てを根拠に厳しく引導を渡した。

それゆえ炎自身が上の空で、言われるままに行動していただけだった。彼らは以降、「佐命《さめい》の勲《くん》」と呼ばれることになる。

元号は泰始《たいし》元年（二六五年）となり、一ヶ月も経たず翌一月から、泰始二年（二六六年）となったのである。その際、新年の祝いを兼ねて、初代晋帝即位の宴が行われた。昨年内は司馬昭の忌中なので、敢えて年を跨いだのであった。

出席者は司馬昭葬儀の会葬者とほぼ同じだが、安楽侯の劉禅《りゅうぜん》と、陳留王に格が下がった曹奐が顔を出していた。劉禅は相変わらずの調子で、能天気に笑って呑んでいる。

「安世殿、いや、失礼。主上とお呼びすべきでしたな。おめでとうございます。寡人はいつまでも、臣下として侍《はべ》っておりますぞ」

一方の曹奐は、傀儡《かいらい》であったとはいえ、一抹の寂しさを表情に出して沈んでいる。そこへ長老の司馬孚が寄っていき、杯を持ち一杯勧めている。

「これは、司馬家の長老閣下に酌をしていただくなど畏れ入る。ただ、右史《ゆうし》と左史《さし》が消えたので、自由にはなれました」

曹奐には五代四十五年で滅亡した「魏」最後の皇帝として、悔恨《かいこん》の情と慚愧《ざんき》の念が綯《な》い交ぜにあるのだろう。劉禅と大違いである。

「何を仰せか陳留王。晋へと国名が変わりましても、我は死ぬまで魏の家臣であるつもりでおります。お困りの節は、いつでも馳せ参じます。どうぞ、御遠慮なく」

齢《よわい》八十六の司馬孚なら、まだ二十歳の曹奐に駆けつけてもらう事態が発生しそうだ。ただ、そこは愛嬌というものだろう。

炎はそのような光景を眺めていたが、近づいてくる者らもいる。司馬亮《りょう》、司馬伷《ちゅう》、司馬倫《りん》ら、若い叔父たちだ。

「もう、安世と呼べなくなりましたな、主上」

「公式の場でなくば、安世で構いませぬ」

「いや、それがいかんのです。我ら一族といえども、君臣の礼を忘れまじです」

若めの叔父たちは、けじめを弁《わきま》えようと一族に示したいようだ。それはそれで結構なことだが、酔いも手伝って話が逸《そ》れる。

「皇帝は、後庭ではなく、後宮を持たねばなりませぬぞ。後宮を！」

どう違うのだと訊けば、話が永《なが》く諄《くど》くなるので、炎は笑って聞いていた。

「そうです。美女を片っ端から捕らえてくれれば好いのです」

「それでは、盗賊同然ではないですか！」

酔った叔父たちは、口々に好き勝手な御託を並べ立てる。彼らの言うとおり、確かに様々なものを調えねばなるまい。

大臣たちの編成、つまり組閣は無論のことである。卑近なことでいえば、身の回りの世話をしてくれる郎官、外出時の警護役たる近衛兵も選ばねばならぬ。そして、叔父たちが嘴《くちばし》を挟む後宮もある。

だが、それについては先日、楊艶と左杲からも人選に関する提案があった。

「皇帝ともなれば、宮城内に後宮をお持ちになりましょう？」

「まあ、そうだな」

炎が曖昧に応えると、楊艶と左杲二人が身を乗り出してくる。

「どうしたのだ？」

炎が、思わず後退る勢いだった。

「後宮へ、どのような女性をお入れになるかで、晋という国の将来が決まりますぞ」

「ほう、そんなものか？」

返事をしながら、炎は二人の顔をまじまじと眺めていた。国家が瓦解するのは、皇帝が頼りなく大臣に権勢を奪われてしまうからだと、炎は認識していたからだ。

だが、翻って考えてみれば、彼女たちの言うことにも一理ある。後宮の女たちが採めたり、君主が美女の虜《とりこ》となって政治的な情熱を喪失する事例は掃いて捨てるほどある。

「夫差《ふさ》に西施《せいし》、項羽《こうう》に虞美人《ぐびじん》、成帝《せいてい》に趙姉妹《ちょうしまい》など、並べれば切りがございませぬ」

楊艶が言うと、左杲が畳みかける。

「そこへいくと漢の高祖は、不美人の呂后《りょこう》だから皇帝に登り詰め、元帝は王昭君《おうしょうくん》を匈奴へ行かせたから、皇位を全うできたのです」

それを引き取って楊艶が重ねる。

「曹孟徳（操）は、鄒夫人《すうふじん》と懇《ねんご》ろになったため大火傷をしました。孫策と周瑜も、美人の橋姉妹《きょうしまい》を分けあったために命を縮めたのです」

女たち二人が言いたいのは、美女を相手にすると陸《ろく》なことがないの一点だ。つまり、後宮に美女を集めて、自分たちが忘れ去られることを、極端に警戒しているらしい。

「それで、そなたらの目矩《めがね》に適った女を、後宮へ誘《いざな》うというわけか？」

炎が諦めたように言うと、二人は我が意を得たりとばかり口角を上げる。

「では決まりましたぞ」

炎は即位祝賀の前、既に妻や妾から出端を挫かれていたのだ。そんな経緯を知らず、若い叔父たちは気勢を上げていた。彼らは後宮に思いを馳せて、羨望の眼差しを投げかけていると見えたが、本心は別にあった。

「ところで主上、先の魏や、溯って後漢が滅亡した理由は、何だと思し召される？」

若い叔父の兄貴分司馬亮が、急に真面目な問いかけをしてくる。そうなると、炎も襟を正して応えねばならない。

「後漢は外戚や丞相が強くなって、皇帝の力が殺《そ》がれました」

古くは和帝の竇氏や鄧氏、少帝の閻《えん》氏、それから質帝に跋扈《ばっこ》将軍と呼ばれた梁冀《りょうき》、何《か》皇后の兄何進《かしん》らが、外戚の力を見せつけて国威を貶《おとし》めたのだ。

「後漢はおおむねそのとおりですが、魏はいかがかな？」

「魏は、皇族を蔑《ないがし》ろにいたしました」

「ほう、それはどのようにでしょう？」

叔父たち三人は、意外そうに炎を見る。

「文帝の処置は、叔父上たちの記憶にも」

炎が言うのは、曹丕が曹植にした扱いである。同母の弟であるのに、いや、それだからこそ、洛陽に置かず地方の痩せた土地へ赴任させ、従者も年配者ばかりにしたことだ。

「確かに安郷《あんごう》、鄄城《けんじょう》、雍丘《ようきゅう》、浚儀《しゅんぎ》から、また鄄城、東阿《とうあ》、陳《ちん》と転封に次ぐ転封で、鬱々とした晩年だったようです。しかし、これは何も、この方だけに限ったことではございませぬ」

相槌を打つ司馬亮も、これらの事実を見ていたわけではなく、後日知ったのだ。それにつけても、魏の皇族に対する政策は、経済力と軍事力を割き、ただいるだけの存在に成り下がらせていた。

それも、皇帝の継承に直系がつづけば良かったが、他家から継ぐと尊重されない傾向があった。曹叡《そうえい》以降の曹芳《そうほう》、曹髦《そうぼう》、曹奐《そうかん》らが好い見本になろう。

彼らが傀儡《かいらい》にしかなりえなかったのは、若輩者という理由だけではなく「傍系の冷や飯喰らい」と、周囲から軽い存在と見られていたことが、もっとも厳しい理由だった。

「ですから、少なくともこのようなことにならぬよう。一族を大切にいたします」

炎の一言に、叔父たちは喝采する。

「よう言うて下さった。我ら司馬一族、皆が期待しておりますぞ」

彼らはそう言うと、目的を達成したかのように、炎のもとから離れていく。代わって、荀勗《じゅんきょく》が挨拶に罷《まか》り出《で》た。

「我は、お父上に御恩がございます」

「ほう、どのような?」

「蜀へ侵攻なさるとき、将軍の推薦を問われまして、鄧士載（艾）と鍾士季（会）を推薦したのは、我めでございましたゆえ」

そう言えば、「推薦者を処断せよ」との声が上がっていたとも仄聞した。しかし司馬昭は、「そのような声など聞く耳持たぬ」と、突っ撥《ぱ》ねていた。

「鍾士季も、蜀滅亡に尽力した。そなたは、その力を見抜いたのだ。後の反乱を見抜く者など、一人としておるまい。気になさるな」

「だが、彼の反乱を予想していた者たちも」

荀勗は、どこまでも平身低頭している。

「それは朕の母（王元姫）も、油断のできぬ人物ゆえ、権限を与えるのはどうかなどと、申しておった。それは性格の判断だ。もうそれ以上、御身を責められるな」

荀勗を慰めていると、話を聞き嚙《かじ》った男が拱手して入ってくる。

「臣祜《こ》、慎んで申しあげます。我師も、鍾会はいつまでも誰かに仕えておらず、きっと好き勝手に振る舞うと、申しておりました」

つまり、人物評価と予言は違うと言って、荀勗を助けているのだ。

「そこもとは、朕の義叔父に当たる者か？」

男の名は羊祜《ようこ》といった。伯母（羊徽瑜）の弟である。そこで彼に、呉への侵攻をいつすべきか問うてみた。

「まだ、しばらくお待ちになるべきです」

「今直ぐでは、無理なのか？」

「攻めれば勝てるでしょうが、犠牲者が多く出ましょう。時間を掛けるほど、呉は」

呉はもっと疲弊していくと、羊祜は言い募る。それは、暴君の孫晧がますます暴れて、呉の民草も軍も、皇帝を見離す時期が来ると読んでいるかららしい。

それから侵攻すれば、晋軍の犠牲者も少なく、相手方もどんどん降服するから、働き手を多く確保できると言うのだ。

「なるほど。国境を厳重に監視しながら、孫晧の自滅を待つのが上策だな」

そのように説得されれば、互いに最も損失のない方法に思えた。

28

炎が皇帝に即位してからの一年は、総てを調えるだけで過ぎていった。組閣から大臣の任命を始め、それ以外の細かい人事も、無論のことだ。

しかし分けても気を遣ったのは、縁戚の司馬氏二十七人を、例えば司馬亮《しばりょう》を汝南王《じょなんおう》に、司馬伷《しばちゅう》を琅邪《ろうや》王《おう》、司馬倫《しばりん》を趙王《ちょうおう》などと、郡王として各地に封じることだった。

その際、魏と差別化を図るため、軍事力も経済力も剝奪しなかった。これで少なくとも、彼らの不満などないはずだ。

また司馬攸は、一族でも特に優遇して斉王とした。これは魏の文帝（曹丕）が、実弟曹植を冷遇し過ぎたことへの裏返しである。

彼は実父の司馬昭が亡くなったとき、悲しみの余り数ヶ月も食事が喉を通らなかった。心配した母（王元姫）らが説得した挙句、ようやく食事に手を付けたという。

その後、斉王になっても人格が変わることなく、部下にも領民にも暖かく接しているとの評判を取っていった。

「さすがに呉帝（孫皓）のような掌返《てのひらがえ》しはなかったわけか」

炎は司馬攸が、芝居がかった行動をすると見做していた。だから、彼の変わりなさは、ある意味不可解でもあった。

禅譲に際して前線で働いた「佐命の勲」筆頭の賈充《かじゅう》は司空《しくう》に、羊祜《ようこ》は中軍将軍《ちゅうぐんしょうぐん》、裴秀《はいしゅう》は尚書令《しょうしょれい》と光禄《こうろく》太夫《たいふ》、王沈《おうしん》は御史大夫《ぎょしたいふ》、石苞《せきほう》は大司馬《だいしば》、陳騫《ちんけん》は車騎将軍《しゃきしょうぐん》、荀勗《じゅんきょく》も最側近の大臣にした。

これだけではなく、他の重職にも学識と礼教を重んじる人物を配した。また、後漢劉氏や魏曹氏一族にも、任官を禁止することはなかった。不遇だった曹植の子曹志《そうし》や諸葛亮の子孫も任官させた。

これは、晋の懐《ふところ》の深さを見せる効果があったようだ。それと、秦から漢の時代に行われた民爵《みんしゃく》の制度も復活させた。一般庶民にも爵位を与えると、それはそれで人気があって喜ばれた。爵位によって、できうることが増えるからだ。

炎の政策は、また別の意味からも評判を上げることとなる。ただ、この位に即いてから、窮屈なことが二つ増えた。まずは、皇帝専用の冕冠《べんかん》を被ることである。それも旒《りゅう》という垂れ下がった飾り紐が幾つもあり、目前で揺れるのが、実に鬱陶《うっとう》しいのだ。

もう一つは、右史《ゆうし》と左史《さし》なる役人が常に左右に付いていることだ。

曹奐が宴会時に、彼らがいなくなって自由になったと言っている。その意味が、ここで初めて判った。右史とは皇帝のしたことを記録し、左史は言葉を記録する役目である。

曹奐は傀儡ゆえ、大したことはせず、発言も決められた台詞だけだった。それでも、二人の存在が負担だと述懐していたのだ。

炎の場合は自由に行動できる分、史官二人も忙しい。慣れるまで、自らも煩わしかった。

今日は、大司空に出世した賈充が来る。

「主上は、魏とは全く違った体制をお調えになっています。それにつきまして、新たに法を整備させて下さい」

もっともな提案であった。司馬一族を郡王として封じ、軍兵も金銭も取りあげなかったこと一つでも、それまでの法とは違う。法は、時代にそぐわねばならないのだ。

「かつて秦は、戦国時代を乗り切って終熄させるため、厳しい法を作った。だが、統一して太平になったにも拘わらず、法を厳しいまま運用し、民心の反感を買って反乱が起こったのだ。その轍《てつ》を踏まぬためにもなァ」

炎は、後漢や魏の不備を調えたいのだ。

「はい、必ずや民が安心して生業に就けるよう、細かく目を配ります」

賈充も、情熱を傾けている。彼自身、ここまで出世できて、張り切っているようだ。

「作業には、かなりな時間と労力がかかろうが、やってくれるのか？」

「はい、身命を賭して」

史官二人は、それぞれ書き留めている。それは、皇帝の相手にも及んでいるらしい。

賈充は法整備を任されて、血色の好い顔で踵を返していった。それと入れ代わるような恰好で、羊祜が報告にやってくる。

右史と左史を背後に控えさせたままで、炎は彼を笑顔で迎えてやる。

「やはり呉は、いや呉帝は、またとんでもないことをいたしました」

羊祜の言葉には怒りが混じっていて、やや震えている。

「どうした。今度は大挙して長江へでも飛び込み、長寿祈願でもしたのか？」

「いえ、またもや、遷都いたしました」

「今度は、さて、赤壁まで行ったか？」

「それが、もとの、建業にだそうです」

聞いた炎自身が、しばらく唖然とした。

「勝手にすればいいが、昨年末の騒動は、いったい何のためだったのかな？」

「我も、全く不可解です」

「当初は国倉を開いて、難民へ炊き出しをするなど、頗る善政を敷いていたというではないか？　なぜこうなったのだ？」

「聞く話では、もともと中原へ撃って出ようとの夢を持っていたやに聞きつけますが、誰かが国力の圧倒的な違いを説明した後から、自暴自棄になったとか」

そのように説明されると、孫晧の精神が壊れていった過程が、何となく理解できるような気がする。

「それならどう転んでも、元へは戻るまい」

「はい、あれではもう、決して正常な判断はできかねましょう」

これこそ、羊祜が口にしていた自滅説の、具体的な現れである。

「我を荊州辺り、呉との前線へ遣っていただけませぬか？」

「宮城の勤めは、性に合わぬか？」

炎の問いに、羊祜は口角を上げる。

「呉が滅んでいくのをこの目で見たいのと、できれば向こうの民草を救いたく」

彼が以前から言う、互いの被害を少なくする方法を実践したいらしい。

「希望は叶えたいが、しばし待ってくれ」

「はい、それでは我に何を？」

何をさせたいかと、羊祜は訊いている。

「軍事部門の問題を、指導して欲しいのだ。我には解らぬことが多いからな」

炎の言葉に、羊祜は拱手を繰り返した。

羊祜が去って、もう誰も来ないかと思っていると、子供がはしゃぐ声がする。

「正度《せいど》様、どちらに御座《おわ》しますか？」

左杲《さこう》に付いている宮女らが、司馬衷《しばちゅう》を探しているらしい。炎の長男も八歳になり、宮女らは彼に手習いなどさせたがっている。だが筆や紙を前にすると、司馬衷は逃げ出す始末で手を焼いているらしい。

「これ、正度。お付きの姐様たちを、困らせるでないぞ。さあ、筆を持って、教えてもらうとおり紙に何度も文字を書くのだ」

炎に命じられると、司馬衷は半泣きになって宮女たちに連れて行かれる。書物を前にしての素読も苦手で、直ぐに席を外して姿を晦《くら》ませてしまうと聞く。

これからどうなるか気掛かりだが、後宮は楊艶と左杲に取り仕切らせている。どのような妾を中へ入れるか、総てを二人に任せている。それが前々からの、二人との約束事だった。

その延長線上に、子供、つまり司馬衷の教育方針も入ってる。だから司馬衷には、「言うことを肯《き》くのだ」と、命ずるしかない。

後宮に関しては、総てこれと一緒だった。楊艶と左杲の意見に従うと、決めさせられていた。だから、炎の好みは二の次で妾も決められていくのだ。

ときおり期待を込めて、そっとようすを窺ってみたが、彼女たちの基準は下働きに熱心かどうかだけを問題にしているようだ。

あるとき卞藩《べんはん》の娘が容姿美しいと聞き、そのことを伏せて楊艶に入内《じゅだい》を促してみた。すると言下《げんか》に、

「卞氏は魏三代の后族（曹操の正妻は卞夫人）でありました」と猛反対された。美女であったことを知っていたのだ。

こうなると美しい妾など、夢に近いことになる。

その日も、司馬衷のようすを見ようと後宮へ行った。ところが司馬衷は、また彼女たちのもとから逃げて姿を消していた。

「どうしたものでしょう。手習い勉学の類いには、一切興味を示しませぬなあ」

「子供など、あのようなものです。今にきっと、自ら筆をお持ちになって、文字もしっかりお書きになりましょう」

皇后となった楊艶と、夫人に昇格した左杲が話しあっていた。彼女らも、司馬衷を持て余している。だが、そのようなことも、腕白の類いとして、普通は見過ごす。

炎が後宮を歩いて、姫妾たちと談笑していると、楊艶と左杲がそれと気づき、小走りで近づいてくる。

「主上、わらわも左杲も身分を確定していただきましたが、正度も皇太子に、冊立していただかないとなりませぬ」

長男だからという理由で、彼女たちは言うが、炎は応えを渋った。後宮で、やっと自分の意思を示せるものを見つけたからだ。

「しっかり手習いをして、論語の素読でもできるようになってからでも、決して遅くはなかろう。しばし待て」

炎がきっぱり言うと、二人は愕き慌てだした。炎の態度が予想外だったからだ。

「それはなりませぬぞえ。皇帝、皇后、夫人らが揃っておりますのに、皇太子だけ決まらねば、洛陽ばかりか国中の人心が落ち着きませぬゆえ。早う、お願いいたします」

「さようでございます。主上、なにとぞ」

炎は、楊艶と左杲の、取り乱したようなようすが面白かった。

「何も駄目だと言っておるのではない。手習いと素読だけだ。大した関門ではあるまい。それとも、おことら二人がついていて、双方ともできぬと言うか？」

29

「これは、御無礼を」

さっさと歩く皇帝炎に従うのは、郎官も右史、左史も苦労する。炎が廊下を曲がったとき、書類に目を通しながら歩いていた官僚とぶつかりそうになったのだ。

相手は皇帝と知って、平身低頭している。その姿に、炎が声をかける。

「そなたは、陳思王《ちんしおう》（曹植《そうしょく》）の御子息では」

炎が覚えているのは、自ら彼を任官させたゆえである。魏の文帝（曹丕《そうひ》）から徹底的に虐《いじ》め抜かれた父を持つ曹志《そうし》は、それゆえ晋官僚の一員に引き上げられていた。

「はい、聖恩のお蔭をもちまして、勤めさせていただいております」

曹志は、心から皇帝炎を崇敬しているような態度である。彼だけではなく、諸葛亮の子孫や後漢劉氏の血族も官僚の一部にいる。彼らが政治参画していることが、晋の中核の一部を構成すれば、反乱の芽を摘める。

炎だけではなく晋の大臣ら高級官僚も、そのように考えているのだ。炎自身も、善政を敷いているつもりである。

炎は宮殿の廊下を歩き廻って、官僚たちの仕事振りを見るのが日課になっている。歩き疲れると、執務室で一休みする。

「茶でございます」

給仕中の樊建《はんけん》が椀を差し出す。そう言えばこの男も、劉禅の一行となって、蜀からやって来た官僚の一人だ。そこで炎は、諸葛亮のことを訊いてみた。

「孔明殿は、どのような人物だった？」

「悪い点を指摘されれば必ず改め、失敗を決して強引に押し通そうとはなさいませなんだ。賞罰の間違いも一切ございません」

「なるほど、立派である。もし朕が孔明殿を傍に措ければ、今の苦労は半分以下だな」

炎がそこまで言ったとき、樊建の顔が引き攣《つ》ったように見えた。

「どうかしたか？」

炎が問い質すと、樊建は一呼吸も二呼吸も置いてから、徐《おもむろ》に口を開く。

「かつて前漢の馮唐《ふうとう》が文帝（劉恒《りゅうこう》）に述べた『廉頗《れんぱ》、李牧《りぼく》を手に入れても起用できない』を、つい思い出しました」

この一言は、皇帝に対し奉《たてまつ》り随分非礼である。だが、樊建は敢えて言って除《の》けた。それは、彼だけの思いではないからだろう。

「朕では、孔明殿を使えぬと言うのだな？」

皇帝に対して臣下がここまで言うと、それだけでも罪に問われる。場合によっては、処刑されるかもしれない。樊建は、それを承知で言っている。彼はつづけた。

「鄧将軍《とうしょうぐん》（艾《がい》）のことでございます。確かに、過度な自画自賛への反感はございましたが、蜀が平和裏に魏に組み込まれたのは、鄧将軍の功績でございます。なのに、鍾士季（会）殿に濡れ衣を着せられて、檻車で運ばれました。それが、間違いだったことは明らかです。なのに、主上は何もなさらない。それゆえに、我慢ならず言ってしまいました。これは、万死に当たります」

言った後、樊建は這い蹲《つくば》って額を床に擦りつけている。

「判った。それ以上言うな。必ずや明瞭にして、鄧将軍の名誉を挽回させよう」

炎は樊建を助け起こして、即刻、鄧艾の汚名を返上すべく、その旨の文書を各部署に流して、世間へも流布させた。

その日は他に、楊艶と左杲が後宮へ入れる妾を面接していた。相変わらず十人並程度の女しか引っ張ってこない。炎は憮然として後宮を去ろうとした。

「主上、そろそろ正度の皇太子冊立を、お願いいたします」

「それなら、約束を果たしたんだな？」

炎が言い終わらぬうちに、左杲が書類入れから手習いの一枚を取り出してくる。そこには稚拙な文字で「有朋自遠方来不亦楽乎《ともありえんぽうよりきたるまたたのしからずや》」とある。他にも論語の冒頭にある語句が、何枚か並べられた。

楊艶に叱咤激励されて、司馬衷がようやく書いたと思しい手習いだ。炎にとっては、馬鹿馬鹿しくも涙ぐましい一幕といえる。

「だから、皇太子冊立か？」

炎は溜息を吐いて、墨の滲んだ紙を見る。そして話題を換える。

「正度の乗馬や弓の腕は、どうなのだ？」

これに対して、楊艶も左杲も項垂れて応えられなかった。手習いや素読以上に、不得手なようだ。これでは、文武両道芳しくないと評価される。

「まだ、もう少し先だな」

言いながら後宮を出ようとすると、楊艶と左杲が慌てて追ってきて言い募る。

「主上、約束でございましょう？」

「あの程度ではな。もう少し、努力させよ」

炎が言ったとき、楊艶が視線を先に遣った。包みを持った少女が、廊下を歩んでいる。

「それなるは、賈時《かじ》殿。こちらへ」

楊艶に呼ばれた娘は、はっとしたようすで立ち止まり、拱手してやってくる。

「主上です。御挨拶を」

「賈大司空の娘、賈南風《かなんぷう》にございます。主上にお目にかかれ、恐悦至極に存じます」

皇帝を紹介された少女は畏《かしこ》まり、そつなく口上を述べる。

「今日はどちらへ？」

楊艶が話を引き取って訊く。

「父が泊まり込みで職務に励んでおりますので、食事を持参いたしました」

「そうか。それは御奇特なこと。お父上がお待ちかねでしょう」

「はい、それでは失礼いたします」

はにかみもせず淀みなく口を動かし、にこりともせずその場を去って行く。

「将来あの娘を、正度に添わせようかと」

炎は楊艶の周到振りと、趣味の悪さにぞっとした。

冕冠の旒《りゅう》の間から見える彼女の容貌は、色黒で細い目なのに三白眼、どう見ても将来美人とは縁のない顔立ちだ。

痩せていてふくよかさも全くなく、決して多産系の体形ではない。このような少女を徐々に宮中へ入れるのも、楊艶の将来を見越した用意らしい。

「あの娘の手習いは、絶品でございますよ」

楊艶が言うが早いか、左杲が残していた手習いを取り出す。

「北溟有魚《ほくめいにうおあり》、其名為鯤《そのなをこんとなす》、鯤大不知幾千里也《こんのだいなるいくせんりかしらず》」

荘子『逍遙遊《しょうようゆう》』の一節である。司馬衷と違って、なかなか纏《まと》まった字を書いている。だが、荘子の書物は誰の影響なのだろう。彼女が好んでいるわけはなかろう。

そうすると、賈充も不断は王戎らに混じって、清談に凝っているのか。彼は口下手だから、却って訓練しているのか。その辺になると、炎はよく知らない。

ただ、このような手習いを取っていること自体、楊艶の意図が恐ろしい。

彼女には、皇帝の后《きさき》という意地があるのだ。要約すれば、自分以外の美貌は不要と思っているのだろう。いい加減迷惑な話である。だが、一旦約束してしまったのだから、今更取り消しもできない。

それにしても、賈南風に宮中へ食事を届けさせるとは、誰が考えたのだろう。周囲は賈充自身だと噂するが、本当にそうなのか？

彼が法の立案や整理に熱心なのは、長安へ赴任させられるのを厭がって、娘を皇太子妃にして逃れる腹積もりだと聞こえてくる。これには炎も、思惑の複雑さに慄然とする。

泰始三年（二六七年）になって、羊祜が皮肉の籠もった表情で報告に来る。

「呉ではまた、途轍もない宮殿を造っているようです。財政が潤沢なのですかな？」

かつて太初宮を建てたとき三百丈（七二〇ｍ）四方で、大きさに驚いたものだが、今度の昭明宮《しょうめいきゅう》は五百丈（一・二km）四方と言うから、とても正気の沙汰とは思えない。

炎も周囲の宮廷人も、愕きより唖然と聞き流すしかなかった。正に自らの首を絞める行為以外のなにものでもない。

「羊叔子《しゅくし》（祜）が言う自滅の泥濘《ぬかる》みへ、どんどん入っていきよるな」

「本当に完成するかどうか、疑問です」

羊祜はそう言うと、重ねて前線への赴任を希望して下がっていった。

「主上、なにとぞ正度のこと、重ねてお願いいたします」

重ねての願いを、何度も聞く日だと炎は思う。このようなときは、どちらかを肯《き》いてやらねばなるまい。そこで炎は、ようやく司馬衷の皇太子冊立を大臣たちに諮《はか》った。

「御長男であらせられるので、皇太子に冊立されても、問題ございますまい」

大臣たちは難色を示さなかったが、衛瓘だけが異論を挟んだ。

「早急に決定されなくとも、仮で良いと存じます。手習いや素読が上達なされてからであっても、遅くはございませぬ」

衛瓘の提案に、周囲の大臣は言葉を失っていた。それがどういう意味か、炎には何となく解った。

その年も中半になった頃、また羊祜が宮殿の報告にやってきた。

「完成させたそうですが、外面だけかもしれませぬ。呉帝に逆らえる状態ではありませんので、本当のところは判りかねます」

本当ならば、呉の国家予算のほとんどが消えたと推定できる。それなら侵攻しても勝てるが、罠だとも考えられる。

ここは思案のしどころだが、まずは司馬衷の皇太子冊立問題だった。

「正度は、仮の東宮（皇太子）としよう」

炎の判断で、司馬衷は皇太子の称号を得たが、皆の気持の中には「仮」の心象がいつまでも残った。

30

「星気《せいき》ならびに讖緯《しんい》の学門は、今後一切、罷《まか》りならぬとの触れを、魏領の全国津々浦々にまで通達いたします」

晋の官僚たちは、賈充を中心にさまざまな法の整備をし、昨年ようやく完成させた。それは泰始律令《たいしりつりょう》として、この泰始四年（二六八年）から運用されることとなっている。

その中で、炎が思わず笑いそうになった一項は、先ほどの「星気ならびに讖緯」に関する処である。

「星気」とは、簡単に言えば星占いであり、「讖緯」は未来の吉凶を予想することに尽きる。

そうなると、陳留王に格下げした曹奐に禅譲させるために引導を渡した一言も、実際は無効になるはずである。

「魏の天命は尽きております」は、天文官の見立てだったからだ。かと言って、曹奐も今更取りたてて騒ごうとはすまい。もう一つ先を考えれば、同様な理屈で晋の転覆を謀る者が出ないよう、予防線を張っているようにも見える。いや、それが本意である。

ところが、最近妙な童謡が流行っていた。

「大きな石が馬を踏み潰す」という内容であったが、こんなものは絶対に讖緯ではないと、皆が笑い飛ばしていた。

「大臣各位、御苦労であった」

炎は犒《ねぎら》いを忘れず、大臣たちへの加増を発表して酒宴を張った。

「法の整備に、及ぶ限りの力を振り絞りました。もう二、三年かかるかと覚悟しておりましたが、何とか皆の力添えで、ここまで漕ぎ着けたのです」

賈充は苦労人らしく、周囲の助力を炎に伝えている。すると、中の一人が言う。

「賈公閭様は、もう少し永くかかった方が好かったのでは、ありませぬか？」

「なぜじゃ？　仕事は早うすむ方が」

賈充に皆言わせず、もう一人が混ぜ返す。

「お嬢様に、食事を持ってきてもらったときは、目尻が下がっておりましたぞ」

「いや、そんなことはない。娘が父のために食事を運ぶぐらい」

賈充は、必死に親馬鹿を隠そうとしているが、内心嬉しがっているのが伝わる。

「まあ、それぐらいにしておけ」

炎が間に入って、賈南風の健気な使いに関しては、そこで終わる。それが司馬衷の妃候補になるための、密かな示威活動かもしれぬと、内心身震いしているのだ。

「斉王の大猷《だいゆう》様は、実に好くできたお方だ」

今度は、誰かが司馬攸を話題にする。

「孝行だからな」

炎が受けると、誰もが決してそれだけではないと付け加える。更に訊ねると一人が言う。

「先年、斉国は旱《ひでり》が多く不作でした」

「そうか、ならば年貢が徴収できまい」

「そうなのですが、大猷様は布施米をなされました。なお豊年時に返せとて、租税は免除なされたと聞きつけます」

さすがという声が聞こえるが、炎は司馬攸のなすことが、どうも周囲の評判を気にして行っているとしか思えなかった。

「実に御立派な弟君です」

賈充が褒《ほ》めるので、炎は透かさず「娘を遣ったらどうだ?」と、冗談めかして言った。すると賈充は平身低頭して、一言詫びる。

「申しわけございませぬ」

「どうしたと言うのだ?」

「実は、我が妻が既に申し入れをいたし」

炎はその一言に、何と手回しの良いことだと驚いた。

「時《じ》なる娘御と、婚儀が成立したのか?」

「いえ、あれではなく、妹の方と」

賈南風の妹は荃《せん》というらしい。まだ少女なので、五、六年先の約束である。これで南風が衷に嫁げば、賈充は司馬家に入り込む。

荃がどのような娘か知らぬが、南風を見れば察しは付くというものだ。

それを母（王元姫）も認めているのならば、何をか言わんやである。妻の楊艶も、容貌は気にしていない。いや、炎の視野の内には、できるだけ美女を近づけまいとの強い信念が感じ取れる。

それから旬日近くが過ぎて、やって来たのは羊祜である。

「呉との国境地帯へ、是非とも赴任させて下さりませ」

かつてと同じ希望を、また頼み込んできたのだ。未だ変わらぬ心境でいるらしい。ここまで熱心だと申し出を肯く方が、彼のためにも晋のためにもなりそうである。

「都督荊州諸軍事《ととくけいしゅうしょぐんじ》として、赴任を命ずる」

異動辞令を出すと、羊祜は勇んで荊州へ出向いた。彼は当地で呉への密偵を放ち、呉の動きをもっと緻密に探らせるはずだ。そうなると、いつ呉へ侵攻するのが一番か、自ずと見えてくることになる。

羊祜の姿が宮中から消えると、待っていたように王戎《おうじゅう》が現れた。隠れていたわけではなく、河東郡《かとうぐん》（山西省西部）太守の任を終え、洛陽へ戻ってきたのだ。

「呉では建業《けんぎょう》を中心に、妙な風習が流行っているそうです。一例が最近出来た昭明宮《しょうめいきゅう》を、顕明宮《けんめいきゅう》と呼び換えました由《よし》」

今までなら羊祜がしそうな話を、河東郡にいた王戎ができるのは、呉の噂に耳を欹《そばだ》てていたからだ。

「それはまた、なぜなのだ」

「お父上の昭の字を、憚《はばか》っておるのです」

つまり「諱《いみな》の禁《きん》」である。名前に目上の人物と、同じ文字を使わないようにする風習がある。このようなことが、呉では過度に行われているらしい。

建物の名が、他国の人物名と被っても、普通は放っておく。だが今の呉では、あらゆる人名と文物を対象にして、文字を換えたり譲ったりしていると聞こえてきた。

「呉帝の暴君振りに、このような無意味なことをして気を紛らわせているのか、目を付けられぬようにしているのか。とにかく国家として末期的症状です」

それは王戎の言うとおりだろうが、炎にすれば、なぜ王戎が呉に頗《すこぶ》る関心を持っているのかを知りたいところだ。

「河東郡にいながら、呉の研究怠《おこた》りなかったというわけか？」

炎が褒めるでもなく訊くと、王戎は話題に正面から応える。

「無論です。いざ、呉へ侵攻となれば、我は指揮官を希望いたしますから」

王戎が率直に言うと、炎も肯《き》いてやらねばと思う。ならば近々、荊州刺史の席が空くと聞いているので充《あ》ててやってもよい。

数ヶ月後、王戎も願いどおりに荊州へ赴任した。その頃、何を考えたのか呉帝（孫晧）が居巣《きょそう》へ親征してきた。それは羊祜や王戎の荊州より、ずっと下流で建業に近い左岸だ。

その辺は魏の時代から、呉との最前線として睨《にら》み合いがつづいてきた所で、晋の防衛隊は大司馬石苞《せきほう》の指揮の下で幾つも砦を築いている。侵攻を成功させるまでには、金銭《かね》と人手と時間がかかる。

軍事の勉強を少しでもしていれば、決してしない行動だ。それだけでも、孫晧の非常識な精神構造が透けて見える。

「晋が建国して間がないので、防御態勢が手薄だと侮《あなど》っているようです」

呉軍は丁奉《ていほう》や諸葛靚《しょかっせい》らを将として侵攻してきたが、晋軍に手もなく蹴散らされて、皇帝皓ともども早々に撤退していった。しかしこのときに、丁奉は気になる文章を晋軍へばら撒いている。

内容は「大きな石が馬を踏み潰す」という童謡についてだった。

「あの歌は、石大司馬（苞）が謀反を起こすという兆候そのものだ」

そのように書いてあり、合肥を中心とした晋の兵には動揺が走っていた。炎はその心配を払拭するため、まずは息子の石喬《せききょう》を呼び出して質そうとした。

皇帝の使いが屋敷へ走り、召喚状を渡したのである。だが石喬は、出向いたが最後処刑されると思ったのか、決して応じようとはしなかった。これでは公儀からの疑いが、助長されてしまう。

「収まりが付かぬから、敢えて石大将軍を寿春から呼び戻せ」

こうして石苞は、洛陽へ戻って屋敷で謹慎していた。大将軍という肩書きは剝奪され、護衛の兵たちも没収された。

「御報告したき儀がございますが、書面にはできかねます」

そのような書状が羊祜から届いた。その内容を見れば、「洛陽へ来い」と言うしかない。

羊祜が洛陽の宮殿へ顔を出したのは、泰始五年（二六九年）になってからだった。表情は、相変わらず柔和であったが、目が笑っていなかった。

「主上は、讖緯《しんい》説《せつ》を禁止しておかれながら、御自分からが讖緯説に、完全に嵌《は》まり込んでおられます」

「解っておる。石仲容《ちゅうよう》（苞）の件であろうが。だから、息子を呼び出して潔白にしてやろうとしたに、頑《かたく》なに屋敷へ籠もりおって」

「勅勘を恐れてのことでしょう。そもそもの対応をお間違えです」

「どうすれば良かったのだ？」

「呉の丁将軍（奉）如きの文書など、最初から焼き捨ててしまわれればよかったのです」

指摘されれば、確かにそのとおりである。

「だが、なにゆえ石仲容にそのような？」

「あいつは寒門どころか、一般庶民で家は非常に貧しかったのです。そんな男が底辺から這い上がってくれば、ときには軽蔑され、必ず妬《ねた》まれて讒言《ざんげん》を受けるのです。童謡の内容などいつも意味不明で、どうにでも解釈できます。それに騙《だま》されてはなりませぬ」

第六章　晋帝

31

「賈《か》司空の娘御は、随分と親孝行なお方で、皇太子妃に持って来いかと存じます」

泰始六年（二七〇年）になって、荀勗《じゅんきょく》がやたらと賈南風を持ち上げる。これは、賈充からも目を掛けて欲しいからだ。

娘二人を皇帝とその弟に嫁がせれば、賈充と一族の地位は盤石《ばんじゃく》となる。だから、今のうちに胡麻《ごま》を擂《す》ろうとしているようだ。

「主上、羊叔子《しゅくし》（祜）殿が、折り入って面会を希望しておられます」

宦官が取り次ぎにくるが、羊祜がこのように言ってくるのは、二人だけで話をしたいからである。炎は宦官に言いつけて、羊祜を小部屋で待つように指示した。

一方、荀勗に向き直って訊く。

「石仲容は、どうしておる？」

「はい、御長男を勘当なさり、ずっと謹慎しておられます」

「そうか。彼を誹謗中傷したのは、呉の丁奉であるから、仲容は無罪放免にすると周辺へ触れて廻れ。

その上で、これを渡せ」

それは「司徒の職を命ずる」という辞令であった。彼をしばらく謹慎させたのは、皇帝が充分に審議を尽くす時間を演出するためである。その上で荀勗を、石苞への使いに遣ったのだ。

炎が指定した小部屋に行くと、羊祜が威儀を正して待っていた。

「どうした？」

「先日は石仲容の弁護をしたので、この話を後にした次第です」

「それは？」

「王濬沖《しゅんちゅう》（戎）の一件です。奴は、自分の近況を家族に伝えるため、部下を走らせました。これは公私混同で、武人として見過ごせませぬ。きっと将来、部下が真似ます」

「それで、どう処分するつもりだ？」

「免職にすべきかと存じます」

「赴任させたばかりで、それは酷《むご》い。どうだ今回に限り、罰金にしてやってくれぬか」

「主上の仰せとあらば、善処いたします。ですがあの男、また問題を起こしますぞ」

炎には、羊祜の心配がよく判る。だが、今までの付き合いから、炎も必要以上に厳しくできないでいるようだ。

羊祜としても、石苞が救われたのだから、ここは一歩退いて荊州へ戻った。

それから日が経って、荀勗が頻繁にやって来ては、呉帝（孫晧）の乱脈振りを報告する。総て噂であるが、呉衰退の兆《きざし》といえる。

「呉帝には、国家予算の概念がありません。周囲の者らが教えれば良いのですが、機嫌を損ねられて首が飛ぶのを恐れましょう」

最近は、もっと眉を顰《ひそ》める噂もある。部下の妻を呼び寄せて、そのまま有無を言わせず後宮へ放り込むなどというものだ。それも、一人や二人ではないらしい。

頭の螺子《ねじ》が外《はず》れた人物は、皇帝であろうが下々であろうが、常人とは常識が大幅に違ってくる。下々なら、寄って集《たか》って反撃できるが、皇帝では泣き寝入りするしかない。

ただ、人々の怨念だけが積もるのだ。

珍しく、賈充がやってくる。

「王濬沖（戎）の件で、羊叔子が告発しておりますが、どうぞ御寛大な処置を」

以前、羊祜が懸念したように、王戎に行き過ぎた行為があったようだ。賈充の話を総合すると、次のような情景が見えてくる。

荊州の細い河川を挟んで、魏と呉が対立している場所がある。そこへ呉兵が節を持って正式な会談を申し入れてきた。南北の境界線について、共通の認識を持ちたいとの意向だったようだ。

だが王戎は、彼らを捕らえて縛った。これは敵同士であっても、軍法の常識から大きく外れている。

呉の将軍が、並べた盾の後ろに立って身柄の引き渡しを申し立てる。

「節を持って、正式に出向いた使いを捕らえるとは、何事か！」

その将軍に対して、王戎は声を荒らげる。

「何が軍法か。おまえは、もともと蜀が魏に侵されたときには、援軍を送るという盟約があったのに、そうせなんだではないか」

「援軍要請がなかったし、蜀の将軍も魏の侵攻を認識しておらなんだのだ」

呉の将軍の説明は、そのとおりだ。それは当時の守備隊長、羅憲《らけん》も言っていた。ところが王戎は、捲し立てる。

「苦しい説明だな。魏が侵攻した途端、まるで火事場泥棒のごとく、お前らは巴東へ侵攻した。あのような振る舞いをするなど、呉の滅亡も近いと予言できるぞ」

呉の将軍は、王戎の嫌味な言葉に全く動じていない。

「それは、呉が魏に滅ぼされたと判ったからだ。当時魏とは、不可侵条約などなかった。そこまで言われる覚えはない。さあ、節を持った兵らを戻さぬか」

呉の将軍がそこまで言ったとき、羊祜が王戎を押し分けて前に立った。

「呉の将軍。実に御無礼をいたしました。理はそちらにございます。節を持ってこられた兵士は、お帰しいたします」

羊祜は言うと、王戎の部下らに呉の兵を解き放つよう命じた。羊祜に睨まれては、王戎もその部下も、捕虜を放すしかない。

「恩に着る。羊将軍。我は陸抗《りくこう》と申す」

それは、劉備を火攻めで撃退した呉の名将、陸遜《りくそん》の息子である。二人は互いに敬礼し合って、振り返ることなくその場を分かれた。

「軍法を、守る必要がないことも……」

「もしそんなことがあれば、我が決める。それは、責任を取る意味もあるのだぞ」

王戎は「責任」の一言で、顔を蒼くしている。面白半分で、陸抗と対峙したようだ。

この不手際を羊祜は報告し、王戎を荊州から離そうとした。だが、賈充の口利きで、また軽い罰金と降格だけで首をつないだ。

炎には、羊祜の強い舌打ちが聞こえた。

泰始七年（二七一年）になって、呉の大臣孟宗《もうそう》が死んだ。親孝行で名を馳せた人物だ。

これを報告に来たのは、賈充である。彼も孟宗を模した賢明な重臣になると、何となく匂わせているような行動だ。

「この者が補佐して、呉帝も最初は善政を敷いたのです。しかし、暴君と化して後、孟大臣も身体が優れなくなっていたようで」

気苦労が、本人を蝕《むしば》んでいったようだ。

それだけ告げると賈充は去り、代わって荀勗がやってくる。彼も、呉の醜聞を伝えにきたはずだ。

「今度は、何だ？」

炎は、彼が話し易いよう水を向ける。

「はい、呉ではまた、遷都の動きだとか」

「性懲りもなく。やはり血迷うておるな」

六年前に武昌へ遷都して、一年で元に戻るという大騒動を演じている。その反省が一切ないのが、呉帝（孫晧）なのだ。

「最近、御母堂や後宮の美女連、廷臣たちを連れて建業を出たそうですが、東観令の華覈《かかく》らが、必死になって止めているとか」

炎にはその光景が、ありありと目に浮かぶようだった。

「扈従《こじゅう》している者らも、毎日神経を磨り減らす思いだろうな？」

「いかにも。しかし、こうして国力を自ら殺《そ》いでくれれば、この先に晋が侵攻し易くなりましょう」

「それは、そうであるな。だが、今日はいろいろと呉の事情を聞いて疲れた。少々休む」

炎はそう言うと後宮へ行ったが、何か物足りなく感じる。そこで、宦官に問う。

「最近、左杲《さこう》の顔を見ぬが、どうした？」

すると、彼は畏《かしこ》まって言う。

「数ヶ月前、お身体を損《そこ》なわれて、里へお帰りになりました。良くなったら戻ると」

炎は、そんなものなのかと、別れの挨拶がないことを恨まなかった。だが、宦官の言う「戻る」はないと直感した。何となく不愍《ふびん》な思いに駆られるが、詮ないことであろう。

そんなとき、皇后の楊艶が近づいてくる。

「左杲の代わり、縁者の左棻《さふん》なる者を、後宮に入れました。文に秀でております」

楊艶は左杲のことを問われる前に、そう言って、質問をはぐらかそうとする。左杲はきっと、労咳などの不治の病になったので、それを隠したいのだろう。

「お見知りおきを」

しっかりした言葉で挨拶する女が、楊艶の傍に控えている。皇后自ら見立てただけあって、どう贔屓《ひいき》目《め》に見ても美しいと呼べる御面相ではない。

それでも文章は巧みらしいので、それなりに使えるかもしれない。

「左杲は、おことの何に当たるのだ」

「はい、叔母です」

つまりこの女は、左杲の姪なのだ。

「縁者は多いのか?」

「他に、兄がいるだけでございます」

「そうか、男がおるのか。よければ、皇后に強請《ねだ》って官吏の端にでも名を連ねてもらえ。兄は、お前に感謝しよう」

炎に声をかけられて、左棻は目頭を押さえていた。寒門の貴族というものは、それほど官職にありつきにくいのだ。

左棻の兄とは、左思《さし》という。このときは、名もなき地方の落ちぶれ貴族の末裔で書生のような身分である。それでも、将来『三都賦』を書いて、有名な「洛陽の紙価を高からしめる」の故事になる運命を持っている。

しかしそれは、もう四半世紀余り後のことで、炎も鬼籍に入って後の話になる。

この年、蜀皇帝だった劉禅も薨《こう》じた。宴会の最中に、突然斃《たお》れたとだけ聞こえてきた。

32

泰始八年（二七二年）と年が変わり、噂に登っていた呉の遷都は、華覈《かかく》らの説得によってようやく沙汰止みになったという。

ところが皇帝皓は、今までの遷都推奨を大いなる無駄と、突然逆の意見を言いだした。

「誰が、遷都の効用を説きだしたのだ？」

そうなると、西陵督《せいりょうとく》だった歩闡《ほせん》の名があがる。かつて彼は一つの案として、武昌《ぶしょう》への遷都も検討の価値があると述べている。だがそれは、方法論の一つに過ぎなかった。

ところが呉帝皓は、「遷都」の一言に飛びついた。大掛かりな移動に面白さを感じ、居ても立ってもいられず強行したのだ。

歩闡の提案は、政治的な立地や防衛の軍事的な構えを熟慮しての遷都である。それは十年先五十年先を見越し、周囲も納得していた。

ところが呉帝皓は、じっくりものを考えることなどない。何事も即決して、直ぐに行動に移らねば気がすまない。

だから遷都しても、政治も軍事も経済も、生活基盤にする一切の用意がされてなく、日常生活がさっぱり機能しなかったのだ。

「上表したことの詳細を、自分で全く理解せず、ただ提案者としてだけで、悪者にされて溜まるか」

歩闡は、建業《けんぎょう》から入ってくる皇帝皓の発言に呆《あき》れていた。尚も自らへ召喚状が届いたとき、遂に反乱を決意した。

「帰れば、気紛れな皇帝に処刑されよう」

彼は西陵城に立て籠もり、甥の歩璣《ほき》と歩璿《ほえい》を羊祜のもとへ降伏の使者に遣った。節を持った歩璣と歩璿は羊祜に面会し、炎の元へ人質として行った。投降の条件には、西陵城ごと晋の領土に入れて欲しいとある。晋皇帝炎へそのことを、是非告げたいのだ。

炎はその二人を見て、大いに気に入った。

「充分な地位を与えて優遇するので、皆で救援に行ってやれ」

炎は、歩闡に三公同等の儀同三司《ぎどうさんし》に任じ、その家族にも官位や爵位を与えて優遇した。同じ頃、皇太子衷《ちゅう》の正式な妃に、楊艶が賈南風を推していた。表向きの理由は、功労者筆頭の賈充の娘だからだ。裏を返せば不美人ゆえに、楊艶が安堵しているに過ぎない。

炎は溜息を吐きたくなった。だが、轍鮒《てつぷ》の急《きゅう》とも言うべき差し迫った問題は、歩闡の救援をどうするかである。だから、皇太子妃のことは、楊艶へ一任する格好になった。

呉側は陸抗《りくこう》が、この事態に対処していた。彼は楽郷《らくごう》から西陵城を睨みながら、晋からの援軍をも迎え撃つ態勢を作った。つまり、二重の防衛線を敷いたことになる。

羊祜は、楽郷の対岸に当たる江陵へ五万の兵で侵攻する構えを見せた。ここにも、呉の軍が常駐している。これで陸抗は動き辛いはずである。

それでも、羊祜の予想に反して、陸抗は西陵へ向かって軍を動かした。

「江陵周辺の水路に水が張られ、溢《あふ》れた水が平地にも及び、船がなければ侵攻できません」

部下からの報告に、羊祜は唇を噛んだ。

「陸幼節《ようせつ》（抗）とは、侮《あなど》れぬ将軍よ」

羊祜は感心したが、事態を打破するための策を練らねばならない。

「堰を切って水を引かせ、そこを進軍するとの嘘を江陵へ流せ」

これが上手くいけば、陸抗は江陵へも援軍を派遣せねばならず、楽郷で釘付けになるはずだ。そうすれば、西陵へも晋の援軍を送って、防備を堅固にできる。しかし予想に反して、陸抗は西陵へ進軍していった。

虚報を見抜いたのに違いない。

羊祜は陸抗の読みに感心する一方、策が漏れているのかとも疑った。そこで、各偏将軍たちに、部隊の兵を管理するよう要請した。だが、自ずと限界はある。

新規の兵や脱走兵も日常的にあり、全員に目を行き渡らせることは至難の業《わざ》なのだ。

羊祜は五万人を率いて西陵へ移動することにした。でなければ、籠城している歩闡が危うくなるからだ。ところが当陽《とうよう》まで行ったところで、江陵側が水門を開けて水を引かせたと聞いた。

これで、用意させていた船が無駄になる。陸路で輸送する車も用意させねばならず、まるで陸抗から、いいように遇《あしら》われているようだった。

こうなれば形振《なり》り構っていられない。早馬で巴東監軍の徐胤《じょいん》に水軍を率いさせ、楊肇《ようちょう》にも西陵を側面から攻めさせ、それを利用したある秘策を授けた。

陸抗は、徐胤に対して呉水軍督の留虜《りゅうりょ》や鎮西将軍の朱琬《しゅわん》に迎え撃たせた。また楊肇に対しては自らが朱喬《しゅきょう》、兪賛《ゆさん》らを指揮して西陵を攻撃した。

羊祜はその状況を見て、呉軍が士気高いと感じた。それは陸抗の人徳だろう。だが、朱喬の部下はそうでもなかった。

「何とか、上手くいきそうです」

報告を寄せたのは、秘策を授けた楊肇である。すると二日後、兪賛が呉の一箇連隊を引き連れて軍から投降してきた。

朱喬と兪賛は犬猿の仲だと、羊祜は密偵から聞いていたのである。だから、将来を考えて晋へ来ればどうだと、誘わせたのだ。

すると兪賛は、陸抗の人徳と呉帝皓の横暴を、天秤に掛けたらしい。そして、呉の将来をすっかり捨てたと思しい。

「西陵を囲んでいる呉軍の弱点は？」

羊祜は率直に訊く。すると兪賛は、異民族部隊は訓練が行き届いていないので、狙いはそれだと応える。その配属場所を、兪賛は永年の経験から即座に応えた。

「よし、明朝そこを攻撃する」

羊祜が命ずると、楊肇が胸を叩かんばかりの勢いで、自軍を連れて総攻撃を加えると張り切って言い募る。ところが兪賛に教えられた場所には、呉軍古参の兵が配置されていて、晋軍へ矢弾を雨のように降らせた。

余りの烈しさに、楊肇は退却せざるをえなかった。そこを陸抗としては追い討ちをかけたかったろうが、西陵城から歩闡の攻撃を受けるので踏み止まったようだ。

だが、こうなれば、これ以上西陵へは近づけない。晋軍は、撤退するしかなかった。

羊祜は、中央へ報告書を書こうとしていた。西陵を晋の領土にできなかった責任は、自分にあるという内容だ。

「兪都督（賛）が、王偏将軍（戎）と従弟に、暴行されていて、撲殺されかねませぬ」

羊祜は兵舎前の広場へ急いだ。王戎と従弟の王衍《おうえん》が棍棒を構えて詰問している。

「お前は羊都督荊州諸軍事に嘘を教えて、晋軍を窮地に陥れたのだろう。初めから、それが狙いだったのか？」

「違う。我は本当のことを言った。もう、暴君はたくさんだから、こちらへ来たのだ」

「何をぬけぬけと！」

王戎と王衍は、更に棍棒を翳《かざ》す。そこへ羊祜が駆けつけて、止めさせた。

「亡命者は、丁寧に扱うのが軍法だ。そもそも、お主らに刑を執行する権利はない」

「羊都督荊州諸軍事は、こやつに騙《だま》されたのではございませんか」

「いや、そうではない。兪都督は、正確な話をしていた。それは、捕虜からの話でも確認できている」

「では、なぜ羊将軍は敗れたのです」

王戎は引き下がらず言い募る。

「陸将軍（抗）の先読みが、我を上回ったのだ。兪都督の責任ではない」

「ならば、自らを罰しなされ」

王戎らが言葉を荒らげたとき、羊祜はつかつかと彼らに向かって歩く。

「誰に向かって命令しておる？」

王戎と王衍は、羊祜の部下という立場だ。だとすれば、この時点で無礼討ちで処刑されても仕方がない状況だ。彼が声を失っていると、羊祜が畳みかける。

「お前らは呉の商人と、親しいらしいな」

「そっそれは、清談の好きな奴だから」

「そいつと、江陵に船を浮かべて空を見て、西陵へ飛ぶ鳥は？　と謎掛けをしたのか？」

それも、密偵が聞きつけてきたことだ。羊祜がそこまで言うと、王戎と王衍の顔から血の気が引いた。

「兪都督に、これ以上の恥辱を与えるなら、我はもう容赦はせぬぞ」

羊祜の腹を括った言葉に、王戎と王衍はもう何も言えず、その場から兵舎へ戻った。羊祜は兪賛を労《いたわ》り、叩かれて腫れあがったところへ、膏薬を塗ってやった。

「呉帝があのような状況なら、歩西陵督でなくとも、晋へ投降したくなろう。これからは、そのような者らが、晋へ来られるような受け皿になろうと思うのだ」

羊祜が言うと、兪賛は縋《すが》るような視線を相手の顔に送っていた。呉には陸抗に代表されるごとく、剛直な将軍もいる。しかし彼とても、孫晧をどこまでも敬愛しているわけではなかろう。呉という国を、護るという概念に従っているだけだ。

だとすれば、呉から晋へ降伏したがっている軍兵や、亡命したがっている民草は非常に多いはずだ。

「将軍や校尉は、主上に諂って悪い待遇にはせぬ。また兵卒や農民ならば、土地を分け与えて屯田でもさせよう。それらのことを、呉の民へ伝えてくれれば、あのような皇帝を見捨てて、人々は晋へ移住してくるだろう」

それが多くなれば、おのずと呉の国力は弱くなっていく。羊祜は、それらの喧伝を兪賛や部下に担わせた。

「王偏将軍（戎）ではないが、呉から来る商人らに、そのようなことをどんどん吹き込んでくれぬか。

そうすることが、ひいては呉のためにもなろうから」

33

泰始九年（二七三年）も初夏になって、楊艶の声が余り聞こえなくなった。

「最近、皇后の姿を見かけぬが」

炎が宦官に訊いたのは、後宮の中だった。広いので、時には姿を見かけぬこともある。

「数日前から、発熱で伏せっておられます」

「それは、いかんな」

炎は楊艶を見舞ったが、本人は化粧を落としているのでと顔を見せなかった。すると、そんな噂は直ぐに宮廷内に拡がる。

聞きつけた宮廷人らが、挙《こぞ》って見舞いに来た。中には、妙な慰め方をする者がある。

「後宮の模様替えをなさると、皇后も落ち着かれましょう」

「良いかもしれぬとな」

炎がそう言うと、宮廷人らが一斉に口を噤《つぐ》んだ。それは、言葉の外の意味を推し量ろうとしているかのようだった。

数日後、荀勗《じゅんきょく》が、呉帝皓の噂をしに来る。

「呉帝は、司市中郎将の陳声なる者を可愛がっておられたそうですが、この者が市で常習の掏摸《すり》を捕まえて処刑したそうです」

皇帝皓絡みの話にしては、突飛ではなく実に真面な内容である。

「ほう、お手柄だな。褒美を貰えたか？」

そう訊くのが普通だが、そこからの答が耳を覆いたくなるような内容になる。

「いや、それどころか、生きながらにして、焼鋸《やきのこ》で首を挽《ひ》かれたということです」

聞くだに熱さを伴った痛みが、首筋に奔る思いだった。

「ほう、寵臣をなァ。如何なる理由だ？」

法を犯した者を取り締まって仕置きされては、全く間尺に合わぬことになる。

「それが、掏摸の常習者というのが、寵妃の知人だったからだそうです」

聞くだに背筋が寒くなる。恣意的に、人の命を弄《もてあそ》んでいる観がある。

そこへ歩璿《ほえい》が、挨拶にやってきた。先般、西陵で呉に対して反乱を起こした歩闡《ほせん》の甥である。あの反乱で晋軍が積極的に救援に行ったものの、陸抗の巧みな策戦で、羊祜は撃退されてきた。

その後で西陵城は陸抗に落とされ、歩闡と一族は捕らえられた。彼らは全員軍法に則って、容赦なく処刑されている。

したがって歩家の統領は、彼が嗣ぐしかなかった。今挨拶に来たのは、葬儀その他の手続きを終えたという報告であった。

そこで炎は経緯を話して、陳声と寵妃について訊いてみた。すると歩璿は、思い出して応える。

「陳司市中郎将《ししちゆうろうしよう》は、主上（孫晧）から、それは可愛がられておりました。しかし、それは寵妃以上ではなかったのでしょう。また、呉皇帝の気紛れとも考えられます」

その姫妾は下賤の出身で、掏摸の常習者は昔馴染みだったのだろうと推し量っていた。孫晧は姫妾を選ぶのに、周囲の意見など肯きはしない。だから性悪女に騙されても、さっぱり解らないのだろう。

だがこのときの炎は、孫晧に対して不謹慎にも、少し羨望《せんぼう》を感じていた。

「自分で姫妾を選んでみたいな。いや、もう楊皇后が倒れ、左杲《さこう》がいなくなったのであれば、触れを廻して全国から姫妾の候補を呼び集めればいいのだ」

炎はそうと決めると、荀勗《じゅんきょく》や陳騫《ちんけん》らにお膳立てをさせた。美女を集めてくるのは、一ヶ月後とした。

「そんなに早く、集められるか？」

炎が下問すると、荀勗は「大丈夫」と胸を張る。それを陳騫が「拙速だ」と咎《とが》めると、荀勗は笑う。

「一度に、総てを決めることはございますまい。時間をかけて第二弾三弾と、順次集めればよいだけのことでございます」

そう言われればと、陳騫も納得する。そしてこの触れは、直ぐに洛陽城内から司州、そして全国へと伝えられることになる。

炎は右史左史を背後に置いたまま、一ヶ月後に呼び集められる女たちを連想して、一人悦に入っていた。そんなとき、宦官が面会者を取り次ぎにくる。

「王濬沖《しゅんちゅう》様が、お越しです」

王戎が来たのだ。小部屋を指定して、行くと畏まった表情で、居住まいを正して待っている。

「洛陽の空気は格別か？」

彼と従弟の王衍は、荊州より洛陽へ戻らされていた。理由は、投降者兪賛《ゆさん》への暴行で軍法違反に問われたからだ。ただそこは、皇帝炎の知人ということで、特別に罪は一等減じられている。

彼らはそれだけでも、ありがたく思わねばならないはずだ。だが、寄ると触ると「羊祜は陸抗に負けた」と、悪口を触れて廻っているらしい。

それだけで、清談など人としての成長には、何の役にも立っていないと証明しているようなものだ。

炎の皇帝らしさは、王戎や王衍の悪口に左右されなかったことだ。いや、それよりも歩璿から、呉における羊祜の噂を訊いている。それによると、随分評判が高い。

「羊将軍は、呉の亡命農民に土地を与えて、生活する術を教えておられます。また戦いが終わると、呉兵の遺体を返しておられます。それゆえ、呉の民も慕っております」

このような具合で、悪口はほとんどない。もっとも、歩璿自身が呉から亡命してきた者ゆえ、割引せねばなるまい。

そこで、間者にも直接訊いてみた。無論、右史と左史、護衛役の郎官らをも背後に置いてである。

「陸将軍は、羊叔子（祜）をどのように評しておるのだ？」

「はい、先日の西陵城の戦いは、自分の読みが当たっただけだとのことです。つまり、羊将軍ができる武人だからこそ、先読みできたのだと」

「なるほど。お互い名将同士か」

「それと陸将軍（抗）は、羊将軍（祜）に一目置いておられるそうです」

「戦いに勝っているのにか？」

「はい、そのこととは別で、嫁の件です」

陸抗の嫁は、諸葛恪《しょかつかく》の娘であった。国家の功労者諸葛瑾《しょかつきん》（蜀へ行った諸葛亮《しょかつりょう》の兄）を父に持つ諸葛恪は、当時重鎮として評判も高かった。

だが、魏との戦いに敗れて孫峻に暗殺されると、都人士は横暴な独裁者だったと口々に扱き下ろした。勢い一族も居場所を失っていった。そんな中で陸抗も、白眼視される妻を離縁したのだ。

ところが羊祜は、夏侯覇の娘を妻としていたが、岳父が蜀へ亡命して一族の評判が落ちても、離縁せず寄り添ってやったのだ。

「陸将軍はその話に、己の小ささを知ったと、羊将軍を崇敬の念を持って、誰にとはなく称《たた》えておられました」

「二人に面識は、ないのだろうな？」

「至近距離ではありませんが、川を挟んでなら何度かあるようです。この前にも」

間者は、ある逸話を紹介する。

呉の農民が羊を逃がし、それが国境の川を渡ったと陸抗に訴えた。そこで彼は川岸に立って、越境しての捜索を願い出た。

経緯の報告を受けて、羊祜が急ぎ対岸へ出向く。彼は陸抗に大声で伝える。

「ただ探すだけなら差し支えない。我の兵にも協力させよう」

許可を得て農民が数人渡ってくると、晋兵も手伝って羊を探した。そして一刻ばかり捜索すると、逃げた全頭が捕らえられて農民共々呉へ戻った。

「御協力、感謝します」

羊祜も陸抗も一件が落着するまで、互いに両岸でじっと立って見守っていた。そして羊と農民が呉領に入った時点で、双方が敬礼し合って別れた。

「最近には珍しい、明快な話である」

炎が感想を漏らすと、間者は後日談があると言う。陸抗が、礼に酒を五甕贈ってきたのだ。羊祜の側近たちは、毒を疑った。

「そんな御仁ではなかろう」

羊祜はそう言うと、躊躇なく口にした。無論、身体に何ら異変は起こらない。

「お前たちも、遠慮なく頂戴しろ」

そこで部下たちも、一兵卒に至るまで酒を口にした。川岸の守備兵たちは、対岸に向かって最敬礼したという。

「ほう、粋なことだな」

炎が感心すると、もう一つあるらしい。

一ヶ月ばかりした頃、川岸の呉兵がひそひそと立ち話していた。耳の利く晋兵はその内容を聞き取ってくる。陸抗が熱を出し、伏せっているらしい。報告を受けた羊祜は、自家薬籠から、小さな竹筒を取り出して呉兵へ届けさせた。

「羊将軍から、熱冷ましだそうです」

晋兵が敬礼すると、受け取った呉兵も拱手して、本陣へ届けた。こちらも側近が毒を疑ったが、陸抗は直ちに水を含んで竹筒に詰まった散薬を飲み干した。

「お蔭で、熱が下がりました」

数日後、礼状が届いたという。

「敵同士であっても、ある種の信頼関係があったということだな」

炎が言うと、郎官の一人が疑問を呈する。

「仇同士で、心が通じましょうや」

もっともな疑問であるが、炎は祖父司馬懿と諸葛亮の関係を説明した。

「祖父は忠武侯《ちゆうぶこう》（諸葛亮の諡《おくりな》）を、心中崇敬していたと言っておられた」

炎がはっきり言うと、郎官は赤面して納得したようだった。

34

さて一ト月が経って、後宮の姫妾候補がどんどん集まってきた。彼女たちは大広間に集められ、炎の審査を待つだけになっていた。

「わらわにも、審査させてくだされ」

後宮に引き籠もったままの楊艶から、そのような希望が伝えられた。しかし炎は、強く拒絶した。

「養生しておれ」

それでも、楊艶は諦めない。

「入内の件は、約束でございます」

楊艶は使いを通して、尚も喰い下がってきた。それに対し、「左杲と一緒に」という条件付きだったと、更に炎はにべもなく突《つ》っ撥《ぱ》ねた。彼女は「大広間まで行く」と、疳高い声を上げているらしい。

しかし、もう体力が保たないようだ。

「見舞いに行くので、大人しくしておれ」

炎は、宦官に返事を持たせた。

炎が広間へ出向き、集まった女どもを見ていた。皇帝のお出ましとあって、それまで何となくざわざわしていた広間が、しんと静まった。炎がそこで最初に感じたのは、「鈴生り」の心象と絢爛《けんらん》たる女の匂いと熱気であった。

何としても皇帝に見染められ、入内したいとの気持がそこには現れている。

この時代に出世するには、男なら推薦されての官吏や官僚の道があった。勉学に勤しめば師の道もあり、武術に優れていれば兵としても立てたであろう。

一方女は、料理や裁縫、炊事が得意ということで、就職できる場合もある。だが、美貌に自信のあるものは、それを武器にする方がより大きな未来が拓けたのだ。

それで、金満家の本妻か妾にでもなれれば、一般的には一番手っ取り早い成功だ。それ以上を望むなら、皇帝の目矩《めがね》に適うのが、何と言っても最大の立身となる。

今彼女たちは、人生を大成させる最大の機会を目前にしている。そのような期待が、大広間の空気に流れているのだ。

「名前を呼ばれた者から順に玉座へ近づき、右へ曲がって控えの部屋へ行くように」

大長秋《だいちょうしゅう》の宦官が司会役になって、女たちを実名で呼び出す。彼女たちは炎の前までくると、はにかむような笑顔を浮かべたまま右の回廊へ消えていく。

炎の手元には、彼女たちの名簿が回ってきている。彼は真剣な表情で順番に彼女たちの容姿を見て、優、良、可、不可と印を付けていく。一連を二十人として一休みし、その結果を宦官が聞きに来る。

不可とされた者だけが宮中を去り、他は残される方式が取られていた。ときおり遠くから、悲嘆の叫びが聞こえることもあって、それには炎の方が愕《おどろ》いていた。

そのような引見が一日に五回なされ、各連で残された十数人の中からそれぞれ一番の美女に、炎は赤い絹布を首に巻いてやった。つまり一日に五人は出るわけだ。

そのような審査が二ヶ月かけて十回ばかり行われた。要するに一千人が篩《ふるい》に掛けられ、五百人余りが残ったことになる。赤い絹布を巻かれた美女は五十人出たことになる。

その中で、何番目の連だったか忘れたが、赤い絹布を巻かれた途端、放心状態で夢見心地になった美女がいた。炎がその場から去ってしばらくすると、彼女は感極まって泣きだしたという。

「お止めなさいまし。主上に聞こえたら、なんとなさいます？」

一緒に「優」を付けられて残った同輩が窘《たしな》めても、彼女は「もう、咎《とが》めを受けて死んでも構いませぬ」と言い募ったらしい。

炎はその報告など、「不可」を付けられた者の嘆きだと理解していた。だが、「最優秀」にも泣くと聞いて、それこそ女の不可思議さかと思った。

その胡芳《こほう》という最優秀を早速夜伽《よとぎ》に呼んだ。感激の余り、また泣きじゃくるのかと思ったが、そこはごく自然であった。

そのようにして寵愛した姫妾が何人か出ると、面会者が二人ばかり来た。一人は胡奮《こふん》なる武人で、胡芳の父親だという。

「この度は娘が寵愛に与り、真にありがとうございます。臣奮は」

彼はそのように前置きして後、自身は司馬懿（仲達）の部下だったと喧伝する。胡奮という男が、遼東における公孫淵への包囲戦の最中にいたことは記録にある。だが、彼が一際輝いたのは、諸葛誕が背いたとき、彼を斬った武勲であることだ。

「十五、六年前になるが、なかなかの活躍だったな。今度は、娘御に奉仕してもらおう」

炎が笑顔で対応すると、胡奮は神妙な顔つきで拱手したまま下がっていった。

代わってやって来たのは、かつての郎官仲間諸葛沖《しょかっちゅう》だった。あれから二十年近く経つが、宮中では擦れ違ったりしていて、顔を見るのが久し振りというわけではない。

面会に来たのは、やはり娘が入内できたとの礼である。炎は、係の宦官を呼んで調べてみる。すると諸葛婉《しょかつえん》なる名があった。そういえば、最近寵愛した一人に違いない。

「お父上は息災か？」

「はい、しかし寄る年波には勝てず、最近は寝ていることが多くなりました」

諸葛沖の父諸葛緒は、蜀の攻撃に参加したものの、鍾会に謀られて身柄を洛陽へ戻されて、兵も奪われた。鍾会が、途轍もない犯罪者に成り下がったため、被害者として咎めは受けなかったようだ。

「宜しく、お伝えしてくれ」

諸葛緒を犒《ねぎら》ったところで、諸葛沖は退散していった。

このようにして後宮は調えられていくと、炎は満足だった。そのとき、か細い声が聞こえてきた。

「主上。お願いでございます」

それは、病床にある楊艶の声だ。振り返ると、回廊の先にある後宮の扉が開いている。そこから輦台《れんだい》に身を横たえた楊艶が、蒼い顔をして出てきている。

「朕が参る。出てくるな！」

炎が後宮の方へ歩くと、背後の右史と左史も付いてくる。それを悟った楊艶は、尚も炎の方へ出てくる。後宮内へは右史と左史はさすがに入れない。

つまり彼らがいる所で、総ての発言を右史と左史に記録されたいらしい。きっと、何らかの言質を取りたいのだ。

炎が近づいてくると、後宮の扉は閉じられる。そこが楊艶の恐ろしいところだ。不都合なことは言うまいと、炎は腹を括った。

「お願いがございます」

「どうした？」

訊きながらも炎は、彼女が後宮を組織するのを、快く思っていないことぐらいは判る。その苦情だとしても、これまでの約束を破っているわけではない。

彼女の意向に従うとしたのは、飽くまでも左杲と一緒だったときだ。それだけでも、ここまでの皇帝よりは、ずっと品行方正と言われるべきだ。

「先日お決めになった最優秀の五十人が、大長秋に連れられて、挨拶に参りました」

「問題でもあったのか？」

「いいえ、皆々どこへ出しても恥ずかしくない美貌の集まりでございました」

楊艶が、ここまで褒めることは、あり得ぬことだ。このままですむはずはなく、きっと反動的な要請が待っているはずだ。その中の、誰かを除けというのなら、断るまでだ。

「では、あのまま後宮に入れて異存はないだろうな？」

「はい、そこはございませぬが、わらわの従妹楊芷《ようし》も、是非その端くれにお加え下さいますようお願い申しあげます」

楊芷とは、高陸県令で驍騎《ぎょうき》鎮軍二府司馬の職を拝命する楊駿《ようしゅん》の娘である。だが今年未だ十六歳で、三八歳になった炎の半分以下の少女になる。もっとも今回後宮へ入れる「可」以上にも、十代の姫妾は多々いた。

放ってもおけず、一度会ってみる。楊艶の推薦だけあって、また従妹という血も争えず顔貌や容姿は肖《に》ている。新しい後宮の姫妾たちに、決して見劣りしない。

「そなたの願い、叶えよう」

炎は楊艶に、それを直接言うため後宮へ行った。宮女に身を支えられながら、寝台から身を起こした彼女は、嬉しそうに微笑んだ。だが、さすがに窶《やつ》れが甚《はなは》だしかった。

その年（二七三年）には、石苞が遂に逝った。ただ彼は亡くなる前、後宮の門前へ出掛けていた。楊艶に呼びだされて、何事か頼まれたのだ。

それが何だったのかは、まだ判らない。

炎にとって深刻なのは、楊艶の容態が日一日と悪化していくことだ。それでも窶れた身体で輦台に乗ってまで、後宮から出て「次期皇后は楊芷に」と廊下を行き来している。

最近炎は、胡芳を連れ歩く。無論、宮廷外へもだ。日和の好い夕刻、皇帝専用の神都苑へ行くと、彼女が不満を漏らす。

「もう、気味が悪いったらないわ。わたくしと主上の仲を妬《や》いておられるのです」

「お前は、後宮に入っておらんのか？」

「はい、大長秋殿に願い出て、個室を用意してもらいました。でないと」

炎がいない夜、何をされるか心配らしい。

「そうか、では朕もその個室へ行こう」

そうしていると楊艶は、胡芳の部屋を探そうとして、輦台で宮中を徘徊した。だが、それが彼女の生命の火を消していった。

泰始十年（二七四年）の夏になって、遂に楊艶が回廊で、輦台から落ちる日がきたのだ。

皇后の葬儀が、大々的に営まれたが、皇后から皇帝炎へ残された物の中に、石苞から炎宛の手紙があった。

35

「こんな経緯があったのか」

楊艶が輦台《れんだい》から落ちた日、炎はその場へ駆けつけ、瀕死《ひんし》の彼女を座り込んで抱きかかえてやった。侍女たちが声をあげて泣く中、楊艶は炎の膝に身を横たえて息を引き取った。

そのとき、彼女の懐に文が覗いていた。取りあげると宛先は皇帝炎だが、差出人は石苞になっている。

内容には、思わぬことが記されていた。楊艶が、皇后にと推した楊芷についてである。

手紙には、かつて楊芷へ縁談が持ち込まれたと書かれている。その相手は、王戎の従弟王衍《おうえん》と明瞭に書かれていた。

しかし、楊芷は炎への思慕の情が非常に強く、申し入れを断ったとある。だとすれば、この一、二年のことだろう。しかしそもそも、この手紙はいったい何のために書かれているのか、炎は単純な疑問を抱いた。

そして読み進むうちに、楊艶が石苞に託した何かが見えてきた。それは王衍の、生地の性格である。

荊州の地で、王戎と王衍は羊祜と反りが合わず、もう少しで斬り捨てられるところだった。軍法において、出過ぎたところが多々あったからだ。

炎は王戎に、同僚だった縁もあって、悪い感情は抱いていない。それゆえ王衍に対しても、できれば同じように遇してやりたいと思ったのだ。そこで賈充に、王衍に関する最近の評判を訊きにやらせた。

「優と不可が、混在するような人物です」

「どのようなところが、優なのだ?」

「美男子で、清談に巧みなことでしょう。御婦人方からの評判も、上々です」

羊祜からの報告とは、まるで正反対だ。

「それで、不可とは?」

「そっ、それは、真に畏れ多いことながら、楊夫人（芷）との縁談を、自分から断ったと吹聴しておるようです」

「そうか、真偽を試してやろう。ここへ、連れてまいれ」

皇帝炎の命に逆らえる道理はなく、王衍はその日の内に宮廷内へ現れた。賈充が言ったような、水も滴る美男である。彼は周囲を宗正府の官僚に取り巻かれ、蒼くなっている。

「そこもとは、かつて楊季蘭《ようきらん》（芷）との縁談があったと聞くが、まことか？」

炎から直々に訊かれ、彼は応えに窮して汗を掻き、しどろもどろになっている。うっかり下手に応えると、首が飛ぶのではと懸念しているのだろう。

「正直に応えよ。決して罪に問うことはせぬ」

炎が静かに言うと、ようやく落ち着いたのか、顔を上げて左右を見渡す。

「畏れながら、まことでございます」

「それでどうした。お前から断ったか？」

「めっ、滅相な。みどもが袖にされました」

「そこもとほどの美男子を振るとは、楊季蘭も大した女よなァ」

「はい、あのお方は気高く、我などがお相手できる女性ではございませぬ」

「なのにそこもとは、逆のことを友人知人に吹聴しておると聞く。恥とは思わぬか？」

「面目次第もございませぬ。これは浅はかな匹夫の見栄《みえ》にて、楊夫人へは、心からお詫《わ》びいたします」

「それならば、お前が嘘を言った相手全員に、詫びて廻れ。それこそが、楊季蘭への一番の謝罪となろう。宦官二人を傍に付ける」

このように命じられては、王衍も逃げるわけにはいかない。彼は覚悟を決め、宦官とともに前言撤回の恥を忍ぶ行脚《あんぎや》に向かった。

これで楊芷の顔も立つことになり、後日皇后位に立てても後ろ指を指されまい。炎はこうして一息吐いた。にも拘《かか》わらず荀勗が、また呉からの奇妙な噂を報告にくる。

「皇帝晧が崩じて、孫奮が即位するとか」

孫奮とは、大帝（孫権）の息子なので、ありそうな話ではある。

「呉帝（孫晧）は、暗殺でもされたか？」

「いえ、寵愛する左夫人が亡くなって、気落ちされたからとか。しかし、もう少し」

荀勗も頭から信用せず、慎重に調べる気のようだ。左夫人の死にしても、案外孫晧が殺している可能性もあろう。そこまで邪推せねばならぬのは、孫晧が真面な皇帝として全く機能していないからだ。

炎がそう思ったとき、司馬攸《しばゆう》が楊皇后崩御の悔やみにやって来た。彼は今、皇太子衷《ちゅう》の少傅《しょうはく》（補佐と教育係）でもある。

礼儀作法や言葉遣いなど、攸は完璧で右に出る者はない。彼は言葉と態度で、太子衷を指導している。それはそれで安堵である。

特に部下の扱いには、細心の注意を傾けよという。それは、自身の身を護ってくれるからでもある。

「彼らには心を込めて、自分の家族同様にお使いなさいませ」

攸が言うのは、それを実践してきたからである。かつて炎が、「経費節減のために、親衛隊騎兵を削減する」と触れを出した。すると驃騎兵数千人が解雇されたが、彼らは攸を慕って宮城を去ろうとしなかった。

炎は仕方なく、彼ら全員を復職させた。そのとき炎は、攸が受けている周辺からの信任の篤さに、改めて愕いていた。

そう思うと、攸に支えられている衷の頼りなさが際立った。更に攸の嫁となった賈充の次女賈荃《かせん》は、攸によく尽くしているという。姉に肖て色黒でお世辞にも美貌とは言えないが、攸を支えて健気だと言われている。

姉妹といえど、気立てや性格は全く違う。

それからしばらくして、呉帝孫晧が噂に反し、健在だとの話が入ってきた。即位が取り沙汰されていた孫奮は、一族もろとも処刑されたらしい。初めから、周囲を試すつもりで身を隠していたとの見立てもあった。

「考えられなくもない」

崩御を露骨に喜んでいる者を、謀反人として見つけるためだったのかもしれない。そんな噂の最中、荊州対岸に陣取っていた呉の将軍、陸抗《りくこう》が卒したと伝わってきた。

呉人にすれば、逆であって欲しかったはずだ。対峙してきた羊祜も同じ感慨らしい。後日の報告に、呉への総攻撃には杜預《とよ》を使うよう進言してきた。つまり自らも体調不良で、領土統一には参加できないようだ。

しかし、このような主戦論に対して、賈充などの功労者は、余り積極的ではない。炎が訝しく思っていると、愛妾の胡芳が皮肉な分析をする。

「賈司空（充）は、位人臣を窮めたので、もう手柄を立てる必要もなく、また他の人に手柄を立てられるのも嫌なのです」

それは確かに、鋭く穿《うが》った見方だ。炎が感心していると、「前言撤回」の行脚を終えた王衍が、宦官ともども報告に罷り出た。

そこで改めて、呉への対処について訊く。

「お前なら、どうする？」

「はい、従兄共々、呉へ侵攻する所存です」

彼も王戎同様に、名を上げたい野心家なのだ。なのに、「無為自然」を標榜する道家思想の連中と、清談を好むのは本質的に矛盾している。だが、全く気にしていないらしい。

「なあ、夷甫《いほ》（王衍の字）」

炎が言いかけたとき、皇太子衷の親衛隊員と侍女が慌ててやってくる。

「たっ、大変です。賈妃が、賈妃様が」

彼らは言葉にならない言葉で、何かを訴えようとしているが、余りの精神的な衝撃を受けたようで、全く伝わらない。

ようやく落ち着いた彼らから聞いたのは、我が耳を疑いたくなるようなことだ。

司馬衷にも、東宮に後庭があり、妾を数人囲っている。衷はその中の一人と懇《ねんご》ろになって、懐妊させている。ところが、それを知った皇太子妃の賈南風は、嫉妬の余り彼女の腹を錐状の尖った物で突き刺したという。

「それで、どうなった？」

刺されたのは妾だけでなく、胎児もろともだった。彼女は医師の手当てを受けたが、傷が深く、遂に帰らぬ人となった。報告を受けた太子衷は、ただおろおろするばかりで、何らの判断も下せないでいる。

「廃妃じゃ。直ちに東宮から追い出せ」

炎は宮城から東宮へ、急ぎ足で向かった。東隣にあるのだから、遠出ではない。炎は門を蹴破る勢いで、屋敷へ乗り込んだ。

「賈時《かじ》はおるか！」

炎に大声で字を呼ばれ、賈南風が項垂れて出てくる。何を言われるか、解っているからであろう。炎は聞きつけたことを言葉に出して言い、真偽を確かめた。

賈南風は何ら返事をせず、ただ押し黙っているだけだった。その可愛げない態度が、更に炎を本気で怒らせた。

「疾く、東宮を出でよ。皇太子妃を廃する」

炎の形相に、さすがの賈南風も恐れをなして、早々に東宮を出ていく。詫びる言葉は、一切なかった。

「二度と宮城の門は潜らせるな」

炎の顔は、かなり紅潮していた。それほど、怒りが込み上げていたのだ。だが、その後も身体全体が熱かった。目尻の向こうで皇太子衷が為す術を知らず、どぎまぎしたようすで佇《たたず》んでいた。

それに対する怒りも手伝って、炎はふらふらしながら宮城へ戻った。そこで宦官に命じて、胡芳を呼びにやらせた。しばらくして彼女が来たが、悲しそうな表情だ。

「わたくしと同じ諱《いみな》の方が、薨去《こうきょ》なさった由。なんでも魏の皇帝だったとか」

曹芳《そうほう》のことである。享年四三であるとか聞こえたが、炎は高熱を感じて、その場から寝室へ行った。怒りだけでなく、身体全体が熱くなっていた。そのような状態が、それからしばらくつづいた。

36

「ずっと、おことが看病してくれたのか?」

咸寧《かんねい》元年（二七五年）になって、洛陽の都に流行病が猖獗《しょうけつ》していた。炎も、その余波に罹患《りかん》して、眠りつづけたのである。

ようやく目覚めた炎が周囲を見渡すと、胡芳がいる。普通ならば、皇后候補の楊芷が付くと考えられる。それでも胡芳に席を譲るのは、諦めの境地なのかと、炎も妙な気の回し方をした。

「随分、魘《うな》されておいででしたよ」

胡芳に言われて、炎は夢を思い出した。それは自らが他界した後の、宮中のようすだった。皇太子衷《ちゅう》は何をすれば好いか判らず、司馬攸《しばゆう》によって万事が取り仕切られていた。

そのうち司馬攸が衷に成り代わって帝位に即き、衷は地方王を転々とさせられていたのだった。

これではまるで、曹丕が曹植にした仕打ちそのものではないか。これは炎が帝位に即いた後、決して攸にせぬようにと、母が今際《いまわ》に心配したとおりのことだ。

流石に炎も、これを正夢だなどとは信じなかった。ただ、気にはなっていた。

「楊季蘭は、お前に遠慮していたのか？」

「さあ、存じませぬが、主上がお目覚めと判れば、そのうちに謎が解けるのでは」

胡芳は、いつも含みのある言い方をする。それも炎の気に入っている。彼が後宮から宮城へ行くと、宦官が面会人を取り次ぐ。

「この度は、真に申しわけございませぬ」

詫びを入れに来たのは、賈充だった。娘の不祥事を謝っているのだ。

「お前ではなく、這い蹲《つくば》るのは、賈時ではないか。このようなことで、親が代わってどうする？」

「申しわけございませぬ」

「だから、お前が謝らずともよいのだ。娘を廃妃にしたとて、賈公閭（充）が晋の功臣であることには変わりはない」

そこまで言ってやると、賈充は低頭して帰って行った。ただ、炎が言ったことは、気休めなどではない。そこは本心なのだ。

数日後、荀勗が御機嫌伺いと言い訳しながら、また呉の噂を持ってきた。

「呉郡から銀の延板が出土して、呉帝が瑞兆だと欣喜雀躍したとか申します」

「ふん、どうせ自分で埋めたのだろう」

炎が突き離すように言うと、荀勗もお追従笑いをしていた。

「よろしゅうございますか?」

楊芷がやてきた。熱病に倒れてこの方目覚めた後も彼女とはほとんど逢っていないが、疎遠を望んでいたようでもなさそうだ。

「ほう、珍しいな。どうした」

炎が楊芷に顔を向けたので、荀勗はその場から去ろうとする。だが、楊芷は「いらしても、構いません」と、人払いを否定する。

「いえ、そうではなくて」

荀勗は、敢えて席を外した。内容を察して、複雑な話に巻き込まれぬようにしたのだ。

「看病を胡夫人に任せたままで、申しわけございませんでした」

何か仔細が、ありそうなようすである。

「取込でもあったのか?」

「はい、賈時殿のことで」

楊芷がそのように言いかけると、炎はことばを被せる。

「あいつは廃妃だ。もう、名前を出すな。穢《けが》らわしい。朕の熱病は、あいつのせいぞ」

炎の険しい顔に、楊芷は言葉を抑えて拱手する。だがそれは決して、諦めを告げる仕草ではない。

「大変なことをしたと、本人が後悔なさっておいでです。ここは聖恩と御寛恕を」

「ならぬ。しかも、なぜおことが賈時に成り代わって、朕を説得しておる?」

「賈時殿は畏れの余り、宮城へ足を向けられぬのです」

「己のしたことを、反省すれば、さもあろう。今後は、宮城へ出向かぬが賢明ぞ」

楊芷には、取り付く島がないような炎の反応だった。それでも彼女は、冷静に炎から決して離れようとはしない。

「賈公閭殿が、今も功臣であることは変わりありませぬか？」

「だから、司空の地位から落としてはおらぬであろうが」

誰かが重罪を犯した場合、一族誅滅の処罰を蒙《こうむ》ることがある。だが賈南風の犯罪は、彼女一人に咎《とが》めが下っているだけだ。しかも殺人罪で、廃妃だけに止まっていれば、寛大な処置といえるだろう。

「このことは都人士が皆知っており、やがては地方から呉へも、知れ渡ることでしょう」

「さもあろう。それがどうした？」

「皆が知りたがるのは、主上が功臣一族をどのように処遇するかということです」

「ああ、だから賈司空の地位は」

「それはお伺いしております。わたくしが言うのは一族への寛大な処遇でございます。春秋時代には君主の徳治が叫ばれ、功に対して死罪が三度も許された例がございます」

「例があるのは、そのとき必要な事情があったからだ。例があろうと、必要がなければ踏襲する必要はないのだ」

「確かにさようですが、今は晋が建国されたばかりにて、功臣一族への対応が注目されております。そこを御明察ください」

楊芷は何とか賈南風を、太子衷の妃、将来の皇后の候補に留めたいようだ。それは国家や後宮の、安定を考えてのことらしい。

「朕が病に伏せっていたとき、おことは賈時の所で説得していたのか？」

胡芳が「そのうち謎が解ける」と言ったのは、それらしい。

「はい、気持を入れかえるよう話しておりましたが、ようやく納得されました」

「それで、どうするというのだ？」

炎は、あの賈南風が、素直に詫びを入れてくるとは思えなかった。また、一言だけですまさせるつもりも全くない。

「償いをさせます。まず、殺《あや》めた姫妾の実家に出向いて謝らせて、荘園からの化粧料一割を、この先両親が健在の期間納めさせます」

「それから、朕には？」

「ここへ来て、額を床に擦りつけて詫びを入れさせます」

「それを、あの女が承諾したのか？」

「はい」

最後の返事は、心なしか弱かった。おそらくは、ここまで楊芷が諄々《じゅんじゅん》と説得して、やっと賈南風がその気になったのだろう。

「ここへ来るまでにやるべきことを、まずは宦官を付けて確認させる」

それは、王衎の謝罪行脚の焼き直しを彷彿とさせる。もし賈南風が宦官たちを買収しようとすれば、直ぐに報告が来て処刑の憂き目を見ることになる。

炎は楊芷に、その因果だけは充分含めておいた。額を床に云々は、その後のことだ。炎の意向を聞いて、楊芷は再び賈南風に会うため賈充の屋敷へ赴いた。

炎は胡芳を呼んで、ここまでの経緯をじっくり話した。

「どうかな。あの女、実行すると思うか？」

炎の問いに、彼女はあっさり応える。

「それは、いたしましょう」

「あの気位だけの女が、化粧料まで差し出して、朕に詫びを入れたりするか？」

「必ずいたします。荘園の上がりの一割など、将来の皇后位と天秤に掛ければ、問題になりますまい。額を床に擦りつけるのも、同じことでございます」

胡芳の応えは、全く以て単純明快だった。

「だが楊季蘭は、なにゆえ賈時に加担するのだろうな？」

「それは崩御なさった前皇后への義理立てだろうと存じます。賈時殿を推したのは前皇后で、楊夫人を推薦なさったのも皇后ですから」

胡芳の説明で、炎は明瞭に納得した。

「なるほど、そういうことか。朕は、賈時のごとき存在があれば、楊季蘭が引き立つと考えておるのかと思うたわァ」

「それはなきかと。楊夫人は、一人でいらっしゃってもお綺麗です。何かと比べずとも」

「ほう、女は女を褒めぬものだが、おことはそうではないのだな」

「妙な嫉妬心は、却って恥です」

胡芳が歯切れ良く言ったとき、また宦官が司馬攸の面会を告げにきた。炎は夢を思い起こして、やや顔を歪める。

「御病気を心配しておりましたが、お元気そうで安堵いたしました」

司馬攸は何かを小脇に抱え、いつものにこやかな誠実そのものの表情で、心底心配していたようすが覗《うかが》える。

「うむ、何とか保ち直した。お前も息災で何よりだ」

「はい、主上は何かとお忙しく、お疲れを取る食物を持参いたしました」

彼は抱えていた荷を降ろし、竹籠製の函蓋を取る。中には、蓮葉に包まれた物が十ばかり入っている。

「粽《ちまき》ではないか。それならば、厨の料理人どもも作るがなァ」

炎は、興ざめしたように言う。

「いえ、これは妻の手製で、大蒜《にんにく》の芽を刻んで和えております。味もさることながら、疲れにも本当に好く効きます」

司馬攸に勧められ、炎が手を伸ばそうとしたとき、「畏れながら」と宦官が遮《さえぎ》る。

「厨の食物でも、奴才《われ》らが毒味をいたします。外からの物なら尚更です」

「お前は、朕の身内も疑うか？」

そう言われては、宦官は抗《あらが》えない。

「主上、その者の役目でございます。軽んじてはなりませぬ」

第七章　統一

37

「しっかり詫びてきたのだな？」

殺害された姫妾の父母に謝り終えた賈南風が、楊芷に付き添われて、宮城の床に額を擦りつけに来た。

彼女は平伏して、全く顔を上げない。宦官どもの報告では、言われたとおりに遺族へ補償を行う約束もしてきたと、確認も取れた。

「もう、二度とあのような不祥事、いや、衷《ちゅう》の姫妾に意地悪一つしないと誓えるか？」

炎の命令に、賈南風はただひたすら額を床に擦りつけているだけである。

「朕の問いに返事一つするつもりがないのなら、お前には何らの反省もないと見做《みな》すぞ」

炎が声を荒らげると、楊芷が賈南風の傍らに付いいて、背に腕を回しながら小声で助言している。すると、賈南風は声を搾《しぼ》り出す。

「わたくしは愚かにも、嫉妬の余り皇太子殿下の大切な方を殺《あや》めてしまいました。殿下をはじめ親御様にも申しわけなく存じます。皆様方の深い悲しみを心に刻み、もう二度と、どなたに対しても、悪意を打《ぶ》つけることは一切せぬと、心からお誓い申しあげます」

「ようお言いになったのう。それでこそ賈時殿じゃ」

　ここまで言うのに楊芷がさんざん言い含め、何度も練習させたに違いない。

　先ほど楊芷に促されても黙っていたのは、練習を重ねて暗誦《あんしょう》した口上を決して間違わぬよう、再度心で諳《そら》んじていたからのようだ。

「二言ないのなら、復位させるかどうか、しばらく朕も考える。だがその間に、もう一つ課題を出すので、心して果たして参れ」

　炎はそう言って、『論語』を筆写するよう言い渡した。それが終わって、初めて復位できるかどうか決まるのだ。

「賈時殿、まだ望みはございますぞ。心新たにして、お努めなされませ」

　炎の言葉を背に、賈南風は楊芷の声掛けに慰められながら、宮城を去っていった。

「おことは、どう見る？」

　炎は後日、胡芳の意見を求める。

「賈時殿は、なかなか靭《したた》かです。先日、斉王（司馬攸）が粽をお持ちになりましたが、お作りになったのは王后（賈荃《かせん》）でございましょう。それは、主上も御存じのこととて、姉上（賈南風）への掩護《えんご》になっております」

　あのときは胡芳の諫めで、炎は一歩下がって宦官に粽を譲り毒味させていた。彼は一口食べて、下座でしばらく突っ立っていた。異変がないか測っていて、その後徐《おもむろ》に言う。

「味に怪しいところはなく、我の身体も異状なしと存じます」

　それに釣られて、胡芳も一つ抓む。そして、蓮葉の包みを剝いて口に入れて微笑んだ。

「ああ、なかなか旨い粽であったな」

「あのように、少しずつ主上の心を復位へ傾けているのでしょう。それが吉と出るか凶と出るかは、誰にも判りますまい」

胡芳の達観したような応えは、恐らく当たっている。確かに、炎の賈南風に対する怒りは、少し薄らいできたのだ。

賈南風の論語筆写がつづいている間に、咸寧《かんねい》二年（二七六年）となる。

「この度は司空職を拝命いたしまして、まことにありがとうございました」

挨拶に来たのは司馬攸であった。前職の賈充が、娘（賈南風）の不始末を詫び、論語筆写の寛大な処置に、司空職を辞して司馬攸へ譲りたいと申し出たのだ。

炎は彼の申し出を受け、その件を正式に司馬攸へ通達する。

「しっかり励んでくれればよい」

炎はこの人事を考えたとき、司馬攸を試すつもりだった。斉王として人望篤い彼が、司空となったときも、力を発揮できるかどうかは、やってみなければ判らないからだ。

「おことは、どう思う？」

巫女的能力がある胡芳に訊いてみる。

「多分、主上が想像されている以上の、働きをなさると存じます」

胡芳の読みどおりになるか、炎はじっくり眺めて楽しもうと思った。

そう言えば賈充は、法を整備したり格式や身分を尊んで、殊のほか帝室や宮城維持に関わることに終始していた。

かつては魏帝の曹髦を弑逆する汚れ役まで引き受けたが、もう武張ったことからは手を引いて、呉への侵攻など一切口にしない。一方司馬攸は、賈充とは全く違う視点で晋の采配を振っていた。

「衛《えい》征北大将軍（瓘《かん》）のお蔭で、北方の守備は万全になっております」

衛瓘が東北方面（現在の河北省から遼寧省）に睨みを利かせて、隙あらばと侵攻を窺っている遊牧民の烏《う》丸《がん》や鮮卑《せんぴ》を防いでいるから、必要な物を調えると報告してきた。

その方法は戦いもさることながら、彼らに賄賂を渡して内部分裂を促進したり、偽情報を吹聴して烏丸と鮮卑を戦わせたりする、外交の謀略を用いている。

こうして、遊牧民族からの脅威を減らしていることに重きを措いていた。

また杜《と》度支尚書（預《よ》）に対しては、関中において匈奴ら遊牧民族対策に戦果をあげ、穀物や塩の確保を安定させていると、司馬攸は着目している。

こうして見ると、司馬攸が目指していることは、賈充とは全く違っていた。これは、呉への侵攻を積極的に考えるか、現状維持を良しとするかである。

賈充はかつて胡芳が指摘したごとく、位人臣を窮めていて、とにかく誰かに手柄を立てられたくない一心に見える。

それに引き換え司馬攸は、国家統一を願っている一人だった。だから、呉への侵攻に必要な条件を整えている。それが東北部や西方の遊牧民の沈静化重視に現れているようだ。

南へ攻めるには、背後や側面の脅威を除く必要がある。それが、衛瓘や杜預を引き立てていることに現れている。炎は、そのように納得できた。

司馬攸が注目する衛瓘とは、かつて蜀が降伏したとき、司馬昭の特節となって成都へ行った者である。

その事情は、炎もしっかり覚えていた。

当初の目的は、鄧艾《とうがい》の行き過ぎた蜀経営を糾《ただ》すはずだった。しかし、予想だにしなかった鍾会の反乱に巻き込まれた。

鍾会の謀反は鎮圧されたが、先に捕らわれた鄧艾を救わなかったことで、彼は非難を受けたのだ。それから不幸なことに、人材として余り重要視されてこなかった。

そこを司馬攸は新たな目矩《めがね》で、再評価しているらしい。

また杜預《とよ》も、これまで全く無名な存在ではなかった。実際、彼は、司馬懿の娘（高陸公主）を娶《めと》っている。つまり、炎の義叔父に当たるのだ。ただ彼の父（杜恕）は、岳父（司馬懿）と折り合いが悪く、それを引き摺って取りたてられなかった経緯がある。

ただ羊祜だけが、自分の後釜に彼を推薦していた。やはり、見る目があったのだ。

司馬攸にとっても同様の存在であるが、かつての評判や血縁の確執や背景など一切取り合わず、現在における杜預の知識や行動の成果だけを評価していた。

「杜元凱《げんがい》（預）が願い出たので、孟津《もうしん》に橋を架けさせました」

この知らせに、炎は不思議な思いがした。自らが温県から洛陽へ来るとき、橋がなぜないのか訝ったが、歴代の聖人賢者が架けなかったからだと聞いた。

だが杜預は、浮橋の記録を見つけてきたという。その方法は舟を並べて綱でつなぎ合わせ、それに板を被せて橋にする方法だ。

彼は、それで完成させた。

これらを認めたのが、司馬攸の卓越した見識だった。ここまでの司馬攸の差配に、炎は口角を上げて歓迎していた。

「お前の予言が、当たったな！」

「ええ、そんな予感がしたんです」

炎が後宮から直ぐの庭園で胡芳と話し込んでいたとき、「よろしゅうございますか？」と、楊芷が声をかける。賈南風と供を数人同道してきたので、胡芳は場を外そうとした。しかし楊芷は、引き留めて是非に頼みこむ。

「どうか、御一緒にお聞きください」

胡芳が仕方なく同席すると、供が抱えていた論語の筆写が拡げられる。

「賈時殿は、勅命を守られました。これにていかがでしょう？」

楊芷の賈南風への入れ込み方は、尋常ではない。何としても、司馬衷の妃に戻そうと必死なのだ。その理由は、以前に胡芳が指摘したことに尽きよう。

「お約束ですので、賈時殿を復位させてくださりませ」

「筆写を見終わって、後日に判断する！」

炎の応えに、楊芷が息を呑んでいる。

「その方は、どう思うのだ？」

炎の問いは胡芳に向けられた。そうなろうと読んで、楊芷は留めたのかもしれない。俯《うつむ》いた賈南風が、横目で胡芳に注目している。そこで胡芳は、明瞭に応えた。

「筆写なら、今直ぐにも見られましょう」

胡芳の言葉は、誰が考えてもそのとおりであろう。要は、炎の別の理由づくりのための時間稼ぎを、阻止したかったのである。胡芳はそれに加担したが、結局は同じだと思ったからだ。

胡芳に促され、炎は綴じられた一冊の筆写を、眺めてみた。賈南風の心持ちとは似ても似つかぬ、以前見たのと同じ美しい文字で、論語が綴られていた。それは、かなり神経を使って記された文字の並びだった。

38

楊芷の皇后冊立と司馬攸の司空就任は、宮廷内は勿論、洛陽から司州の各郡にまで大きく喧伝された。しかし賈南風の皇太子妃復位は、添え書きのような具合だった。

身分的な釣り合いは、それで体面も保たれた。ただ、皇后、司空、皇太子妃の格や位の兼ね合わせを考えた宴の準備には、非常に時間がかかった。それゆえに司馬攸は、「経費節減のため、新年祝賀と兼ねよ」と言いだす始末だった。

「あいつらしい言い草だな。咸寧《かんねい》三年（二七七年）明けの年賀が、三人の祝いなら、好い年になろう。ところでお前はあのおり、賈時が改心したと自信があったから、直ぐに検分するよう促したのか?」

炎が感心して訊くと、あっさり応える。

「そのようなもの、ございませぬ」

もし賈南風が改心していなければ、どうせどこかで襤褸《ぼろ》を出す。そんな思いからだったと言うと、炎は声をあげて笑った。

あのときは彼も約束の手前、異を唱えにくい状況になっていた。賈南風としても、復位しようと必死なようすで、そのさまが容貌の醜さと相俟《あいま》って、憐愍《れんびん》の情を催したのだ。

それが、確かによく伝わってくる場面を、誰もが共有していた。

「判った。それではお披露目の宴を張ろう」

それに「お待ちを」と、賈南風が立ち塞《ふさ》がるように言う。

「それよりも、司馬司空の就任祝いが、まだでございますれば」

炎の身内を引き立てるように言うのは、彼女の成長だったのかもしれない。

炎は「そうであったな」と言いながら、胡芳を見やる。

「それなら、楊夫人の皇后冊立の祝賀も一緒になされば、いかがでしょう」

胡芳の提言に、楊芷は嬉しそうに「そこまでは」と手を左右に振っていた。

「ここまでのお働きは、正に皇后です」

それであの場は、一件落着したのだ。

年が改まって、祝賀の宴は年初と重なって大々的に始まった。

まず楊芷の皇后冊立が祝われ、炎が音頭を取って乾杯すると、宮女らが拍手喝采した。

つづいて司馬攸の、司空就任である。

こちらは既に実質的な仕事がつづいているので、彼の歯切れ良い命や、今までにない目の付け方が新鮮で、官僚らに人気があった。

だから、彼が杯を捧げて立ちあがると、皇族や官僚など宮廷人たちは、皆が皆一斉に同じ行動をして言祝《ことほ》いだ。

それに比べて皇太子妃の復位は、司馬衷が杯を高らかに揚げて、「愛でたい」と宣言するに留まった。

全員が経緯を知っているだけに、誰も殊更話題にしたがらなかったのだ。

ただ賈南風にとっては、地位を取り戻すだけでも価値ある儀式となる。それゆえ飲み食いの本格的な酒宴になると、彼女は東宮付の宮女に囲まれて、極力宮廷人の目から姿を隠すようにしていた。

「皇太子は、どこに御座《おわ》します？」

賈南風が司馬衷を探すと、彼は聞きつけて飼い犬のように彼女の方へ寄っていく。

「どっ、どうした？　気分は上々か？」

「お蔭様で、皇太子妃に返り咲けました」

大きな声ではないが、慎ましやかに喜んでいる声が漏れ聞こえ、それはそれで宮廷人の好感を少しは取り戻せたようだった。

宴も酣《たけなわ》となり、司馬攸の取り巻きが彼を囲んで大声で話しだす。

「司空の差配に、我らは胸のすく思いです。前司空（賈充）など軍や土木関係には、さっぱり関心を払われませんでしたからな」

誰かの言葉に周囲は相槌を打ち、司馬攸を守《も》り立てようとしていた。

「今後も司空が政《まつりごと》に深く参画されれば、晋は安泰でございます。先ほど皇太子妃復位と宣託擬《せんたくもど》きに告げられましたが、妃云々以前に大きな問題がございますぞ」

この一言が何を指すか、炎は解っている。この場で司馬攸の取り巻きが、どこまで本音を言うか聞いていた。しかし話題が変わったので、他へ移った。

「皇太子は、皇太子で良いのか？」

酔った勢いで、誰かが無礼な一言を吐いている。それが聞こえたとき、炎は会場を廻っていて、叔父司馬伷と立ち話をしていた。誰の言葉か気になり、目を凝らしてみる。

すると髭面の武人衛瓘《えいかん》が、炎の座っていた椅子を撫ぜている。それも、一度や二度ではなくしつこい。どうしたのかと炎が見つめると、大きく唇を丸めて同じ言葉を執拗に吐いている。もう声は聞こえない。いや、わざと声を出さないよう配慮している。

それでも、唇の動きで内容は解る。

「この座、惜しむべし。この座、惜しむべし」

衛瓘は座を撫ぜながら、その後で何度も同じ言葉を繰り返していた。皇帝の座が危ういという意味だ。

裏返せば、明らかに皇太子衷を廃位すべきだと言っている。

「衛征北大将軍（瓘）殿、それは言い過ぎではございませぬか？」

「どこがだ？　賈時殿の復位など問題ではない。肝心の皇太子があのようなことでは、将来は心許《こころもと》ないではないか」

衛瓘がはっきり言うのは、日頃から司馬衷の反応が、鈍過ぎるということだ。それは炎も自覚しており、心配の種であった。

さても、衛瓘の意見に同調する司馬攸の取り巻きが、何と多いことか。そう見ると、炎亡き後の政は司馬攸に腕を振るわせるのが、宮廷はまとまりそうな雰囲気である。

炎が思案しているとき、傍へ羊祜がやって来た。身体の調子が悪いので、日頃から杜預を後任にと推薦している。

「どうだ。身体の方は？」

「はい、寄る年波なのか、五臓六腑が優れませぬ。そろそろお役御免を願いたく」

「考えよう。ただ、今日は就任祝いの席だから、その分は後日沙汰する」

この程度の配慮に欠けること自体、羊祜の病状が進んでいる証左かもしれない。

「そうでした。申しわけございませぬ」

そう言いながら、羊祜は離れた所にいる杜預を呼んだ。

「孟津の架橋は、美事であったな」

「畏れいります」

司馬攸が決裁した事業だが、報告を受けた炎も感心していた。

「それで、次は何を造ろうと考えておる？」

訊くと杜預は頭を掻き、羊祜が平伏する。

「実は杜元凱の助言にて、かれこれ四年前から、荊州にて軍船を造っておりました」

それは、陸抗が卒する一年前からとなる。察するところ敵方の健康状態を考え、そのときが侵攻の機会と判断していたのだろう。

「機会を逸しても、気持を折らなかったな」

「何年か後に、必ず機会が廻ってきます」

呉が自滅して、領土を差し出してこない限り、必ず侵攻の日を迎えることになる。

「前司空は呉との戦いを渋りおったが、要は呉の状況を見て決断すればいいのか？」

炎は、統一に対する野心を覗かせている。それに応えるのは、羊祜であった。

「できるだけ双方の兵を失わぬよう、呉が一番疲弊して、民草が呉帝（孫晧）を見限ったときを狙っております」

「それは待ち遠しいな」

羊祜の報告から、軍船が役立つ日も遠くないと確信できた。そこで羊祜は重ねて言う。

「主上、先ほどは祝いの席で失言いたしました。お詫びに軍船が完成するまで、荊州にて指揮をいたします」

羊祜は言い置いて、荊州へ戻っていった。

それから後も家臣を斬殺するなど、呉帝の耳を覆いたくなる乱行が聞こえてくる。

琴が上手い中書令の張尚《ちょうしょう》が、音楽談議で孫晧を論破したため、左遷の憂き目に遭い、遂には慣れぬ船大工をさせられた末、誅殺されている。

この年、夏口督《とく》の孫慎が軍を進めてきて汝南を焼き討ちし、晋の民を拉致して引き揚げるという思わぬ事件があった。

また張俶《ちょうしゅく》なる佞臣は、孫晧から寵愛されているのをいいことに、誣告の限りを尽くして、気に入らぬ者らを凶悪犯として処刑していた。ところが後日に嘘が曝露された途端、孫晧は彼と家族を車裂の刑に処している。

報告に来たのは、荀勗《じゅんきょく》であった。

無論、孫晧自身の迂闊さを一切反省せず、今度は岑昏《しんこん》なる佞臣の我がままを肯《き》いているらしい。この男は長江の流れを宮城へ引き入れることに成功し、今の地位を得ている。

「その川へは、宮女が何人か斬られて捨てられています」

「何をしでかして、そのような刑に？」

「一部掃除が行き届かなかったり、水を零《こぼ》したかららしいです」

孫晧なる人物は、日常が乱心である。だとすれば、呉はもう滅びていくしかない。

南の呉へ力を注ぐため、衛瓘は北の鮮卑と烏丸を対立させるべく、双方が憎み合うように虚言の悪口を広めた。ときには互いを傷付け合うよう、血の気の多い者らに酒を呑ませて賄賂まで渡して戦わせた。死者と負傷者が大勢出た遊牧民は、しばらく晋へ侵入できない状態になった。

このように、北の脅威を和らげる最後の仕事を終えると、咸寧四年（二七八年）炎は、彼を尚書令侍中として洛陽へ呼び戻した。

この年、蝗害が起きた。田畑の緑が一日にして食べ尽くされて、土色に変わる、当然ながら飢饉が起こるが、衛瓘は穀物の余った所から、迅速に被災地へ食糧を送らせた。

その手際の良さに、炎は真底感心した。

39

その年の暮、羊祜《ようこ》が卒《そつ》した。彼の代わりに荊州で指揮を執るのは、杜預《とよ》である。

「呉侵攻の準備を、お願いいたします」

そのために、まずは晋は皇帝から兵士の末端、いや、人々までもがその気になることが肝要なのだ。その次に、輜重を素早く前線へと運ぶことだ。宮城からの差配は司馬攸《しばゆう》と衛瓘《えいかん》双方が、協議して執ることになろう。司州から南の穀物を、あるだけの荷車を使って、荊州以外の前線基地へも運ぶのだ。

「さまざまな計算を、せねばならぬぞ」

炎はこのようすを、司馬衷に見せようと思った。そこで宦官を東宮へ遣り、早速彼を呼びつけた。

「主上、参りました」

司馬衷は何事かと、慌てふためいてやってきた。賈南風も付いてくるのは、最近司馬衷の側室謝玖《しやきゆう》が長男遹《きつ》を産んだので、本妻から外される心配をしているらしい。ただ、今回は、謝玖に嫌味一つ言わなかったようだから、帰れと言うのも酷な気がした。

「これから、下邳《かひ》や寿春《じゆしゆん》、江夏《こうか》、襄陽《じようよう》へ穀物を運ぶことになる。どこから車を何台使ってどのように運ぶのが効率が良いか、算出するので、お前はそれをよく見ておけ」

炎からそう言われただけで、司馬衷の表情に不安が過っている。

これは、農産物の備蓄倉庫へ幾台の車を遣って、前線基地の砦へ運ぶのかというだけではない。次に何を積んで、どこへ運ぶのかも考えねばならない。

説明を聞いただけで、司馬衷は顔面蒼白になっている。

「細かい計算は、官僚に任せれば好い。それでも、彼らがどのようなことを行うのかだけは、必ず理解しておくように」

任せればの一言に、司馬衷は一瞬ほっとしている。考えるだけで、きっと頭が痛くなるのであろう。だが、それも困ったものだ。

官僚の仕事を小半時見せ終わると、炎は司馬衷に声をかける。

「皇太子、小部屋まで付いて参れ」

言うと同時に炎は宦官に言いつけて、墨と硯、筆、紙を持ってこさせる。大きな卓を前にして、炎はある問題を出す。

「甲なる人物が、洛陽から長安へ旅立つと思え。甲は一日五〇里進むものとする。そして五日後、乙なる人物が一日七〇里進んでいくと、何日後に追い付くか？」

問題を聞いた途端、司馬衷は目を白黒させている。炎が宦官に硯と筆、紙を並べさせるが、司馬衷はそれに触れようともしない。

「先ほど寿春や江夏、襄陽なる城邑名は聞こえましたが、長安の名はございませなんだ。こちらへも何か運びますのか？」

判らない答をはぐらかすために言っているのか、本気で城邑名で混乱しているのかは判らない。だが、それだけで炎は苛立《いらだ》った。

「穀物運搬とは別の、簡単な旅人算だ」

「我は一人旅など」

言い訳がましいので炎が睨み付けると、司馬衷はようやく墨を擦って、硯池に筆を漬《ひた》した。

「さあ、紙に絵を描いて考えれば、答は直ぐに出ようものを」

炎に解答を促され、司馬衷はようやく墨道で筆先を整えた。しかし、どのように考えれば良いのかが、さっぱり思い描けないようだ。

「皇太子殿下、二五〇里先の甲を、乙が一日二〇里ずつ詰めるとお考えなされ」

堪らず賈南風が、考え方を示唆する。それでも司馬衷は、何をどう考えれば良いのかすら、一向に解らないらしい。

「二五〇を二〇ずつ、何回取れましょう?」

賈南風が助け船を出すが、司馬衷には全く理解が及ばない。

「ほれ皇太子殿下、十三日目には追い付けますぞ。お解りでしょう」

賈南風が急いで答を出させようと、勇み足よろしく先走る。

「そこまで教えては、却って為にならぬ」

叱責された賈南風は、慌てて拱手する。

「失礼いたしました。さあ、皇太子殿下」

妃に言われて司馬衷は筆を執るが、やはり何をどう描けば良いのか想像できないのだ。

炎はそれを見ていて、情けなかった。それでも、もう一度問題を出そうと思った。

「では、巻き狩りの問題だ」

狩りと言われて、司馬衷の表情がまた曇った。彼は乗馬も弓も下手だったからだ。

「巻き狩りの獲物は、鹿と鴨合わせて二〇であった。そして切り取られた双方の脚の合計が五〇であれば、それぞれの数はどうだ?」

この問題にも、司馬衷は顔面を引き攣らせている。何を手掛かりに、どう考えれば良いのかすら判らないのだ。

「順次書けば、いかがでしょう？」

妃に促されて、鹿と鴨は二〇、脚の総計が五〇と書きだす。

「ならば、鹿が十九で鴨が一の場合から、順次書いていけば良いのだな？」

司馬衷にしては、良い思いつきであった。

「さようです」

炎は、賈南風が口であれこれ助ける作業を凝視した。司馬衷は不器用そうに、鹿と鴨の数字を書き込んで、脚の数を計算して書き込んでいる。

鹿の多い順に書き込むので、なかなか答に辿り着けないでいるのが、実にもどかしい。炎は司馬衷の鈍さ遅さに、どんどん神経を逆撫でされていく。

ようやく鹿五匹、鴨十五羽と解答するまで一刻以上の時間がかかった。

「お前は将来、皇帝として立つつもりはあるのか？　それとも、諦めるか？」

こう訊くと司馬衷は必ず不安な表情で、賈南風に助けを求める。炎はそうと思っていたが、予想に反して明快な応えが返ってきた。

「立ちまする」

そこまで明快になれるのは、賈南風から訓練されているからに違いない。

「その返事を嘉《よみ》しよう。だがなァ、皇帝という地位は、即決を求められることがある。今のようなことでは心許《こころもと》ない」

「では、どうすれば？」

訊いたのは、賈南風だった。それが、とうとう炎の癇に障った。

「朕が話しているのは、皇太子であって妃に対してではない。出しゃばるな」

ここで、また「廃妃」などと言われてはと思ったのか、賈南風は拱手して一歩下がる。

「よいか。では戦《いくさ》が始まったとき、皇帝は何を考えねばならぬか、とくと考えて意見を書面にせよ。新年明け月の末日が期限じゃ。もしも、妃や役人が手伝った形跡があれば、お前の皇太子位は剝奪する」

この一言に一番緊張したのは、当の司馬衷よりも、賈南風のように見受けられた。

ただ咸寧五年（二七九年）が明けると、呉への侵攻準備が当面の大課題になった。

「食糧は、充分補給できておろうな？ それに輜重の矢弾や矛なども？」

蝗害があって、緑が根絶やしにされた地方もあり、穀物を供出できない所もある。しかし、有る所から持っていかねば、呉への侵攻が遅れてしまう。そんなとき、晋への天佑と思われる事件が起こった。

「呉の西南部の異民族が、反乱を起こしました。呉は、そちらに兵を割かれましょう」

郭馬《かくま》が率いる軍が交州（ベトナム北部）や広州（広東省）で暴れるため、呉の将軍は晋からの防衛と反乱鎮圧に困り果てるが、皇帝孫晧は事の重大さが全く解っていない。

「それなら侵攻の振りだけして、彼らが疲弊するまで待つのが得策だ」

杜預はそう言いながら、食糧など輜重が届くのをゆっくり待った。そんなとき、晋軍の態度に業を煮やしたのか、呉の西陵督張政《ちょうせい》が攻めて来た。だが、晋軍の敵ではなく、あっさり撃退されて捕虜まで得た。そこで杜預は捕らえた呉兵十人に「張政が晋へ侵攻したものの敗れた」旨の手紙を持たせて、十箇所から建業へ行かせた。

「奴自らは負けたと、口が裂けても言うまい」

策戦は図に当たり、孫晧が動揺する。

「もう少し待ってから、長江を押し渡るぞ。その前に是非とも主上から」

杜預は、「檄《げき》を送るよう」要請してきた。皇帝の直筆や印璽《いんじ》があれば、兵は奮いたって呉の地へ踏み込む。皇帝なる存在には、そのような力があるのだろう。

「いよいよ、呉への侵攻ですな」

「さよう。呉帝がどこまで保ち堪《こた》えるやら」

宮廷では、晋勝利がいつもたらされるかの話題で、敗れるなど露ほども思っていない。

下邳からは司馬伷《しばちゅう》、寿春から王渾《おうこん》、項城から王戎《おうじゅう》、江夏から胡奮《こふん》、巴東から王濬《おうしゅん》らが呉を包囲するように侵攻していく。

彼らが動くと、呉軍が逃げ惑って降伏してくる状況が報告される。中には戦う前から、兵に逃亡される将軍まで出てくる始末だ。

このような最中、炎は忘れていたことを思い出した。それは、司馬衷に出していた課題である。炎が呉の併呑に心を奪われていたため、つい疎《おろそ》かになっていたのだ。

「〆切から、もう九ヶ月以上経ってしまったが、できておろうな？」

炎が東宮へ入ってくると、司馬衷は驚いて飛んで出てくる。背後には、付き物のように賈南風が控えている。

「回答をここに出してみよ」

「かっ、回答とは……？」

惚《とぼ》けているのか、いや、本心であろう。だが炎とてここまで失念していたのだから、司馬衷を責められた義理ではない。それでも、何ら答がないのなら、それこそ問題だ。

「そっ、そう言えば、こちらにございます。こちらです。どうぞ、御覧《ごろう》じませ」

40

「おめでとうございます。遂に呉が、完全に人心を失って降伏しましたな」

満面笑みを湛《たた》えて言祝ぎに来たのは、司空の司馬攸である。

咸寧六年（二八〇年）初頭から、晋軍は呉へ侵攻し連戦連勝を重ねたので、呉帝（孫晧）は片肌脱いで後方手《しりえで》に縛って投降した。

ただ、こうなるまでに呉宮廷で一悶着あったと伝わっている。それは、晋へ降伏する前に「岑昏《しんこん》を我らに引き渡せ」と、呉帝へ宮廷人が迫ったことだ。

彼は運河開鑿《かいさく》に長けており、長江の流れを宮廷へ引き込んだ。そこへ孫晧が、宮女を傷付けて投げ込んでいる。彼女たちの親は、宮廷人が多い。だから最後に、復讐を遂げたいと願い出たのである。

孫晧は後髪など引かれるようすもなく、あっさり佞臣《ねいしん》を突き飛ばして、宮廷人のなすがままに任せた。すると宮城内に、滅多刺しにされた遺体が転がったという。

そんな報告に、司馬攸は眉を顰《ひそ》めて溜息を吐いたが、炎は鼻で嗤っただけだった。

「賈公閭《かこうりょ》（充）を大都督に抜擢し、恰好を付けさせてやろうと思うたに、あ奴この期に及んでも、まだ『慎重に』と嘯《うそぶ》きおった」

「やはり、賈妃の問題もあったので、功臣が出ることを警戒しているのでしょう」

「それでは国が、前へ進まぬ。ただ今にして思えば、羊叔子《ようしゅくし》（祜）には、呉領併呑の瞬間を見せてやりたかったぞ」

「正に、さようです。それにつけても賈公閭殿は、取り越し苦労が過ぎますな」

これから先に対しての、司馬攸の考え方は解る。呉関係者へは処置を緩《ゆる》やかにして、必ず民心を慰撫しようと仕向けるはずだ。

そうすると呉の民草が、孫晧の狂気に近い仕打ちと大きな隔たりを覚えて、晋を慕うと計算しているのだ。無論、それは間違いではなく、炎自身の評判もあがる。

こうして、いわゆる「三国志の時代」は終焉《しゅうえん》を告げる。だが、歴史は休止せず「晋朝」なる別次元の舞台に変わっていくのだ。

これを機に改元され、太康《たいこう》元年（二八〇年）となる。

やがて呉帝孫晧をはじめ、宮廷人や官僚ら貴族が馬車や騎馬、あるいは荷車、徒歩で、どんどん洛陽へ送られてきた。それは蜀が滅亡したときと、全く光景が重なる。

あのときの旧蜀帝劉禅《りゅうぜん》は彼の気質から、洛陽の宴会で引っ張り蛸の人気を博した。それに引き換え、狂気や残酷の悪名馳せた孫晧では、宴会に招く酔狂な人物は皆無だろう。

炎は、久し振りに胡芳を侍らせて問うた。

「あの解答を、お前はどう思う？」

あのとは、司馬衷に課した問題である。炎が回収してきて、検分しているのだ。

「まあ、わたくしの見るところ、御自分の字ではございますが、何か妙です」

皇帝は敵国の力（軍事力と経済力）を分析して、自国の兵員と武器、食糧の運搬能力を見比べて……。

解答は、司馬衷の描く汚い文字でそのように綴られている。

「これの、どこが妙だ？」

「戦《いくさ》が始まったとき、皇帝は何を考えるかなる問い。要は勝つために人と物、つまり兵と食糧や武器などを集め、それを敵の要衝に打つけて力を殺《そ》ぐのが道理でございます」

「うむ、流石は祖父（司馬懿）と伯父（司馬師）の部下、胡遵《こじゅん》と胡奮《こふん》を祖父と父に持つ娘だ。それで、どこが妙なのだ？」

「失礼ながら皇太子殿は、そのように物事をお考えになる方でしょうか？　戦争の何たるかに、御理解がおありかと？」

胡芳の指摘は鋭かった。確かに司馬衷は、物事の本質を問い質すような思考はしない。「敵国の力を分析」とか、「運搬能力を見比べ」などという語は、決して使わない。

「だとすれば、ここに書かれているのは？」

「役人が作ったものを賈妃が検分されて、皇太子殿に写させたと考えられます」

胡芳の指摘に、炎はもっともだと思った。そう考えるのが、一番理に適っている。

「やはり、姑息な真似を。許せぬ」

炎の目には憎悪が宿っている。それに引き換え、胡芳は醒めた口調でつづける。

「主上は今更、何をお言いか。皇太子殿の能力が、突然上がるはずもございませせぬ。それよりも、長所を生かせばいいのです」

司馬衷の好い処など、思い浮かばない。

「呉帝（孫晧）は残酷無比で、滅亡が予想されました。でも蜀帝（劉禅）は無能でも、四十年以上国家はつづいたのです」

「確かにそうだが、彼には諸葛孔明など忠実な賢臣がいて支えたろう」

他にも、蔣琬や費禕などがいた。だが、黄皓なる宦官が将来を台無しにした。詰まるところ、奸臣佞臣を排除すれば良いのだ。

「だとすれば、賢明な介添えに任せておく方が、国家としては保《も》ち堪《こた》えるのか」

前漢にも幼い昭帝を、霍光《かくこう》や金日磾《きんじってい》らが支えた例があり、希有なことではない。

「わたくしは、さよう思います」

それなら、司馬衷を皇帝に立てて司馬攸が実質を見れば、理想的な政が敷けるのやもしれない。炎は一瞬、それを本気で考えた。

「ならば朕も、遊んでおっていいのだな？」

言えば、胡芳が止めてくれると思った。

「そうなさいませ。呉から後宮の美女連が大勢到着なさる由ですから」

胡芳は取り合わず、大きくなってきた腹をさすっている。彼女の言うとおり、呉の建業から洛陽へ、貴族の子女や宮女が来た。

「子女や宮女は、朕が首実検をする」

この光景も、楊艶が身罷《みまか》った後、司州の子女を婚礼禁止にして、後宮へ入れる者たちを選んだのと全く一緒である。

「もう五千人入れるので、後宮を造築せよ」

皇帝の命令とあって、大工や職人が入れられたが、炎は楼閣にはさせなかった。三層建物の回廊を同心円状につないで、十字で割った。完成するまでは、数年が費やされる。

このことに関して、誰も苦情を言う者はなかった。それが統一事業を成し遂げた皇帝の、権威というものなのだろう。少なくとも周辺は畏敬の念と、少々のことは許そうという気持が働いていた。

司馬攸もにこにこした顔つきで、楽しいことを報告する表情でやってくる。

「天下が統一されたのですから、いよいよ人々に土地を分け与えて、耕作させましょう。これが国家経営の基礎になります」

つまり年貢を取り立てる算段だが、広い国土に制度を行き渡らせるため、司馬攸はすっかり苦心惨憺《くしんさんたん》しているようだ。

「占田《せんでん》、課田制《かでんせい》と申しまして、十六歳から六十歳までを正丁（一人前の働き手）として、丁男には占田七〇畝《せ》（約二・四ha）と課田五〇畝を支給します。丁女には占田三〇畝（約一・〇五ha）と課田二〇畝を与えます。他に十三歳から十五歳と六一歳から六五歳を次丁として二五畝（〇・七ha）を」

司馬攸は土地の供給を受ける者の資格と広さを言い募るが、炎は細かい数字には興味などない。それは官僚に計算を任せて、一覧表にでもすれば良いからだ。

要は、人々が納得するように土地を配分して、税を徴収するための実行部隊をどのように調えるかである。そのために皇帝ができるのは、出来上がった法律に印璽を捺して権威を与えることだけだ。

司馬攸は、なおも数字を披露しつづける。だが炎は頭が痛くなるので、手を翳《かざ》して止めさせた。

「司空に任せるので、思うとおりに腕を振るってくれ。このようなことの差配は、おまえに限るな」

炎の言葉を、司馬攸は嬉しそうに聞いていた。彼は今、水を得た魚なのだ。

同様に宮廷人らも、浮き浮きした気持で朝議の場へやってくる。休み時間にもなれば、他愛ない話題に花が咲く。

「さあ、皆様方は、どうお応えかな。女という生き物を、よく御存じな方々は、お褒めになるか、それとも、悪く言われるか？」

最近、王戎と連れだって宮中へ来るのは、美男の誉れ高い王衍である。清談で名を売っているので、弁舌も滑らかだ。

「うむ、我は褒めはしませぬ。やや、悪く言う程度ですかな」

「それは、女を余りよく御存じない証じゃ」

王衍の評を聞いて次に、髭面男が言う。

「では、我は女というものを、褒めよう。彼女らがいなければ、この世は闇じゃ」

「そこまで言うお方は、女を全然解っておられぬと評されましょう」

王衍の、身も蓋もない酷評を受けた髭面男は、頭を掻きながら修行し直すと座を外す。炎はそんなようすを、胡芳を側に置いて遠くから眺めていた。

「いま話を仕切っていた奴は、美男で有名らしいが、後宮でも持てているのか？」

炎が訊くと、胡芳は鼻で嗤う。

「楊皇后の一件が知れ渡っていて、どなたの口端にも登りませぬ」

「では、巷の女どもの噂の種になっているのか？」

「洛陽の大路小路でも同じです。今娘らが騒ぐのは、後宮の規模と誰が入るかだけです」

かつて潘岳《はんがく》と夏侯湛《かこうたん》なる若者が、洛陽の巷で持て囃されたらしい。見た目は王衍に優るとも劣らず、世間は二人を「連璧（連なる美しい宝石）」と呼んでいたらしい。

「潘安仁《あんじん》（岳）が車で出掛けたおりには、娘たちが果物を投げ込んだので、屋敷へ戻った頃には青果店が開けるほどだったとか」

それも炎が、結婚禁止令を出した途端に止んだらしい。彼女たちの関心が、美男よりも入内《じゅだい》に傾いたからだ。

「そうか。それは無粋なことをいたしたな」

「身が二つになるので、実家へ戻ります」

胡芳が、炎に暇乞いしている。

「お前がいないと、相談相手に困る」

「なにを仰せか。司空殿がおられましょう」

「それは、また話題が違うからな」

炎が拗ねたように言うのは、胡芳に甘えたいからだ。二人が楽しそうに広間で話しているのを、回廊の奥から隠れて見ている宮廷人がいる。荀勗《じゅんきょく》と馮紞《ふうたん》である。

「あの方々には、決して心を許してはなりませぬぞ。保身にしか興味のない御仁らですから。必ず司空殿の悪口を申しましょう」

胡芳に促されて炎が回廊の先を凝視していると、二人を尻目に歩いてくる女人がいる。皇后の楊芷だった。気づいた胡芳は、炎から離れて下がり、皇后の位置を空けた。

「睦《むつ》まじうしておられるところを、お邪魔いたします」

炎は口角を少しあげて、皇后の話を聞く。

「後宮の造築が、御指示どおりに進んでおります。一度、検分下さいますよう」

「うむ、解った。もう直ぐ出向いてみる」

「是非、お願いいたします」

楊芷はそれだけ言うと、さっさと踵を返そうとする。そこで胡芳が「ついでに申すようで失礼ですが」と声を掛ける。

「どうなされました？　お話を中断したことは、お詫びいたしますが」

「いえ、お腹が大きゅうなりましたので」

胡芳は宮城を、離れたいと打ち明けた。すると楊芷の眉が下がる。

「寂しゅうなるが、このように後宮が造築に次ぐ造築では、落ち着きませぬから、そなたの身の処し方は賢き選択と存じます」

「こんなおりに勝手でございますが」

「いえいえ、これから五千人もお増やしになりたい方が御座すのでなぁ。お産となれば、人手も要ります。気に入りの宮女を何十人かお連れなされませ。御自分で選んで、報告だけ頂ければ充分でございます。それから化粧料も、実家に届くよう手配いたします」

楊芷が労《いたわ》るように言うのは、決して嫌味ではない。彼女が矛先を向けるとすれば、それは後宮の女性を五千人も増員させる夫の炎に他ならないはずだ。

また、楊芷が胡芳に協力的なのは、本人の性格もあろう。そのうえで、彼女の皇后冊立を胡芳があっさり認めていたことと、賈南風の復位に賛成したことも大きい。

炎はそのことを、楊芷に伝えていたのだ。

それにしても、皇后でありながら直々に様々な事務処理を熟す姿は、この若さで並の女ではない。

「おっ、あいつらは来ぬようだな」

皇后の後ろ姿を追っていた炎は、彼女が回廊の彼方へ消えていくのと同時に、荀勗と馮紞がいなくなった。彼らが皇后に取り入っていると判ったのだ。

こうして先を見据えると、司馬攸と楊芷は政《まつりごと》の表裏をしっかり支えられるようだ。

「充分お任せできるやもしれませぬ」

胡芳が言うのは、自分が姿を消しても二人が炎を補助できるということだ。ただ、心配の種をいえば、楊芷が賈南風を評価し過ぎているのと、荀勗と馮紞なる佞臣の存在だ。

こんな下らぬ二人など、胡芳ならば必ず排除しよう。だが炎の悪い癖は、時としてこのような輩を気紛れに寵愛することだ。

胡芳が実家へと姿を消してから、炎は身体に熱を感じた。それは六年前の暮に罹患した病の発熱と同じだった。重い身体で何ヶ月か寝て、以前と同じ悪夢を見た。

炎が起き上がれなくなると、司馬攸が全権を掌握して、司馬衷を虐待して封国を順次変えていく夢だ。以前は胡芳が付きっきりで看病してくれたので、短くて済んだのだ。今回は何度も魘《うな》されて目覚めが不快だった。

お負けに、夢と現実の境が摑《つか》みにくい。

「胡貴嬪は、おらぬのか？」

傍にいる女に声を掛けると向き直る。

「かなり前に、宿下がりいたしましたよ」

顔を向けたのは、皇后の楊芷だった。

炎が意識せぬ間に、太康二年（二八一年）になっていた。

「胡夫人ではなく、呉からお出での後宮の美女連を御覧にならずとも好いのですか？　皆様永らく、主上とのお目もじをお待ちです」

楊芷は彼女たちを、競争相手とは認識していないようだ。それは皇后なる地位の自信が満身に行き渡っているからだろう。

「判った。そうしよう」

炎は数日経って、呉から来た女たちを見にいった。それは八年前、後宮の人員を大幅に刷新したときと同じ要領といえよう。二十人ずつを一日に五回審査し、優、良、可、不可を付けて二ヶ月つづけるのである。

ようやく総てが終わったとき、後宮も不可以外は全員収容できる状態になっていた。

「後の管理は、皇后に任せる」

炎の一言に、楊芷は口を一文字にして頓首する。夫皇帝の趣味を真面に見せつけられ、正に閉口しているのだ。彼女は女たち全員を管理するため、事務処理に長けた腹心と、宦官とで、名前や出身、生年月日など、今日個人情報といわれるものを記録していった。

そんなことにはお構いなく、炎は宦官に命じて杜預と衛瓘を呼びに奔《はし》らせた。

指定した小部屋で待っていると、二人が遣ってくる。炎は二人に前々から、気になる男を調査させていた。それは呉から虜《とりこ》として連れてきた、諸葛靚《しょかつせい》のようすである。

彼は炎の少年時代の友であったが、父諸葛誕《しょかつたん》の反乱に加担し、呉へ亡命する格好になっていた。今回の呉滅亡に際し、杜預には身柄の確保、司空の司馬攸には寛大な裁き、衛瓘には秘密裏で住まいの提供を指示していた。

「それで、今はどうしておる?」

「はい、竹林の一家屋を御所望でしたので、嵆叔夜《けいしゅくや》（康《こう》）殿の空家を提供しております」

その屋敷なら彼も行っており、懐かしさもあって馴染むであろう。

「それで、朕と会ってくれそうか?」

「それが、それだけは遠慮したい、ここを宛がっていただいているだけでも、心苦しいと涙ながらに仰せでして」

彼には、炎に合わせる顔がないのである。だが炎としては、総てを水に流して昔語りがしたいのだ。

「話し相手もなく、寂しくはないのか？」

「ときおり劉伯倫《りゅうはくりん》（伶《れい》）殿が、酒瓶を持参して呑んでおるとか」

「久し振りに聞く名じゃなァ。あの半裸の小男は、息災なのか。もう、還暦であろう？」

「はい、相変わらず従者に車を曳かせ、鍤《そう》を持たせているそうです」

酒を呑みながらの清談なら、それはそれで余生を楽しめている。炎はそれと聞いて、他人事ながら何となくほっとした。

「会いたいと言えば、彼のことだからきっと遠慮しよう。別の手立てを考えよう」

炎は叔父琅邪王《ろうやおう》の司馬伷《しばちゅう》の妻が、諸葛靚の姉であることを思い出していた。そこで彼女に屋敷での食事会を提案させて、諸葛靚を呼びだすことに成功した。

彼が酒席に着いた時を見計らって、炎は偶然を装って部屋へ入った。

「忍んで外出して、偶然前を通りかかった」

だが、そんな安手の芝居など、直ぐに見破られ、諸葛靚は厠へ逃げ込んだ。

「そんなに嫌わず出て参れ。朕は、おまえと昔を思い出したいだけじゃ」

だが、諸葛靚の心情は、簡単ではない。

「主上、苛《いじ》めんで下され。我は打ち首にされてもしようがない者。いえ、それを免れるなら、炭で喉を潰し漆《うるし》を顔面に塗るべき身の上ではありませぬか」

諸葛靚が後で言ったのは、刺客予譲《よじょう》のことである。智瑤《ちよう》（伯子《はくし》）から厚遇されていた彼は、主人を滅ぼした趙無恤《ちょうむじゅつ》（襄子《じょうし》）を討つため声と人相を変えた故事による。

結局は失敗するが、「士は己を知る者のために死す」なる彼の名台詞は残っている。

「ここまでのことなど、もうよいではないか。呉帝（孫晧）が、そこまでの君主とは思えぬし、朕もお前も、もう余生を送るだけぞ」

炎が心を込めると、諸葛靚は泣き濡れて廁から出てきた。彼は、懐かしさと情けなさと厚情への嬉しさで、もう気持が一杯だった。

それから二人は、心ゆくまで痛飲した。

炎は後日、宮女三人を彼の屋敷へ送った。無論妻としてである。また、劉伶らが遊びにきたとき、彼女らがいた方が場が明るくなるとの配慮でもある。

ところで、後宮の造築は終わった。かつての建物に丸く継ぎ足して、周回できるようにしている。炎はそこへ行くのだが、最近寒気が増してくるのだ。

それは、二度も似たような悪夢に魘されたからでもある。胡芳がいれば、それも解決するのだが、彼女がいなくなると不安が過る。

そんなとき、荀勗と馮紞がやってくる。

「華美で堅牢な建物が完成し、祝着至極に存じます。つきましては、王侯の任地赴任を促してはいかがかと、提案に参りました」

これは地方王たる者は、封国へ赴任して土地を管理せよという理屈だ。荘園からの上がりを経済的な支えにしてるなら、自ら農民を見張るべきというわけだ。

占田、課田法を成立させたからには、それを有効にするよう、地方王に協力させるのが皇帝の力だと二人は口を揃える。

不断政《まつりごと》への提案など一切ない彼らが、なぜこのように言うのか、炎はもっと考えるべきであった。

胡芳がいれば、その辺りの裏側を教えてくれるのだ。だが今の炎は、実家へ戻った彼女より後宮が気掛かりだった。

42

「主上が高熱でお休みになっている間中、司空が総てを仕切っておられました」

その手腕に、荀勗と馮紞がどのような不具合を見付けて、如何なる苦情を言うのか、炎は非常に興味をそそられる。

「それで、どのような失策があったのだ？」

炎が睨《ね》め回すと、双方とも項垂《うなだ》れる。

「完璧でございました。政は、何の乱れもございませなんだ」

炎は、荀勗と馮紞が二人揃って司馬攸を褒《ほ》めそやすので、耳を疑った。それゆえ彼らの話を中断して別室に控えさせ、衛瓘《えいかん》と杜預《とよ》を呼んでみた。

そこで、自らが病床にあったときの司馬攸について詳しく訊いてみると、彼らの表情がにこやかに綻《ほころ》んでいる。

「今までとお変わりなく、誠実で間違いのない指示をなされ、非の打ち所のない職務遂行でございました。古《いにしえ》の宣帝《せんてい》（司馬懿）や忠武侯《ちゅうぶこう》（諸葛亮）にも引けを取らぬ聡明さとお見受けいたします」

手放しの褒めように、炎は訳が解らなくなった。衛瓘と杜預が引き揚げたので、炎は再び荀勗と馮紞を呼んだ。

「皆が皆、お前たちまでもが司空に全く瑕疵《かし》がないと断言するなら、何でわざわざ封国へ遣る必要があるのだ？」

炎が二人を睨むと、荀勗が俯《うつむ》きながら上目遣いに唇を湿す。

「このままでは、主上御万歳《ごばんざい》（崩御《ほうぎょ》の控え目な言葉）の暁《あかつき》に、皇太子は即位がおできになりませぬぞ」

「なぜそうなるのだ？　皇太子というは、皇帝位を継承するものではないか！」

炎はこの二人が言うことが、全く理解できなかった。司馬衷が即位して司馬攸が補佐すれば、今回と同じように政は善《よ》い方向へ進んでいくはずと思われる。

「主上の仰せは、正に理屈にて」

「されど、理屈どおりに行かぬのがこの世の常でございますぞ」

「さよう。司空、つまり斉王（司馬攸）の政における差配は非常に人気が高く、大臣や百官の官僚、役人のほとんどが心を寄せております。これが意味することは」

「何だというのだ？」

炎は、荀勗と馮紞が交互に言い募ることが、何となく解りかけてきた。

「失礼ながら皇太子様は、当事者能力が全くございませぬ。このままだと、斉王に政権を総て掌握されましょう」

「はい、必定でございます」

二人は声を揃えて、司馬衷の無能を言いたてている。司馬攸に任《まか》せていると、炎にとっては不都合な行く末になると説きたいらしい。

「衷がこの先、即位できぬのか？　それとも退位させられるのか？」

炎は、二人を見据えたまま問いかける。それは、詰問調になっていく。

「法的にと、いうわけではございませぬが」

二人の言い方は、煮え切らない。

「では、斉王（司空の攸）が、皇太子を追い落とすと言うのか？」

炎は、きっぱりした答が欲しいのだ。

「斉王が、野望を剝き出しになさる方なら、それ相応の対処もいたせましょう。ですが、なきがゆえに、人望があるのです」

つまり、自然と宮廷人たる皇族や大臣、百官（官僚）らが、斉王で司空たる司馬攸を慕っているということだ。皆が皆、炎を嗣ぐ皇帝として司馬攸を待望しているらしい。

父の司馬昭ならば、兄（司馬師）が司馬家本来の統領だから、養子に出した司馬攸へ戻すのが筋だと言うだろう。

だが、司馬昭が薨じたときには攸がまだ幼くて、炎が頼られたのだ。ならば統領の系譜が、こちらへ正式に移ったわけだ。

そうなると、司馬衷に能力がなければ、この度はある方の司馬攸へ移るのが、本質的には筋となる。

「そうか、それゆえ封国へ赴任させて、中央の政から外すのか？」

「そうです。それでなければ多くの宮廷人の支持を得て、十中八九は地滑り的に皇帝位は斉王に転がり込むでしょう」

炎が崩御した後のことなど、自分自身でも判らない。ただ、どう考えても司馬衷が、周囲を先導するような図は思い描けない。司馬攸に手取り足取りされても、政など手に負えるはずがない。

しかし、もし司馬攸がいなくなれば、誰が司馬衷を支えるのか？　炎は二人にそこを質してみる。

「斉王の代わりは誰がする？　お主らか？」

「いえ、楊皇后（芷）の父上（楊駿《ようしゅん》）や、賈妃（南風）の父上（賈充《かじゅう》）などの方々もおいでです。何人かが寄って知恵を出し合えば、どうにでもなりましょう」

楊駿はこの頃、鎮軍将軍や車騎将軍の重責を担って、充分役目を務めていた。

「確かになろうが、斉王ほどにはなるまい」

「はい。でも、それだからいいのです。完璧な政をされれば、次皇帝（皇太子）の立つ瀬がありませぬ。主上の血筋が統領と皇帝を継がねば意味がありませぬ。何のために皇后が東奔西走されて、賈妃の復位を推し進め、主上からの問題を皇太子に答えさせられたか。総ては、主上の血筋を通すためですぞ」

そう言われれば、そのとおりだ。不出来な司馬衷を後援するために、皆が心血を注いだのだ。ここで司馬攸に総てを持って行かれれば、ここまで周辺が何のために苦労してきたのか解らない。

こんなとき、炎は発熱で昏睡していたときの夢を思い出した。

司馬攸が自ら皇帝に成って政を壟断し、司馬衷を蔑《ないがし》ろにして封国を転々とさせていた。初めは逆夢と思っていたが、彼らの話と重ね合わせて冴え冴えと、正夢らしき現実味を帯びてくる。

「よし、それなら地方王を奉じている者ら皆に、任地へ赴くよう触れを出そう」

「はい、それが好いと存じます。それで主上直系の方々が大いに救われます」

言い終えた荀勗と馮紞の顔には、笑みが零《こぼ》れている。炎は彼らを、晋の社稷《しゃしょく》を真面目に考える忠臣と見ていた。そこから年末までかかって、地方王を任地へ行かせるための事務がつづけられた。

太康三年（二八二年）、正式に司馬氏の地方王を全員任地へ赴任させる命令が出た。司馬攸も例外ではない。いや、彼を斉へ追い遣るために、この制度ができたのだった。

無論、司馬攸は残念がっていた。

彼としては、兄の司馬炎が臥せっていたから、その間の政が滞らぬよう、身命を賭して難問を片っ端から片付けていたつもりだったのだ。にも拘わらず、斉へ追われることに納得ができずにいる。

考えられるのは、荀勗と馮紞の二人が炎の周囲にいることだった。斉へ行く準備をしながら、司馬攸は何が悪かったのか考えた。

政に関しての失敗ではないとの自信があった彼は、二人の存在に思い至っていた。司馬攸から見ると、荀勗と馮紞など、人間的に取り得のない佞臣にしか見えなかった。

おおむね、政への積極的な意見など持ちあわせていないことも判っていた。だから、司馬攸は彼らを軽視していた。炎が病上がりであっても、司馬攸がしていたことは、充分に理解できるはずだ。

司馬攸は、そのように見ていた。普通ならば、それで滞りなく炎の理解が得られるはずだった。ところが突然の封国への赴任を命ぜられ、何が何か解らなかった。

彼は八方手を尽くして理由を探った。衛瓘や杜預にも、何か知っているか訊いてみた。だが、好い返事しかしていない彼らも、さっぱり判らないと言うのみだった。

ただ、炎の周囲で纏わり付いていたのが、荀勗と馮紞だと見えてきた。そうなると、完璧さゆえの讒《ざん》言《げん》だと、だんだん見えてくる。

「我など時代を正すには、もう用済みになってしまったんだな」

司馬攸の詠嘆は、晋という国家のあり方が政を正すことではないという諦めだった。彼は覚悟を決めて、斉の臨淄《りんし》へ行く用意を始めだした。すると周囲から声が聞こえてくる。

「斉王の赴任、撤回なさいませ！」

扶《ふ》風《ふう》王《おう》（司《し》馬《ば》駿《しゅん》）や曹《そう》志《し》（曹《そう》植《しょく》の息子）、王《おう》渾《こん》ら名だたる家臣が司馬攸を慕い、司空続投の嘆願を行ってきた。このようなことこそが、炎の恐れだした事態そのものである。

「斉王を洛陽からお出しになるのは、晋の損失そのものですぞ！」

かくのごとく、司馬攸を庇《かば》う声は日増しに大きくなっていった。これには炎が不安を抱き始めた。

「何を諫言しているつもりでおる。これは朕と斉王の家庭争議、いや、兄弟間の問題ぞ。他人が容喙《ようかい》する事柄ではない」

余りにも司馬攸の人気が高いので、炎は一種の妬《ねた》みを感じた。その気持の昂《たか》ぶりから、諫言した者どもを「処刑する」と叫んだ。しかし、さすがにそれは周囲から咎《とが》められ、左遷や免官に留め置いた。

司馬攸の斉国赴任問題で、炎は思わぬ逆風を浴びたまま、太康四年（二八三年）を迎えた。そんな中で司馬攸に贈物をした者がいた。斉へ赴任する祝いの品々である。

旅に必要な水甕《みずがめ》や靴の履き替え、肉刺《まめ》を治療する塗り薬などである。司馬攸が側近に詳細を訊くと、

「あいつらが、勧めたそうです」との応え。

つまり荀勗と馮紞が、司馬攸の気持を抑えるためにと称して選んだらしい。だが、それを許す炎の気持に絶望したのか、司馬攸は怒りの余り高熱で倒れた。

終章　塩

43

いつものように、朱塗りの扉が大きく開かれると、炎は回廊に吸いこまれていく。

後宮を整備して、宮城の一部に大きな丸い一角ができた。幅二丈（四．八m弱）ほどの回廊は同心円状に湾曲していて、一番外側は一周二里ばかり（約八六〇m）である。

炎はそこをゆっくりと歩いて、部屋の前に佇《たたず》む姫妾たちの容貌を確かめる。半刻ばかりかかって、その晩褥《しとね》を倶《とも》にする相手を決めるのである。

炎は回廊を渡るときが、一番好きな時間であった。外側を歩いていると、次々に現れる美女たちが新鮮に映る。だが一周目が終わって内側に入ると、廊下の左右に姫妾たちが立っている構図になる。

正に目移りすること限りないが、ここで炎は祖父司馬仲達から聞いた外蕃国のことを思い出すのだ。邪馬台国（蓬萊島）をはじめとした諸外国は、中華から外れて遠くなればなるほど、人口に対する女の割合が大きくなるという。

「鈴生りの女」という言葉まで、湧き上がっていたが、後宮の中心部へ来れば来るほど、その言葉どおりになる。

中華から外れるということは、文化が果てるということだ。それならば後宮もそのような場所となり、そこで現《うつつ》を抜《ぬ》かしている司馬炎という人物こそ、文化圏外へ身を措いた世捨て人のような存在になったといえる。

司馬攸が熱病に倒れたとき、荀勗と馮紞は詐病ではないかと疑った。炎が典医を数人派遣すると、二人は彼らに「主上は、仮病との報告を待っておられる」と吹き込んだ。

典師たちは、高い発熱があると直ぐに診断できたが、荀勗と馮紞に迎合し「熱などございませぬ」と診断した。それも、炎が傍にいるときにだった。

「詐《いつわ》り者めが、疾《と》く封国へ旅立て」

ここまでくると、炎が司馬攸を見る目は、もう憎しみを含んでいた。彼が斉へ出発するとき、ふらつく身体を無理に正して何事もないようすで洛陽を後にした。

「やはり熱などなく、病ではなかったのだ」

炎は実際に司馬攸と会わず、総てを嘘と判断した。ところが二日目の夕方、司馬攸は遂に宿で斃《たお》れた。呼ばれた地元の医師は、「このように高熱がつづいているときに、よくも旅立たれましたな。自殺行為です」と、吐き捨てたらしい。享年は三八となる。

この報告に炎は泣き崩れた。まだ、弟への処置に後ろめたい気持が残っていたのだ。そこへ馮紞が言葉を添える。

「確かに残念ではございますが、自滅して下さったのは、主上の血筋が統領と帝位を嗣ぐには幸いでございます」

「そうか。ではせめて、葬儀だけは三公の威儀で盛大にいたそう」

炎の意向で葬儀が執り行われたが、息子の司馬冏《しばけい》の姿が見えなかった。父親の葬儀になぜ現れぬと皆が思っていると、彼が息急ききって現れる。

「主上、お願いの儀がございます」

突如そう言って、甥に当たる彼が式場で小走りに皇帝へ近づく。親衛隊が間へ割って入るが、炎は発言を許した。不都合なことを言えば、処刑するまでだからだ。

「只今、父が逗留していた宿の城邑から戻りました。当地の医師に会うて、当時のようすを質《ただ》して参りました。父は、洛陽にいた頃から高熱を発していたことは明らかです。主上に熱などないと誣告していた典医どもを、是非とも誅して下さい」

これを聞いた荀勗と馮紞は、「然り」と炎を説き伏せる。

「あの典医どもは、言語道断です。即刻、誅せねばなりませぬ」

二人の勧めを受けて、炎は典医たちを処刑した。その後、親の敵を告発した功績を嘉《よみ》されて、司馬冏が斉王を嗣ぐことが許された。こうして司馬攸の発熱問題は、闇から闇に葬られたのである。

しばらくして、吏部尚書の山濤《さんとう》が面会に来た。楊皇后の父楊駿が、司空同様の発言で政を取り仕切りだしたが、司馬攸の差配とは雲泥の差だと告発した。それは楊駿が、物事を好き嫌いでしか見ていないからだという。

「まだ、慣れておらんのだ。もう少し、時間を遣ってくれぬか」

炎はそう言って山濤を追い返したが、後日同じことを言ってきた。その度に、炎も同様の態度を示した。すると山濤は年内に卒した。

太康五年（二八四年）、呉の併呑に活躍した杜預《とよ》が卒した。あの際、呉から連れてこられた呉帝孫皓《そんこう》も薨去した。因縁のある二人が他界したことで、三国時代の幕が完全に閉じた。

炎の後宮通いは、以前よりも頻繁になっていった。ある日、後宮の回廊に一歩足を踏み入れた途端、最初の顔で釘付けになった。胡芳が立っていたからだ。

「どうしておった？　わが娘は、息災か？」

「健やかでございます。わたくしに肖て」

その晩は、彼女と語り明かした。そこで司馬攸の一件や、司馬冏の斉王継承を話した。だが彼女はそれら総てに、荀勗と馮紞が絡んでいることを察した。

「あれほど申しあげましたに」

「まあ、許せ。やつらが傍にいると、ものごとが滑らかに運ぶのだ」

「それは、よろしゅうございます」

胡芳は一晩睦み合うと、皇后の楊芷に挨拶して、また実家へ戻っていった。

炎はときおり彼女に贈物をしていたが、何千人もいる後宮を徘徊している間に、その存在を忘れ去っていることもあった。

「これほどまでに美女が多くては、誰の所に泊まるか悩みが尽きぬ」

そして閃きがあった。羊に車を曳かせて、それが止まった所で一夜を過ごす。それが名案だと思い、早速実行に移した。

「羊を止めるには、どうすれば好いの？」

後宮に何千人といる美女たちの間では、その話で持ちきりになった。そしてさまざまな試行錯誤があったようだ。後日、ある物質に注目した姫妾がいた。

「何とかして、止めてみせましょう」

牧場出身の姫妾が、笹の葉を扉に挿して塩を盛ってみた。すると羊が笹を食べ、塩を舐めるためにそこで止まったのだ。

現在、客商売の店がする盛り塩の習慣は、実にここでの逸話に溯《さかのぼ》るらしい。しかし、この頃になると、炎は政《まつりごと》への情熱を失いかけていた。

このような他愛ない遊びに明け暮れ、一年はあっと言う間に過ぎていく。

太康六年（二八五年）の春、後宮の扉が開くと、炎の視線は待っていた胡芳へ、また釘付けになる。

「おう、しばらくであったな。半年振りか？」

「一年と、二ヶ月でございます」

「今宵は寝させぬぞ」

こうしてその夜、昨年同様に炎は胡芳と語り明かす。まるで彦星と織姫だと、炎は上機嫌だった。ただ胡芳は、炎が羊の車を使って夜伽の相手を決めているのに呆れていた。

「政は、どなたが主導しておられます？」

それが楊皇后（芷）の父親（楊駿）、つまり外戚と聞き、胡芳は更に呆れていた。そのような人物が政を牛耳っていれば、賄賂政治が横行するに決まっているからだ。

実際、山濤が諫言していたとおりに、なりつつあるのは確かだった。

「斉献王《せいけんおう》（司馬攸の諡《おくりな》）を亡くしたことは、本当に痛かったですねぇ」

胡芳がそう言っても、炎は特に反応を示さない。彼の頭の中で政は、日々の儀式に滞りなく参加して先頭に立つことしかない。細かい作業は、楊駿らに任せることに尽きた。

「それではますます、わたくしが御助言することもございませぬなぁ」

彼女がぽつりと言った台詞にも、炎は反応しなかった。年間割りで、日々それぞれに決まったことを済ませば、日の入りを見計らって後宮の扉を開くだけだった。

そこに炎の晩年を彩る、人生の曙《あけぼの》が待っていたのだ。だが胡芳からみれば、炎の黄昏《たそがれ》にしか思えなかった。だから彼女は、もう二度と宮廷（後宮）へは戻ってこなかった。

翌太康七年（二八六年）には、馮紞《ふうたん》もこの世を去った。炎の周囲にいた司空ら三公も将軍たちも、一人また一人と知らぬ間に姿を消していく。

代わりに、車騎将軍で臨晋侯《りんしんこう》に封じられた楊駿が、権勢を恣《ほしいまま》にしていた。彼は弟の楊挑《ようちょう》と楊済《ようさい》を取りたてて、晋の政をほぼ私物化しているのだ。

皇后の楊芷は、それで総て上手く廻っていると炎に報告して、後宮の取締を万全にしていた。後宮内に揉め事がほとんどないので、炎は皇后の手腕を信じ切っていた。

だが実際に宮廷内は、賄賂が横行する巷と化していた。そこで人知れず爪を研《と》いでいたのが、賈南風だった。それは遠い南の海に発生した台風のような存在である。

皇太子衷の妃（本妻）としての立場を確立して、今は楊芷（皇后）の言うことを肯く振りをして、皇帝炎《えん》崩御の暁には、宮廷の政も後宮を含めた宮城全体を、総ての権力を握ろうと虎視眈々と狙っていたのであった。

太平な司馬炎は、今宵も後宮の扉を開けて羊の車で回廊をゆっくり進み出す。湾曲した先にいる姫妾の貌が、今日は霞んで見える。

「孫《まご》の熙祖《きそ》（司馬遹《いつ》）は聡明だそうな」

独言を発したが、同じ台詞をそれから毎晩数年に亘《わた》って吐くようになる。それも聞こえなくなり、炎《ほのお》はだんだん消えゆくのだった。

後記

日本人を読者対象とした「三国志（ここでは、普通名詞として使っている）」になると、どの作家も皆、二三四年の諸葛亮《しょかつりょう》（孔明《こうめい》）が五丈原《ごじょうげん》にて陣没するところで、ほぼ筆を擱《お》いてしまう。

これは、いわゆる「三国志（後漢末の黄巾の乱から始まって、三国鼎立、魏が蜀を滅ぼし晋に乗っ取られ、その晋が呉を併呑して統一するまでの流れ）」全体から見ると、前半だけを語ったに過ぎない。

ここで適当に終わってしまうから、四年後の二三八年に北九州の博多から対馬、朝鮮半島の西海岸を通って魏（洛陽）へやって来る卑弥呼《ひみこ》の使節の件《くだり》（魏志倭人伝《ぎしわじんでん》）が「三国志」の一部分だとの認識に欠けるのである。

それゆえに邪馬台国論争では、纒向《まきむく》と吉野ヶ里《よしのがり》での、銅鏡や剣、鎧兜など出土品の多寡だけに終始して、話を日本国内だけに留めて矮小化《わいしょうか》してしまう嫌《きら》いがある。

確かに劉備や関羽、張飛及び曹操などが亡くなってしまうと、個性の太い主役級が消え去った寂しさは否めない。それでも絶え間なく時間は流れ、人々の運命を決定づける事件もつぎつぎと起こっていくのが歴史である。

だが後半は、前半の如き華々しさに欠けることは事実だ。それは三国それぞれ、非常に内向的な状況が、期せずして多くなっていったからだ。

具体的に言うと、魏では明帝（曹叡《そうえい》）以降の皇帝が、悪大臣（曹爽《そうそう》）に操られた少年の傀儡《かいらい》ばかりだったのが一つ。

蜀では政に無能な劉禅が、皇帝でありつづけて、寵愛深い宦官黄皓《こうこう》が賄賂優先の腐敗政治を横行させていた。こうして国家的発展など、全く望める状況ではなくなっていったのが二つ目。

また呉においては、属望されていた皇太子孫登《そんとう》が夭折した後、孫権が錯乱して次期皇太子（孫和《そんか》）をしっかり決めておきながら、もう一人（孫覇《そんは》）にも同様な待遇を与えるという二派対立の構図（二宮事件）を引き起こしてしまっていること。これが内向的と指摘される、正に三つ目である。

三国鼎立ではあるが、是非とも統一しようとする外へ向かう積極的な気運が、それぞれに全くなくなって沈んでいく。三国ともこのような状況が永らくつづいて、歴史全体に前半の如き輝きを失ってしまっていた。

このようなことが、「三国志」の後半を余り語らない理由だといえよう。

三国の沈滞した空気に変化が与えられたのは、司馬懿（仲達）が決断した二四九年の「高平陵《こうへいりょう》の変」である。ここから司馬一族が、魏の乗っ取りを狙《ねら》いながら蜀を睨《にら》むという、変則的ながらの積極性が生まれてきたのだ。

つまり後半を語る場合は、最大の主人公である司馬懿（仲達）を筆頭とした司馬氏の系譜になるのである。司馬師、司馬昭、司馬炎と統領の代を四つ重ねながら、どうしても周囲の一族たちや都人士らと、少しずつ齟齬《そご》が生まれてくる。

まずは司馬師に男児が誕生せず、司馬炎の弟（攸《ゆう》）が養子に行ったことだ。ここで司馬氏統領の第一候補が攸になってしまう。ところが、司馬師が思ったより早く卒した。そして司馬攸が幼いゆえ、司馬昭へ統領のお鉢が回ってきてしまった。

最大の分岐点は、その司馬昭もようやく二六三年に蜀を併吞した後、晋国を建てて魏を乗っ取って禅譲を受ける寸前の二六五年に、突如として薨じたことに尽きる。瞠目すべき歴史の皮肉は、この場面が圧巻であったろう。

ここでも司馬攸がまだ幼く、司馬炎が統領の座と皇帝位を棚牡丹《たなぼた》式に受けてしまう。時代の子たる司馬炎の、歴史における運の強さそのものだ。

彼は尚も人材と時機に恵まれ、十五年後の二八〇年に呉を滅ぼして、遂に念願の全土統一をなし遂げてしまう。

しかし、そんな彼にも悩みはあった。嫉妬《しっと》深い正妻（楊艶）の存在などまだ可愛い方で、不出来な長男（司馬衷）、性格最悪な妃（賈南風）など、内憂を抱えることになる。

そして更に困ったのは、成長して周囲にこよなく慕われて好かれ、政も的確に熟す弟、司馬攸の存在であった。

それらの因果が、やがて司馬炎を「三国志を終わらせた男」から「晋を建てながらにして滅亡の種を播く男」に変えていく。

もっともここでは、晋の成立までが語られているのみで、司馬炎崩御後の混乱や八王の乱など、その後の展開には触れていない。

ここで私が描きたかったのは、正に諸葛亮が亡くなった後の、本当の意味での「三国志」そのもの終《しゅう》熄《そく》であった。

「星落つ秋風五丈原」の後も、魏、呉、蜀の逸話はさまざまにあるから、それを認識していただきたい一心が、この作品となった。

読者諸氏にはその辺を御理解のうえ、話の展開を堪能していただければ、作者望外の幸せである。

小説構成の上で、殊《こと》にお断りしておかねばならないことがある。登場人物の諱《いみな》（本名）と字《あざな》（通称）の表記だ。

読者諸氏は、当時の人物たちに諱と字があることを御存じであろう。ここで私は、勝手に使い分けている。原則として本文に使うときは諱で、台詞に登場する場合は字にしているのである。

例えば本文では左記のとおり。

司馬炎（安世）は……。

台詞では、左のような具合だ。

「安世（炎）殿！」

したがって（括弧内）は本文と台詞で、諱と字が逆転しているを御了承いただきたい。また、（　）は必ずしも付くわけではない。

もう一つ、名前の下に役職名を書く場合。

司馬大将軍（懿）のように諱を付けた。また、必ずしも字が明らかでない場合は、諱を字風に扱ってもいる。

登場人物が多いので、字を無視する書き方もある。だが実際の歴史上の社会では、しっかり使い分けていた。それゆえ、このようにしてみた。

読者諸氏には、いかがであったろうか？

さて、小説が書籍の体裁を整えるのには、幾人かの手を経ている。河出書房新社の取締役にして編集本部長、藤﨑寛之氏には多大なるお世話になった。また、装幀の天野誠氏にも、この場を借りて深謝する次第である。

二〇二四年　中秋名月を眺めながら。

著者

本書は書き下ろし小説です。

塚本青史（つかもと・せいし）

一九四九年、岡山県倉敷市生まれ。大阪で育つ。
同志社大学文学部卒業後、印刷会社に勤務しながら
イラストレーターとして活躍。
八九年、「第11回小説推理新人賞」（双葉社主催）最終候補に残る。
九六年、『霍去病』（河出書房新社）で文壇デビュー。
『仲達』『安禄山』（ともに角川文庫）、『呉越舷舷』（集英社文庫）、
『李世民』（日経文芸文庫）、『三国志曹操伝』
『光武帝』（ともに講談社文庫）、
『則天武后』（日本経済新聞出版社）、
『バシレウス　呂不韋伝』（ＮＨＫ出版）、
『趙雲伝』『姜維』（ともに河出書房新社）など、
古代中国を舞台にした作品を多数発表している。
『煬帝（上・下）』（日本経済新聞出版社）で
第１回歴史時代作家クラブ作品賞、
『サテライト三国志（上・下）』（日経ＢＰ社）で
第２回野村胡堂文学賞を受賞。
父・塚本邦雄創刊歌誌「玲瓏」の発行人も務める。

司馬炎《しばえん》　三国志《さんごくし》を終《お》わらせた男《おとこ》

二〇二四年一〇月二〇日　初版印刷
二〇二四年一〇月三〇日　初版発行

●著者＝**塚本青史**
●装幀＝**天野誠**（MAGIC BEANS）
●発行者＝**小野寺優**
●発行所＝**株式会社河出書房新社**
〒一六二－八五四四　東京都新宿区東五軒町二－一三
電話　〇三－三四〇四－一二〇一（営業）
〇三－三四〇四－八六一一（編集）
https://www.kawade.co.jp/

●印刷＝**株式会社亨有堂印刷所**
●製本＝**加藤製本株式会社**

Printed in Japan
ISBN 978-4-309-03219-1